Tränen der Hingabe -1

Schams, die Sonne aus Täbris

Deutsche Bücher: 1

Titel: Tränen der Hingabe Sams, die Sonne aus Täbris und Inspiration Mevlanas

Schriftsteller: Sinan Yağmur

Übersetzung: Fatma Nis

ISBN: 978-605-5365-42-4
Zertifikats Nr: 12451

Druckort & Datum : İstanbul, 2012
Umschlagsillustration : Hüseyin Özkan
Seitenlayout : Gonca Özdemir
Druck & Bindung : Alioğlu Matbaacılık
Orta Mahallesi Fatin Rüştü Sokak
No: 1-3/A Bayrampaşa / İSTANBUL
Tel: (0212) 612 95 59 Fax: (0212) 613 09 83
Zertifikats Nr:11946

AVRUPA KİTAP
Dağıtım Merkezi
AKDM GmbH
Max-Fremery Str. 4a, 50827 Köln
www.akdm.de . info@akdm.de
Tel: 0221-99 899 299 Fax: 0221-99 899 297

Hayat Yayın Grubu
Nişancı Mahallesi Davutağa Caddesi No: 26/1
34050 Eyüp - İstanbul
Tel: 0212 613 11 00 GSM: 0530 290 99 78 Faks: 0212 613 11 55
www.hayatyayingrubu.com - hayat@hayatyayinlari.com
twitter.com/hayatyayingrubu - facebook.com/hayatyayingrubu

Tränen der Hingabe -1

Schams, die Sonne aus Täbris

Ein biographischer Roman

Sinan Yagmur

Hayat

Sinan Yagmur: Er ist 1965 in Nevsehir geboren, wo einst der bekannte Derwisch Hadschi Bektasch seinen Orden gründete. Die Grundschule und Mittelstufe absolvierte er in Kirsehir, dessen Erde vom Heiligen Ahi Evran in Gärung gebracht wurde. Anhand eines Zeichens in einem Traum im Traum, begab er sich in die Heimat der Hingabe, in die Heimat des Ordensgründers Mevlana. Das Kalenderblatt schrieb das Jahr 1985 als er das Feuer der Tennure[1] berührte, seine Finger konnten den Stimmen seines Herzens nicht standhalten. Zeile für Zeile entfachte er DIE TENNURE UND DAS FEUER, als erstes seiner Werke. Er nahm die Stimme des Märtyrers der Hingabe, nämlich des Schams war. Er erstarrte. Er hielt inne. Wort für Wort schmolz er dahin... Er schrieb, dass sich diejenigen nicht im Schatten verstecken sollen, dessen Augen unter der Sonne geblendet werden. Um die Hingabe von den Straßen zu holen und auf Seiten zu übertragen sammelte er DIE TRÄNEN DER HINGABE auf weißes Papier. Damit die Seiten, die das Feuer anfeuchten nun auch in ihre Herzen fließen können, spricht er zur Sonne:

„Wenn die Flüsse austrockneten, bestünden keine Meere. Wenn die Hingabe nicht geschätzt und angesehen sein würde, hätte derjenige, der dich besser kennt als du selbst, Adam und Eva nicht erschaffen."

1 Kultgewand der Mewlewi- Derwische.

Im Dank an Frau Nazan Bekiroglu, die mit ihrer Feder, welche das Nest der Bedeutungen punktiert, den Mut erwiesen hat, Schams ‚realitätsgetreu' niederzuschreiben.

Vorwort

Schams: Meine Worte sind an jene gerichtet, dessen Federn mich bis zum heutigen Tage nicht richtig erfasst haben. Die heutigen Federn können nichts erfassen, ohne sich an den Worten der echten Federn ihrer Vorfahren zu bedienen und diese auszuleihen. Sie sind der Meinung, dass ihr Niedergeschriebenes nur dann lese tauglich sei. Sie sind wie Monde. Ohne eigenem Licht... ohne eigener Sonne (Schams)!

Diese lediglich wieder-spiegelnden Federn fürchten sich davor, sich der wahren Quelle zu nähern. Was passiert, wenn wir vom Licht geblendet werden. Wir die Sicht verlieren. Was passiert, wenn unser bis zum heutigen Tage mühsam ergattertes Wissen, nicht der Wahrheit entspricht... Was passiert, wenn sich all unser Niedergeschriebenes als realitätsfern entpuppt... Wie kann man an die Wahrheit gelangen, wenn man sich inmitten eines falsch geführten Lebens befindet! Wie kann sich dann ein Laut, ein Wort an deine Feder schmiegen... Genau dann verankerst du dich in damals Gelebtes, in die wahren Schriften... Und anstatt die wahre Quelle zu erschöpfen, setzt du dich wieder einmal mit den mühseligen Wegen auseinander und schreibst wiederholter Weise über diese, wie ihr eben mit jedem falschen Wort die Wahrheit immer ungenauer definiert. Wie kann es jemand schaffen, der mich zu beschreiben versucht, meine Meere in die Wüste zu tragen, ohne mich zu kennen?

Wie soll mich jemand denn verstehen können, der nicht einen Staubkorn des Sufismus eingeatmet und nicht einen Schritt nach Konya gewagt hat? Wie können diejenigen, die mich in keiner Weise erfasst haben, es wagen, mir ihre eigenen verlogenen Gedanken zuzuschreiben? Meine Seele leidet unter den Schriften, die mich nicht richtig wiedergeben vielmehr als mir zugefügte Messerhiebe Leiden bereiten. Ich, nämlich der Schams, der gekommen ist um Regeln zu verwerfen, der Schams, der jegliches Weltliche mit dem Handrücken von sich schob, soll eine Tafel der 40 Regeln entworfen haben? Wieso werde ich ins Zentrum ihrer eigenen Intrigen katapultiert?

Man muss also die Liebe und Hingabe, ohne Gegenleistung zu erwarten, empfinden und praktizieren. Ich wusste zum Beispiel nicht, dass man die absolute Reife des Lebens erreicht hat, wenn man jemanden wirklich liebt, sich wie verrückt bindet und die Hingabe in ihrer Schönheit lebt. Ach was habe ich im Leben nicht alles verpasst... Entweder bin ich zu früh gekommen oder du hast dich zum Zusammenkommen, zur Vereinigung ziemlich verspätet.

Dschamschid verzichtete auf seinen Thron und durchwanderte ganz Anatolien, um eine Liebe zu finden, von welcher er geträumt hatte und sich nicht einmal sicher war, ob sie existierte. Dann ist es wohl kein Fehlverhalten, wenn ich für Mevlana auf mein Glück verzichte. Welches Wort hat denn die Chemie entschlüsselt, dass sie es sich zumaßen mit ihren Wörtern meine Chemie zu durchleuchten. Wer kann es bloß mit seinem Gewissen vereinbaren, meinen und die Namen meiner Gefährten in ihren erfolglosen, von Irrtümern überwältigten Anfängerszenarien über die Hingabe, einzusetzen? Wie könnten sie überhaupt in der Lage sein, mich zu verstehen und zu beschreiben, da sie sich doch vor der Platane fürchten, in welche sich die Hingabe verwurzelt hat. Wie sollen sie dann in der Lage sein die Hingabe zu erörtern? Wie auch könnten sie mich erläutern, wenn die Federn in der Hand dieser kleinen Menschen zittern und flackern wie eine Kerze und ich doch das Feuer in meiner nackten Faust trage.

Feuer (Hingabe/Liebe), Baum, Wasser, das sind nur simple Begriffe in euren Augen... Ihr denkt euch eine Geschichte aus, nur um diese Begriffe schnell zu verwenden... Ihr macht euch weder Gedanken über den Inhalt noch über die Wahrheit, welche sie beherbergen... Die inneren Laute der Buchstaben... Das Schlagen ihrer Flügel, wie sie sich mit Gesang in die Harmonie des Universums fügen... Und wie ihr so dahinlebt, könnt ihr auch nicht erfassen, wie sie euch verändern... Ihr beschäftigt euch nur mit euren Geschichten... Weil euer eigenes Leben keine Geschichte ist, zwängt ihr die Wörter in ausgedachte Spinnereien... Die Wörter werden vor vollendete Tatsachen gestellt. So ein Schreibstil ist das! Den Wörtern gut zureden könnt ihr nicht! Ohne das ihnen geschenkte Leben zu spüren, werdet ihr weder sie verstehen, noch euch selbst spüren... Kann ein Mensch Begriffe berühren, wenn er nicht weiß, was Hingabe und Liebe ist? Wie soll er sie niederschreiben? Wie kann man die Sprossen des Baumes in die Erde pflanzen, ohne vorher den Garten vorbereitet zu haben? Für den fruchtbaren Garten der Schrift, benötigt man Erde...

Die Hingabe muss in eurem Garten der Wörter Licht regnen... Kann der Garten, die Erde, das Wasser existieren, ohne über die Hingabe Bescheid zu wissen? Kann ein Wort existieren? Kann sich ein Mensch dem Schreiben widmen, wenn er die Hingabe nicht kennt?

Eine Einleitung speziell für Schams (Auf seine Person begrenzt)

Schams, der Mevlana zu Mevlana machte. Bevor Mevlana auf Schams traf, war Mevlana ein heiliger Gelehrter. Konyas Augapfel und der reife, rationelle Generallehrer. Schams lockte aus diesem vernünftigen, in der Wissenschaft, welche sein und des Verstandes Kind ist, mit Logik wandernden islamischen Gelehrten, die mystische Verzückung.

Schams tauchte plötzlich auf. In einem Moment, in welchem Mevlana schon 40 Jahre alt war und ein solches Auftreten am wenigsten erwartete. Aber das Alter Vierzig ist ein prophetisches Alter. Obendrauf die letzte Chance.

Es wird angeklopft… Die Tür öffnet sich bis zum Anschlag. Der Reisende begibt sich stillschweigend hinein. Vielleicht befand er sich nur am Vorbeigehen… Vielleicht ein kurzer Besuch… Vielleicht bleibt er…

Schams ist sonderbar. Dieser plötzlich auftretende stolze Mann ist nicht im überheblichen Sinne stolz. Es ist sein natürlicher, eigener Stolz. Gespielte Bescheidenheit stellt er mit Hochmut gleich und ist deswegen davon angewidert. Wenn ein Talent Gottesgabe ist, so ist man verlogen und betrügerisch, wenn man dieses verheimlicht. Denn auch das sei eine Art Hochmut. Das ist der Grund für seine spitze Zunge. Von der Norm abweichend, aber fantastisch. Obendrein befindet sich in jedem seiner Worte, eine Einladung zum „großen Versprechen".[2]

Er ist des Schwarzen und Dunklen fremd. Ein Fahrgast, welcher die Haltestellen ins Chaos verleitet. Er ist so entzückend, dass er Reisende ihre Reisepläne ins Wasser fallen lässt.

Es ist belanglos, dass seine Identität unklar ist. Sein Haar ist die Nacht von Täbris. Sein Gesicht, die Sonne im Morgen. Es sprießen die Sonne und der Mond aus seinen Worten. Denn Schams regt zum Erinnern an. Es fand ein großes Treffen in der Ewigkeit statt.

Das ist Schams. Schams bedeutet „die Sonne". Er erzeugt in Mevlanas ruhigen, verlässlichen Seele, welche den weiten Meeren ähnelt, welche keinen Sturm durchlebt haben, ein derartiges Überströmen; diese Flut lässt sogar die Fluten erblassen, die der Mond mit seiner Anziehungskraft auf kleinen Meeren verursacht. Denn Mevlana ist ein Ozean. Bis zum Zeitpunkt des Aufeinandertreffens mit Schams, hat er sich immer den Meeren und Monden gewidmet, jedoch jetzt hat er die Verlockung der Sonne entdeckt.

Sie stoßen in einer anderen Dimension aufeinander. Nicht so, wie Wasser und Erde aufeinanderstoßen. Sie fließen förmlich wie zwei Gewässer ineinander über. Schams wird zum Augapfel und zur Lebenskraft Mevlanas. Er wird sowohl zu seinem Schüler als auch zu seinem Lehrer. Die Fruchtbarkeit und der Segen dieses überströmenden Aufbrausens sind in dieser Mehrdeutigkeit des Verhältnisses versteckt. Es ist in dieser Beziehung undefiniert, wer der Geehrte und wer der Ehrende ist. Welch Gram! Es ist die Hingabe, die zwischen ihnen blüht. Raum, Zeit und Materie wurden schon lange überschritten und hinter sich gelassen. Diese Über-

2 Gemeint ist „Bela". Ein Ereignis in der ewigen Vergangenheit, bei dem alle Seelen ein Versprechen des Glaubens abgegeben haben.

schreitung führte zur Quelle der Hingabe. Eine Hingabe, die von arroganten Seelen nicht zu entschlüsseln ist. Wie sollen sie es auch verstehen? Sie sind in ihrem Unverständnis entschuldigt...

Vielleicht schneidet Schams gerade wegen seines blutigen Endes Mevlanas Leben in zwei Hälften. Mevlana ist nun nicht mehr derjenige, der er war. War er besonnen, so ist er es jetzt nicht mehr. Wurde er von seiner Vernunft getrieben, so ist jetzt das Zentrum seiner Vernunft zersprungen.

Schams war kein Mensch in Windstille lebend. Wie konnte Mevlana diesen Sturmböen standhalten? Wie konnte er nur lichterloh brennen, ohne sich zu verbrennen?

Es besteht kein Zweifel daran, dass die eindeutigste Eigenschaft des Schams von Täbris, seine Dunkelheit ist. Aber seine Dunkelheit ist nicht aufgrund der dunklen Farbe im engeren Sinne dunkel, sondern weil sie mit Geheimnissen gefüllt ist, ist sie erleuchtend. Der Name Schams ist demzufolge der treffende Name für seine Dunkelheit, obwohl unklar ist, um wen es sich handelt, wenn man von ihm und seiner Verwandtschaft spricht. Schams... Ich erwähnte bereits, dass es Sonne bedeutet. Vielleicht ist das ja der Grund dafür, dass zu Beginn der religiösen Zeremonien, der sich um die eigene Achse drehenden Derwische,(beim Sema), die Gewänder schwarz sind und erst nach einer kurzen Zeit die darunter getragenen weißen Gewänder zum Vorschein kommen.

Sein Name: Muhammed, sein Vater: Ali, seine Heimat: Täbris.

Das ist alles. Sonst nichts. Bitte belasst es dabei! Denn mehr wird nicht benötigt. Welch Kernaussage. Und wie sie zu Schams passt.

Es existieren zwei relevante Kuppeln in der islamischen Welt. Beide sind grün. Die Hadra-Kuppel. Eine gehört dem Propheten und eine Mevlana. Mevlana befindet sich heute unter seiner Hadra-Kuppel. Umgeben von einer geistreichen Menge: seinem Vater, seinem Sohn, seinem Gelehrten, seinem Schreiber, seinem Selahaddin, seinem Hüsameddin. Umgeben von all denjenigen die Mevlana mit sorgender Liebe umgaben. Eine Rose, vornehmer

Abstammung, welche man zu berühren nicht übers Herz bringt. Er ist würdevoll in seiner Würde. Er ist städtisch in seiner Höflichkeit, detailliert in seinem Scharfsinn. Und vieles mehr, wenn es vor allem darum geht, der Zeit die Hand auszustrecken. Schams ist in weiter Ferne. In seiner Dunkelheit. In seiner Ecke. In Einsamkeit liegt er verlassen.

Einsamkeit ist stellvertretend für die Hingabe. Der Tod ist der Preis der Hingabe.

Jede Hingabe fordert einen Kopf. Dieses Mal hat Schams seinen Kopf geopfert.

(Nazan Bekiroglu/ Die Tür des Satzes)

Meine Familie

Was macht der Mensch, dem alles zu Füßen gelegt.
Er quält sich.

Ich bin Muhammed, der Sohn von Ali. Mein Name in der Geschichte lautet: Schams von Täbris. Mein Großvater war Aserbaidschan-Türke. Mein Vater Ali ist der Sohn von Melekdad.

Mein Großvater stammt aus Chorasan. Er wuchs in Alamüf auf und war später ein Gelehrter von Hasan Sabbah. Wegen einer Feindseligkeit zwischen Handelspartnern, hat sich meine Familie in Chorasan niedergelassen. Hier bin ich im Jahre 1183 auf die Welt gekommen. Sie gaben mir den Namen Muhammed.

Wir stammen der Schia Ismailiye[3] Konfession ab. In der islamischen Rechtswissenschaft fühlten sie sich mit der Dchaferi- Schule[4] verwachsen. Von meinem Großvater wird gesagt, er hätte eine spitze Zunge gehabt und sei sehr cholerisch gewesen. Weil ich in meiner Kindheit streitsüchtig handelte und nie ein Blatt vorm Mund nahm, verglich mich meine Mutter immerzu mit meinem Großvater, den ich nie kennenlernte. Ich konnte die Heuchelei und Speichellecke-

3 Unter den Namen Batiniye und Seb'iye bekannte schiitisch orientierte Glaubensrichtung.(orig.:mezheb)
4 Name einer schiitischen Glaubensrichtung (speziell) der islamischen Rechtswissenschaft. (orig.: fikih)

rei der Menschen nie ertragen. Ich regte mich auf, sobald ich jemanden sah, der unkorrekt handelte und sagte immer meine Meinung. Mein Vater sagte wegen dieser Eigenschaft von mir immer:

- „Dein Großvater hat wegen seiner Zunge immer Unannehmlichkeiten verursacht. Weil er mit niemandem auskam, mussten wir auswandern und uns hier niederlassen. Sei du wenigstens in der Lage, deine Zunge im Zaum zu halten, Junge."

Damit ich mich besserte und auch eine ordentliche Bildung erhielt, (so wie den Koran erlernen), schickte mich mein Vater auf die islamische Hochschule. Während meine Gleichaltrigen noch nicht mal in der Lage waren, ordentliche Sätze zu bilden, begann ich bereits damit, den Koran auswendig zu lernen. Weil ich so dünn und schmächtig war, gab mir mein Lehrer den Spitznamen „Feldlerche". Dabei sollte ich anfangs wie ein Falke wachsen und anschließend sollte ich zum Vogel der Träume, zur Turteltaube werden. Doch davon wussten sie noch nichts. Meine Mitschüler schafften es nicht, innerhalb eines Monats, vom Buchstaben-heftchen zum Koran überzugehen. Ich hingegen hatte das Buchstaben-heftchen am ersten Tag in der Hand und nahm am zweiten Tag den Koran zur Hand. Mein Lehrer war sehr überrascht und sagte: „Du bist nicht normal, Feldlerche." In dieser Nacht verließ mein Vater sein Bett, um da Nachtgebet zu verrichten. Ich führte die rituelle Waschung durch und begann hinter meinem Vater das Gebet. Als wir beide das Gebet beendet hatten, richtete mein Vater sein Wort an mich:

- „Mein Sohn, das Nachtgebet ist kein Gemeinschaftsgebet. Es wird verrichtet, wenn man nachts aus seinem Schlaf erwacht. Und außerdem bist du in einem Alter, in dem du noch nicht zum Gebet verpflichtet bist. Aber es hat mich erfreut, dass du auch gebetet hast." Nach diesen Worten gab er mir einen Kuss auf die Wange und zog sich in sein Zimmer zurück. Der Koran war auf seinem kleinen Holzständer platziert. Ich nahm ihn zur Hand und begann aus ihm zu rezitieren. Mitten in der Nacht begann ich mit der Rezitation und hatte noch vor Sonnenaufgang fast den gesamten Koran durchgelesen. Meine Augen waren sehr erschöpft. Als ich mich hinlegte, um mich ein wenig auszuruhen, schlief ich ein. Im Traum rezitierten Engel in meiner Gegenwart die Verse aus dem Koran, die ich rezitiert hatte. Ich wurde wach… Mit unbeschreiblicher Freude in mir klappte ich den Koran zu. Plötzlich fiel mir auf, dass sich alle von mir rezitierten Verse in meinem Gedächtnis eingeprägt haben. Ich hatte sie alle auswendig gelernt. Als ich erneut den Koran zur Hand nahm, öffnete ich konkordant das Kapitel mit dem Namen Schams (Sonne). Als ich dieses Kapitel las und am zehnten Vers abgekommen war, spürte ich, dass sich meine Brust wie ein Ballon auf-blähte. Dort fiel ich in Ohnmacht. Als ich wieder zu mir kam, war mein Finger immer noch auf dem zehnten Vers gepresst. „Derjenige, der ihn reinigt und säubert ist in der Tat gerettet. Und wer ihn (mit Sünden, Aufstand und Unglauben) bedeckt und einwickelt geht eindeutig in den Ruin.“ Ich war überwältigt von dem Vers... Ich war wie besessen. Der Vers hat mich erschlagen. Ich verliebte mich in das Kapitel „Die Sonne“. Jeder interpretiert „Das Reinigen“ in diesem Vers als Reinigung/ Entfernen der Gelüste aus der Seele bzw. seine Begierde zu bezwingen. Jedoch war mir in dem Moment klar, dass es bedeutete, seine Begierde zum Reifen zu verhelfen und dadurch den Teufel zu schlagen. Wenn man Samen in die Erde pflanzen möchte, befreit man erst die Erde von Fremdkörpern und reinigt sie. Die Begierde lässt sich durch göttliche Hoffnung reinigen und lässt sich dann von Allahs Großzügigkeit und Gnade treiben.

Am nächsten Morgen sagte ich zu meiner Familie:

- „Nennt mich vom heutigen Tage an Schams. Euer Sohn hat sich in das Kapitel „Schams“(die Sonne) des Korans verliebt.“ Von da an wurde ich nur noch Schams genannt. Und wegen meiner Heimatstätte wurde ich Schams von Täbris genannt. Mein Lehrer der Religionswissenschaften, Rukneddin Secasi, nannte mich „Parende“, was so viel bedeutet wie „Fliegender“, da ich aus dem Fenster in den Garten flüchtete, wenn mir im Unterricht langweilig wurde. Er hatte Recht. Wahrscheinlich hatte er es im Gefühl, dass ich mein

Leben lang immer ein von hier nach dort Fliegender „Schams-i Parende" werden würde.

Meine Lehrer, die zu meiner Bildung beitrugen: Ebu Bekir Selfenbaf, Scheich Kirmani und Rukneddin Secasi. Jedoch habe ich vom Unterricht nur Nutzen ziehen können, weil es kein klassischer Unterricht war, sondern der Unterricht eher wie eine Konversation, mit Fragen und Antworten, durchgeführt wurde. Für gewöhnlich war es eine von Diskussionen geleitete Wissenschaftssitzung. Der Lehrer, der aber als einziger meine Seele voll und ganz erfüllte, war Mevlana. Ein Lehrer muss sowohl Schüler als auch Lehrer zur gleichen Zeit sein können. Er muss dein Freund und dein Vertrauter sein. Mit deinem Lehrer musst du ein Herz und eine Seele sein können. Er darf nicht sagen: „ich erzähle und du hörst zu." Er muss verstehen, ohne dass etwas gesagt wurde... Ein Lehrer muss dein Leidensgenosse sein. Er darf nicht reden als würde er predigen. Er darf deine Seele nicht in Hypothek stellen. Manchmal muss er die Bedeutungen zu Teig kneten. Er sollte so ein Wort sprechen, dessen Bedeutungen sich in Buchreihen präsentieren lassen. Im Tropfen muss dir dein Lehrer das Meer anbieten können. Der Suchende und Gesuchte muss er gleichzeitig sein. Er muss in der Lage sein, sich selbst zu opfern. Er muss aus der Reihe tanzen. Er darf sich nicht im Stillschweigen vergraben.

Meine Kindheit

Mit deinem Leib bist du Tier, mit deiner Seele, Engel.
Deswegen wirst du zu Erde und aber auch in die Himmel steigen.

Ich nahm während meiner Kindheit, sonderbare Züge an. Die ganze Nacht tat ich kein Auge zu und von morgens bis abends aß ich nichts. Nichtsdestotrotz verfiel ich nie der Müdigkeit und verspürte auch keinen Hunger. Als würde mich eine unsichtbare Hand bei Kräften halten. Meine Mutter brachte mir warmes, mit Butter beschmiertes im tandir[5] gebackenes Brot, gekochtes Fleisch und Süßes. Nahm ich auch nur ein kleines Stück zu mir, musste ich sofort erbrechen. Es vergingen manchmal Tage, ohne dass ich gegessen oder getrunken hätte, ohne auch nur einen Funken Hungergefühl zu verspüren. Während gleichaltrige Kinder spielten, saß ich vom Sonnenaufgang bis zum Sonnenuntergang unter einem Baum. Mein Vater berichtete, dass ich mich immerzu mit unsichtbaren Gestalten unterhielt, als wäre ich in Trance. Sogar ich hatte Schwierigkeiten, die Situation, in der ich mich befand, zu durchschauen. Und so wie ich Schwierigkeiten hatte es zu verstehen, so konnte es auch sonst niemand begreifen. Sogar mein Vater verstand es nicht. Er sagte zu mir:

5 In den Erdboden eingelassene Backvorrichtung aus Ton in Form eines großen Kruges.

- „Du bist nicht verrückt. Ich weiß nicht, was der Grund für diese Entwicklung sein könnte. Was könnte nur der Grund für den Lauf der Dinge sein? Ich weiß es nicht. Du hast keinen Grund, um so einen Weg einzuschlagen. Deine Mutter und deine Tante sind der Meinung, dass du von Dämonen besessen wärst. Sie verlangten von mir, dass ich dich zu jemand bringe, der sie dir austreiben könnte. Ich habe sie ruhig gestellt. Kümmert euch um eure eigenen Angelegenheiten, mein Sohn ist weder verrückt, noch närrisch oder besessen, habe ich gesagt. Mein Muhammed. Was ist das für ein Zustand, in dem du dich befindest?" Ich sagte zu meinem Vater:

- „Lerne mich durch meine Worte kennen... Du und ich befinden uns in folgendem Zustand: Als hätte jemand ein Gänse Ei unter ein Huhn gelegt. Aus diesem Ei schlüpfte ein Gänseküken. Nachdem es etwas herangewachsen ist, kommt das Gänseküken ans Wasser und springt hinein. Die Mutter, das Huhn, ist außer sich vor Panik. Aber es ist ein Käfigtier, deswegen besteht auch gar nicht erst die Möglichkeit ins Wasser zu springen. Und genauso sind wir. Du und ich. Mein lieber Vater! Ich sehe ein Meer, welches mich zum Schwimmen einlädt. Dieses Meer ist mein Zuhause. Und mein Zustand ähnelt dem eines Seevogels. Wenn du mit mir bist, komm. Ich jedoch bin nicht mit dir, in diesem Ozean. Geh und mische dich unter die Käfigtiere." Diese für mein Alter widererwarteten Worte, müssen meinen Vater erschreckt haben, da er mir folgendermaßen antwortete:

- „Wenn du deinem Freund schon so gegenüberstehst, wie behandelst du dann erst deine Feinde."

Wenn vom Essen auch nur die Rede war, wandte ich mein Gesicht schon ab. Manchmal nahm ich das mir Angebotene aus Höflichkeit an, ließ es in meiner Tasche verschwinden und verteilte es dann an die Kinder, die draußen spielten. Ich zierte mich meines Vaters wegen so. Z.B. hatte eines Tages die Katze die Milch verschüttet und den Fressnapf zerbrochen. Mein Vater sagte in diesem Moment in meiner Gegenwart nichts zur Katze und schimpfte auch nicht mit mir. Er kommentierte diese Angelegenheit nur lachend, indem er sagte: „Was hast du denn nun schon wieder gemacht. Hättest du es aber nicht getan, wäre vielleicht mir, deiner Mutter oder dir etwas zugestoßen. Allah hat Mitleid gehabt, dass es bei etwas Kleinem geblieben ist."

Genau diese Worte waren es, die mir in meiner Kindheit den Appetit geraubt hatten. Obwohl drei bis vier Tage verstrichen waren aß ich nichts. Ich fürchtete mich nicht nur vor den Worten der Gesellschaft, sondern auch vor den wahren Worten. Ohne jeglichen Grund hatte ich also aufgehört zu essen und zu trinken. Auf die Aufforderungen meines Vaters: „Junge, iss", antwortete ich immerzu: „Ich kann nichts essen." Ich nahm immer mehr an Gewicht ab. Meine Kraft hat sich dermaßen entwickelt, dass ich, wenn ich wollte, wie ein Vogel einfach aus dem Fenster hinausfliegen könnte. Es wurde schon gesagt, dass ein Wunder in mir stecke, ich aber nichts verraten wolle.

Da war ein geistreicher Narr, der immer von Geheimnissen sprach. Um ihn auf die Probe zu stellen, sperrten sie ihn Zuhause ein. Er schaffte es jedoch immer wieder sich zu befreien. Eines Tages war mein Vater böse mit mir. In diesem Moment kam dieser geistreiche Narr daher und zeigte meinem Vater seine in die Luft schlagenden, geballten Fäuste, um ihn zu warnen und sagte: „Lässt du den Jungen etwa nicht in Ruhe? Wehe dir. Ich werfe dich in diesen Fluss hier." Die Strömung dieses Flusses, welcher in den Sinai See floss, war stark genug um einen Elefanten mitzureißen. Danach drehte sich der geistreiche Narr zu mir, verabschiedete sich bei mir, während er sich vor mir ehrerweisend verbeugte und ging.

Ich ließ meinen Vater nie Zeuge von meinen zusätzlichen Gottesanbetungen sein. Wie könnte ich ihm auch mein Inneres zu zeigen in der Lage sein. Mein Vater war ein Mensch mit guten Charakterzügen und er war sehr vornehm. Er sprach zwei Wörter und die Tränen flossen ihm nur so über seinen Bart. Jedoch war er nicht der Hingabe verfallen. Gute Charakterzüge aufzuweisen ist etwas anderes und der Hingabe verfallen zu sein etwas anderes.

Ich ließ es nicht zu, dass irgendjemand in Täbris starb ohne dass ich anwesend war. Sobald ich hörte, dass jemand im Sterben lag, eilte ich zu dieser Person. Meine Leute wussten sofort Bescheid, wo ich mich aufhielt, wenn ich plötzlich für ein paar Stunden verschwand. „Erfragt, wo jemand im Sterbebett liegt, dort muss er sein“ lautete die Devise. Ich beobachtete die Reisen. Um zu sterben, bevor der Tod vor der Tür stand, muss man den Tod in Aktion beobachten. Deswegen legte ich mich in mancher Nacht in einen Sarg, der im Waschhaus der Toten in der Moschee unserer Gegend stand und atmete bis zum Morgen den Geruch des Todes ein. Niemals schlief ich in Betten aus Wolle, Baumwolle oder Ähnlichem. Ich schlief entweder auf Holzplatten, an Felsen oder unter einem Baum. Oder in einem Sarg. In fremden Unterkünften, Herbergen oder Karawansereien rollte ich immer die Perserteppiche oder die handgewebten kostbaren Teppiche im Zimmer auf, stellte sie in eine Ecke und schlief auf einer Strohmatte. Ich schlief maximal vier Stunden die Nacht. Diese vier Stunden teilte ich in viermal eine Stunde auf. Es verstrich keine Nacht, in welcher ich das Nachtgebet nicht verrichtet hätte.

Meine Jugend

Die Jugend hat vier Höhepunkte. Der Geruch des Vaterlands, der Geruch des Buches, der Geruch des Sohnes und der Geruch der Geliebten.. Meine Jugend verstrich ohne Vaterland, ohne leibliche Kindern und ohne Geliebte. Mein einziger angezielter Höhepunkt, meine Mission war; Das Feuer der Hingabe in mir, einem Scheich im Vertrauen in die Hände zu legen.

Ich war noch nicht in der Pubertät als mein Vater mich einem Gelehrten anvertraute. Ich sah, dass er dem Lehrer etwas ins Ohr flüsterte. Innerlich begann ich zu lachen. Was könnte mich schon hier halten, dachte ich mir. Entweder würde ich flüchten oder ihren Verstand in die Flucht treiben. In dieser Schule regten mich die Schüler so auf, wie sie da saßen; den Mund des Lehrers beobachtend wiederholten sie wie auswendiglernende Papageien. Ganz gleich, was der Lehrer fragte, er bekam von mir keine Antwort. Als wäre ich stumm.

Eines Tages hielt er einen Apfel in der Hand und sagte zu einem Schüler; „Ich habe Allah gesehen und ihn um einen Apfel gebeten, woraufhin er mir diesen gab. Der Sultan Beyazit hat Allah um Allah gebeten, ein anderes Mal hat er um jemand anderen gebeten. Um wen würdest du bitten?“ Der Schüler antwortete: „Aus Respekt vor Beyazit würde ich auch Allah um Allah bitten." Mir stellte er dieselbe Frage. Indem ich auf sein Haupt deutete sagte ich: „Ich würde dich wollen." Der Lehrer schüttelte den nach vorne geneigten Kopf ohne meine Aussage zu kommentieren. Danach sagte ich nichts mehr. Aber in mir kochten die Wörter, die Definitionen, ihre tiefsinnigen Bedeutungen auf. Ich nahm einen bei Kindern selten erlebten Zustand an. Später legte mein Lehrer meinem Vater ans Herz, mich nach Damaskus zu schicken, um dort meinen Bildungsweg fortzuführen, damit dieser Früchte tragen könnte...

Mein Vater folgte dem Rat und sprach dieses Gebet aus, als er mich verabschiedete:

- „Allah möge dir einen guten Freund bescheren, der alle früheren Gelehrten und alle Wahrheiten dieser, in deinem Namen äußert. Die Weisheit möge über sein Herz in deinen Mund fließen. Mögen diese Weisheiten einen Buchstaben- und Lauten-Gewand überwerfen. Möge sich der Rang dieses Gewandes in deinem Namen entfalten."

Meine außergewöhnliche Eigentümlichkeit, meine charakteristische Eigenschaft Menschen mit meinen Äußerungen zu schockieren, meine Art wie ich gegen die gültigen Tabus und Bräuche dieser Zeit rebellierte, meine in der Epoche außergewöhnliche Eigentümlichkeit eben, brachte einige Menschen in meiner Umgebung auf und in anderen wiederum hatte es Interesse geweckt. Die Menschen, die meine Auslegungen, Interpretationen und meine harten Worte zu Ohren bekamen, beschrieben mich als einen sonderbar benehmenden, unerträglichen Menschen. Ihre Charakterisierungen waren mir egal.

Ich befand mich in Damaskus in einer Karawanserei. Einer fragte:

- „Kommst du nicht mit in die Derwischen Schule?"
- „Ich denke nicht, dass ich der Schule würdig bin" sagte ich.
- „Würdest du denn auch nicht in die Hochschule mitkommen?", fragten sie.

- „Ich gehöre auch nicht zu jenen, die sich auf Diskussionen einlassen. Wenn diskutiert wird, kann ich diese zwar nachvollziehen, jedoch auf etwas zu schwören und zu diskutieren schickt sich nicht. Denn wenn ich in meiner eigenen Ausdrucksform rede, wird man mich auslachen. Ungläubig und gottlos werde ich genannt. Ketzerische Auffassung wird mir unterstellt. Ich bin bedauernswert und einsam. Mein Platz ist die Karawanserei."

Ich habe eine Angewohnheit. Ich frage diejenigen, die zu mir kommen: „Herr! Wirst du reden oder zuhören?" Wenn sie mit ‚ich werde reden' antworten, kann ich ihnen drei Tage und drei Nächte ohne Unterbrechung zuhören. Am Ende kann er gehen und ich bin befreit. Wenn er aber mit ‚ich werde zuhören' antwortet, sage ich ihm, dass wir uns gut verstehen würden. Ich fang an zu reden und er redet während meiner Redepausen:

Am Rande der quantitäts- und qualitätsüberfüllten Welt befindet sich ein Mann, der mit seiner kummervollen Stimme redet!

Sein Auge sieht schärfer als das eines Adlers

Sein Gesicht ist Zeuge seines inneren Feuers

Sein inneres Feuer vermehrt sich kontinuierlich

Seine mit Wünschen gefüllte Seele, war eine Handvoll brennende Erde

Die Wissenschaftler, die keinen Anteil der Hingabe und dessen Rausch abbekommen haben,

Übergaben zur Genesung seine Hauptschlagader in die Hände der Ärzte.

In Damaskus begab ich mich einst in eine Gesprächszusammenkunft. Ein Scheich erklärte seinen Gelehrten die Stufen des mystischen Aufgehens in Gott. Zornig ging ich auf ihn zu:

- „Worin siehst du Allah?"

- „Ein schönes Antlitz zum Beispiel ist wie ein Spiegel, ich sehe Allah in solch einem Spiegel."

- „Und sonst?"

- „Im Wasser und in der Erde."

- „Hör doch auf, du Dummerchen. Wenn du schon Allah im Spiegel der Erde und des Wassers siehst und mich im Spiegel von jemand anderen, wieso schaust du nicht mal in den Spiegel der Seele und des Herzens und suchst dort dich selber?" Nach diesem Ausspruch wollten mir die Gelehrten mit dem Gedanken, ich sei ein geistreicher Narr, an die Kehle springen, als der Scheich von seinem Sitzkissen aufsprang, auf mich los eilte und meine Füße umschlingend und küssend:

- „Möge Allah Wohlgefallen an dir finden". Er versuchte mich zu überreden dort zu bleiben aber ich hatte kein Interesse und ging.

Ich wurde Gelehrter des Rukneddin Secasi; Damaskus' berühmtesten Sufi. Jedoch hatte ich keine Hoffnung, dass er den wütenden Sturm in mir bändigen könnte. Ich habe ihn im Hof der Moschee erwischt.

- „Was ist Hingabe?"

- „Unter den betrunkenen Blicken, wurde dem Bewohner das erste gefüllte Weinglas weggenommen und ausgeliehen. An welchem Eck der Erde auch immer sich ein leidendes Herz befand, sie wurden alle zusammengetrommelt. Das alles wurde als Hingabe definiert..."

- „Und wer wandelt den sauren Fluss der Hingabe zu Honig um?"

- „Um das herauszufinden mein Junge, musst du nach Konya gehen. Hier brauchst du gar nicht erst zu suchen."

- „Wen muss ich finden?"

- „Den Begründer der Hingabe. Dieser Seele wirst du zum Reifen verhelfen."

- „Wie werde ich ihn erkennen? Welchen Weg muss ich verfolgen, welche Zeichen beachten?"

- „Er wird dich finden. Es wird eine Karawane nach Damaskus kommen. Fange sie ab. Frage bei jeder Karawane nach. Dein Gefährte sucht die Hingabe in Büchern und die Einsamkeit auf Wegen. Wer wen sucht, wer wen findet, wird sich durch die Liebe zur Hingabe entscheiden."

In jungen Jahren reiste er von Dorf zu Dorf, von Stadt zu Stadt und von Land zu Land. Ich wanderte durch Afghanistan, Pakistan, Aserbaidschan, Indien und China. Keines dieser Länder hat mich gereizt. Wie ein fortziehender Vogel; Iran, Irak, Syrien und zu guter Letzt kam ich in die heiligen Städten. Der Duft des Propheten Mohammed fliegt durch die Lüfte von Mekka und Medina. Beim Umkreisen der Kaaba betete ich; „Oh mein Erschaffer! Lass es mir zu Teil werden, den Gefährten zu treffen, der meine Hingabe zu dir aufflammen lässt." Während ich das geschätzte Grab unseres geschätzten Propheten in der verehrten Ortschaft besuchte, überkam mich ein seltsamer Zustand. Ich brach zusammen.

In meinem Traum wurde ich darüber informiert, dass sich mein Gesuchter im byzantinischen Gebiet aufhalte. Ich erwachte. Nachdem meine Mekka Pilgerfahrt beendet war, kehrte ich nach Damaskus zurück. Etwas Geheimnisvolles hielt mich in Damaskus. Als würde unser Arafat[6] mit meinem Gesuchten, mit dem mich Suchenden in den Straßen von Damaskus stattfinden. „Arafat" bedeutete Treffpunkt. Getrennt voneinander wurden Adam und Eva aus dem Paradies verbannt. Monatelang suchten sie sich auf der Erde und fanden sich zu guter Letzt auf dem Arafat-Hügel. Arafat war Zusammentreffen. „Wann ist mein ‚Arafat', oh mein Schöpfer?"

Der Grund für meine Reisen von Land zu Land bevor ich auf Mevlana stieß war, einen Scheich zu finden. Jedem Scheich stellte ich die Frage nach dem Gelübde der Hingabe, bekam aber von Niemandem eine zufriedenstellende Antwort. Demzufolge verschwieg ich mein eigenes Gelübde.

Die Suche nach der Hingabe sollte mich nach Konya führen. War ich der Suchende oder der Gesuchte? Weder ich noch er begriff es... Ich drehe mich im Kreise, oh du Hingabe. Ich suche und suche. Ich suche die Ferne in mir, oh Hingabe! Die Nähe in der Ferne, die Hingabe in meiner Nähe. Ich suche das Innere in meinem Inneren, oh Hingabe. Du bist die Nähe in meinem Inneren, welche ich su-

6 Arafat: Name eines Gebietes 25 km südlich von Mekka. Gebets und Rastort der Mekka Pilger am 9. Zilhicce.

che. Ich suche nach Dir. Das Ich in dir und das Du in mir. Weder bei mir noch bei dir. Sowohl bei dir als auch bei mir, liegt das von mir Gesuchte; eine Ergebung, Unterwerfung, Behaglichkeit, Opfer sein, zum Nichts werden... Ja, oh Hingabe, ich suche! Das Brennen in der Hingabe, das Wiederkehren in der Hingabe, das Fühlen in der Hingabe, das Erlöschen in der Hingabe...

Ich suche... die Nähe in mir.
Mein Inneres in der Nähe, das Du in mir.
Ich rotiere meinen Rundgang, oh Hingabe.
Ich gehe auf und ab.

In mir sind Flammen entfacht, oh Hingabe, in meinem Herzen befindet sich Feuer. Meine Augen gefüllt mit Tränen, mein Herz steht in Flammen, mein Auge verwandelt zum Fluss. Ich suche, oh Hingabe. Ich suche den Abraham, der nicht verbrennt in den Flammen meines Herzens, im Feuer. Während ich suche, durchnässt mich das wühlende Flussbett. Weder die Flammen noch die Tränen reinigen das Haus meines Herzens. „Hör auf, Auge, hör auf das Feuer mit Wasser zu bespritzen!"

Oh Hingabe, wenn du wüsstest, ach, wenn du wüsstest, welch Götzen sich in meinem Haus eingenistet haben. Ich höre dich Abraham, ich höre dich, wie du sagst: „Der König zieht nicht ins Schloss, solange das Haus nicht blüht." Welches Opfer wäscht uns rein, oh Hingabe? Welcher Widder? Aber dies ist Fakt, oh Hingabe. Ich suche nach dem Weg der Reinigung, des Säuberns, der Klarheit. Du weißt, ich benötige eine Hingabe.

Welche Feuer sind in meinem Haus entflammt, oh Hingabe. Ich benötige jemand, der zum Freund des Feuers wurde, wie Abraham, oh Hingabe. Einen Weg, der verbindet, der mich näher bringt, der mich näher, immer näher bringt. Vielleicht brauche ich einen „Burak"[7], der mich näher bringt, vielleicht einen Ausgang, vielleicht einen Aufgang, vielleicht eine Hoffnung, vielleicht ein Wort, vielleicht such ich auch nach einem Elixier.

7 Name des geflügelten Reittiers, das Mohammed in der Nacht seiner Himmelfahrt bestieg.

Ich drehe mich im Kreis, oh Hingabe. Ich drehe mich im Kreis.

Ich laufe umher, oh Hingabe, ich laufe umher. Vielleicht bin ich ein Vagabund, ein Strolch. Vielleicht ein Stück Elend, nichtsdestotrotz suche ich weiter. Ich suche, oh Hingabe, ich suche auf dem Kaf Berg nach dem Schiff Noahs, welches dort in Geborgenheit an Land kam. Um an das Ufer der Geborgenheit zu gelangen suche ich Noah. Mit Glauben und entschlossenem Willen überquere ich alle Berge, alle Ozeane aus Feuer. Ich ließ meine Hände fallen, wandere hierhin und dorthin, als wäre ich ein Vagabund. Jedoch mein Herz öffnet sich in mir, öffnet sich in meinem inneren Horizont. Der Phönix ist mein Gefährte mit dem ich mein Leid teile. Ich rede in Salomos Sprache und spreche mit Wölfen und Vögeln.

Ich suche nach einem Verbündeten, oh Hingabe. Einen Freund. Einen Freund, der sich mit Opfern nähert... Einen Freund, der mit Opfern näher gebracht wird!

Der Freund ist der Atem, der tote Seelen auferstehen lässt. Abraham ist Freund, Jesus ist Freund, der Stolz der Galaxie, die Barmherzigkeit und der Segen der Welten, Gottes Liebster Mohammed ist Freund.

Ich suche nach einem Freund, oh Hingabe, nach einem Freund.

Ich suche einen vollkommenen Menschen, einen vollkommenen Wegweiser. Ich benötige einen Scheich, der fehlerlos den Weg Mohammeds eingeschlagen hat, wie einer der Gefährten des Propheten, ohne beschmutzte Weste, einfach rein. Deswegen finde ich permanent Fehler. Deswegen kritisiere ich permanent die Scheiche, die Lehrer und Wegweiser, mit denen ich aufeinander treffe. „Ich bin das Wort Gottes“ sagte heute das gestern noch im Bauch seiner Mutter Behütete[8]. Wie kann es also jemand wagen, der von irgendeiner Mutter entbunden wurde, zu behaupten: „Ich bin das Gesagte Gottes“? Die meisten dieser Scheiche sind Banditen und Räuber, die der Religion Mohammeds angehören. Während ich euch meinen Hunger nach der Suche zur Sprache

8 Damit ist Jesus gemeint.

bringe, denkt ihr wahrscheinlich gezwungenermaßen „Schams ist ganz schön hochmütig und hart." Ihr werdet mich aber verstehen, wenn ich gefunden habe, was ich suche.

Ich hielt immer Abstand von Scheichen, die scheinheilig nur hinter Eigennutz her waren. Mein Leben lang konnte ich keinem Scheich verbunden bleiben bis ich auf Mevlana stieß. Auch Muhyiddin Arabi eingeschlossen. Nachdem ich Mevlana kennenlernte, war mir klar: Mevlana ist eine Perle. Muhyiddin Arabi war im Vergleich zu Mevlana nicht einmal ein Kieselstein.

Weder Mevlana noch ich gerieten an die Hingabe Allahs durch die entnommene Liebe aus den Augen einer schönen Frau. Sodass sich die materielle, menschliche Hingabe, nach einem Liebesabenteuer zur göttlichen Liebe, zur göttlichen Hingabe entwickeln könnte. Meine Suche nach der Hingabe zu Allah, entwickelte sich nicht aus einer sagenhaften, märchenhaften Hingabe zu irgendeinem Menschen.

Jeder Mensch hat einen bestimmten Zeitpunkt, um der Hingabe zu verfallen,
Genauso hat jeder Mensch einen bestimmten Zeitpunkt um zu sterben.
Aber für mich existiert kein Sterben, ich bin die Hingabe,
Welche von den Engeln angebetet wird.

Ich verglich meine Persönlichkeit mit Joseph, der seine Gedanken ohne Furcht zur Sprache brachte mit Ebuzer Gifari, der Ungerechtigkeit unerträglich fand' und mit dem Gefährten des Propheten Mohammeds, Ömer, der für Gerechtigkeit sorgte. Meines Erachtens ist es wichtiger eine Welt voller Gerechtigkeit zu pflegen, als eine Welt voller Barmherzigkeit.

Im einzelnen Gespräch mit Menschen, sprach ich immer mit leiser, ruhiger Stimme. In Gegenwart mehrerer Menschen hingegen, zog ich es vor, zu Haccac zu werden. Ich war entzückt von der Kufa Rede des Haccac.

Yusuf Haccac. Jeder zittert beim Erklingen seiner Stimme, nicht einmal im Leben wurde jemand Zeuge, dass er gelächelt hätte. Immer trat er mit gerunzelter Stirn auf, sein Wesen war Achtung und Ehrfurcht gebietend. In seiner Gegenwart verschlägt es der Menge die Sprache. Yusuf Haccac wollte freiwillig die Stelle als Regierungspräsident in Kufa übernehmen. Der Kalif möchte ihn nicht wirklich für diese Stelle einsetzen aber die Regierungspräsidenten von Kufa hielten nie für längere Zeit durch. Jeder Regierungspräsident flüchtete nach nicht mal einem verstrichenen Monat. Denn Kufa manifestiert Meuterei, Kufa ist Unfrieden und Aufruhr, Kufa ist unzuverlässig. Kufa hat den Kalifen Ali im Stich gelassen. Kufa hat Hüseyin, (der Neffe des Propheten) auf halbem Wege verlassen und an Ungläubige verraten. Kufa hat seinen Gast, den Müslim, mit eigenen Händen in die Hände von Tyrannen gegeben. Kufa hat die nächsten Angehörigen des Propheten Mohammeds immer verraten und verkauft. Kufa ist ungezogen. Kufa ist verlogen und so eingeschnappt.

Obwohl Yusuf Haccac all dies über Kufa weiß, nähert er sich mutterseelenallein dieser Stadt, die alle in Furcht versetzt.

Eines Morgens, zur Zeit des Morgengebetes ging er mit zerrissener Bekleidung, wie ein Bettler gekleidet, das Gesicht mit einer Pelerine bedeckt den Weg zur Moschee und beschmiss die Türen und Fenster der Häuser, die auf seinem Weg lagen, mit Steinen und weckte so alle Bewohner. Die Menge verfolgte ihn und füllte die Moschee, um den Narr zur Rede zu stellen. Fast alle Männer der Stadt hatten sich nun in der Moschee versammelt. Neugierig warteten sie nun auf eine Erklärung des unbekannten Fremden. Wer war nur dieser Fremde, der sich voller Würde und majestätisch an die Kanzel setzte? Sie dachten allesamt: wieso schmiss er Steine an unsere Türen und Fenster und weckte uns somit aus unserem süßen Schlaf? Sie waren erschüttert, als der geheimnisvolle Mann sein Gesicht entblößte. Es war Yusuf Haccac. Er wird ungerechterweise als Haccac der Tyrann in die Geschichte eingehen. Meines Erachtens war er kein Tyrann sondern ein gelehrter Mann. Ich sagte ja bereits, an erster Stelle steht die Gerechtigkeit. Was nützt einem der trockene Slogan von Barmherzigkeit.

Als ich während meiner Jugend von der Rede des Haccac in der Moschee von Kufa hörte, säte er meine volle Anerkennung. Seine berühmte Rede war:

„Ich bin ein berühmter Mann. Meine gewonnenen Schlachten und meine Taten machen mich jeden Tag noch berühmter. Lasst mich meinen umwundenen Turban ablegen, dann werdet ihr sehen, mit wem ihr es zu tun habt. Habt ihr mich jetzt richtig gut sehen können? Habt ihr mich erkannt? Ha! Wie ich sehe, reibt ihr euch die Augen und streckt eure Hälse aus, damit ihr mich auch richtig sehen könnt. Wie schön ist jedes einzelne Haupt auf diesen Hälsen mit dem Schwert vom Körper abzutrennen. Ich bin ein Genie im Köpfen. Ich kann jetzt schon das Blut fließen sehen, welches beim Abtrennen dieser Turban umwundenen Köpfe mit ihren Bärten empor spritzen wird.

Der Beherrscher der Gläubigen leerte seinen Behälter mit seinen Pfeilen. Er selektierte den tyrannischsten, schärfsten, an beiden Enden zugespitzten, aus dem härtesten Holz angefertigten Pfeil heraus. Dieser Pfeil bin ich. Oh, ihr Iraker! Oh, ihr Rebellen, die nichts anderes kennen als Aufruhr und Verrat! Ihr schlechten Seelen.

Ich besitze kein weiches Herz, sodass man mich wie weichen Teig kneten könnte. Ihr Peitschenfeinde, ihr Sklavensöhne! Ich bin Haccac b. Yusuf. Ihr werdet schon sehen, dass ich keiner bin, der viel Zeit mit Verwarnungen verliert, sondern schnell sein Gesagtes in die Tat umsetzt. Ich bin kein Freund des langen Wartens und Redens. Von nun an will ich nicht Zeuge dessen werden, dass ihr euch in Gruppen irgendwo versammelt. Versammlungen sind euch allen verboten! Ich möchte auch nicht, dass ihr euch untereinander heimlich unterhält. Von nun an wird niemand niemandem Fragen stellen wie: „Was ist passiert?" oder „Was gibt es Neues?"

Was auch immer geschieht, wird geschehen, das geht euch gar nichts an, ihr Kinder der Aufruhr! Jedermann wird sich von nun an nur mit seinen eigenen Angelegenheiten beschäftigen. Niemand wird seine Nase in die Angelegenheiten anderer stecken. Wehe denjenigen, den ich erwische! Ihr werdet geradeaus gehen. Euch weder nach rechts noch nach links drehen. Ihr werdet den Menschen folgen, die ich euch vorsetze, den Kalifen huldigen, ihm die Treue und Verbundenheit schwören und so euren Weg gehen."

Ich verabscheue Speditionen und Politik. In meiner Jugend wollten mich die Sabbahi, Melami[9] und Untertanen vom Palast in ihre Politik einschließen; jedoch blieben ihre Bemühungen erfolglos. Da ich nicht Teil ihrer Politik wurde, hegten die Sabbahi Hass auf

9 Sabbahi und Melami sind Namen islamischer, mystischer Richtungen

mich und drohten, mir einen Attentäter aufzuhetzen. Diese Drohungen belustigten mich und ich antwortete darauf nur lachend: „Dieser Schams starb schon lange bevor sein Tod kam." Auch die Politik und die Besetzungen der Mongolen widerten mich an. Politik ist das Wasser des Teufels. Wenn ihr das Wasser mit euren Händen berührt um sie zu reinigen; ist euer gesamter Körper und eure Seele dem Teufel verkauft.

Ich mochte es nicht zu schreiben oder zu diktieren. Ich sprach aus Reaktion und scheute mich nicht davor, das zu sagen, was mir in den Sinn kam. Ich erhöhte meine Stimme unerwartet und schockierte so meine Adressaten. Mevlana wunderte sich einst über meine Art zu sprechen und über mein Verhalten anderen gegenüber und fragte mich:

- „Hey Parende! Mir und der Hingabe Verfallenen gegenüber bist du höflich und ruhig; jedoch anderen gegenüber verhältst du dich cholerisch und Angst einflößend. Wieso?"

- „Sich mir ehrlich Nähernden gegenüber bin ich bescheiden und schlicht;; aber den anderen gegenüber bin ich arrogant und spitzzüngig. Sei er auch Fürst oder Pascha. Meine Zunge ist mein Schwert, welches ich nicht in seine Scheide zurückstecken werde.

Da ich so sehr von mir überzeugt bin und so stark an mich glaube, kann ich sagen, dass das Gespräch von jemand anderem, demjenigen, der zuvor meine Geselligkeit aufgesucht und gefunden hat, kalt und geschmacklos vorkommt. Ich passe meine Herangehensweise nicht meinen Gesprächspartnern an, ich bringe meine Wahrheiten zur Sprache, wie sie sind. Es ist für mich belanglos, ob mein Gesprächspartner verletzt wird oder beleidigt davongeht. Wer kann treu sein, der nicht einmal sich selber Treue erweisen kann?

Ich sonn mich in Bescheidenheit und Schlichtheit, wenn sich mir jemand in Ehrlichkeit gegenüberstellte. Aber den anderen gegenüber verhalte ich mich stolz und arrogant. Dies ist meine erste Lehre an Mevlana gewesen, dass ich von ihm verlangte, für äußere Einflüsse taub zu sein, damit sich sein tiefes inneres Verständnis entfalten konnte.

Ich bin niemals der einladenden Schönheit dieser Welt verfallen. Ist es möglich, seinen eigenen Standpunkt zu vertreten, wenn man Angst davor hat, was wohl die Umgebung von einem denken könnte? Ich verabscheue die Formverfressenheit. Es ist an mir, meinem adeligen Charakters, dass ich mich den Gedanken und dem Glauben derjenigen querstelle, die sich am Äußerlichen festhalten. So ist es mir möglich, ihren Erwartungen und Hoffnungen nicht gerecht zu werden und ihre Träume wie eine Seifenblase zerplatzen zu lassen. Ich habe alle wichtigen Metropolen der islamischen Geographie mit eigenen Augen wahrgenommen und beobachtet. Ich nahm an Sitzungen der meisten großen Denker dieser Gegenden teil und begegnete Niemandem, der mich so berauschte, wie Mevlana.

Ich hatte die Angewohnheit, diejenigen die zu mir kamen zu fragen: „Herr! Wirst du reden oder zuhören?" Wenn sie mit ‚ich werde reden' antworteten, konnte ich ihnen drei Tage und drei Nächte ohne Unterbrechung zuhören. Am Ende konnte er gehen und ich war befreit. Wenn er aber mit ‚ich werde zuhören antwortete, sagte ich ihm, dass wir uns gut verstehen würden. Ich fing an zu reden und er redete während meiner Redepausen.

Ich besitze die Eigenschaft, durch Eingebungen Allahs, die Reaktionen meiner Gesprächspartner im Vorfeld zu erahnen, des Weiteren seinen Charakter und seine Persönlichkeit zu entschlüsseln. Ruhm ist in meinen Augen eine Plage, deswegen verschleiere ich mich, indem ich die Gestalt und Art eines Verkäufers annehme und mich wie diesen kleide. Es widert mich an, die Hände und Füße küssen zu lassen. Ich verfüge über das Gemüt des Moses in seiner Nähe zu Allah und über das Gemüt des Jesus in seiner Zurückgezogenheit. Ich verbanne mich immer in die Position des Beobachters und liebe es, meine Zeit, in Einsamkeit zu verbringen. Ich spürte, dass einige verwirrte Menschen von mir Wunder erwarteten. Dabei verleugnete ich die Existenz von Wunder, wenn sich jemand damit in den Vordergrund stellen möchte, um an Ruhm zu gelangen. Die erbrachten Wunder für die Hingabe, einverstanden! Aber der Versuch Wunder zu erbringen, nur um das Volk glücklich zu machen, ist nichts anderes als Speichelleckerei.

Manchmal bringt meine Seele, euer Ego zum Beben. Manchmal bin ich ein Spiegel, der euch all eure Unvollkommenheit, Fehler und Hässlichkeit zuruft. Einige Überlieferer unterschätzen mich indem sie mich als einfachen esoterischen Derwisch darstellen. Ich möchte denjenigen, die mich unterschätzen folgende Frage stellen: Mein Werk, nämlich mein Mevlana ist der Allgemeinheit bekannt. Wo bitteschön sind eure Werke?

> *„Stelle dir einen Bogen Papier vor, dessen eine Seite zu dir gewendet und die andere Seite zum Geliebten gewendet ist. Oder jede Seite ist zu jemand anderem gedreht. Du kannst zwar die Seite, die zu dir gedreht ist lesen, aber wichtig ist, die Seite, die zum Freund, zum Geliebten gedreht ist, lesen zu können."*

Es sind Jahre vergangen, seit ich die Bücher verlassen habe. In meiner Kindheit las ich Mengen an Buchbänden. Was ich las, prägte sich in mein Gedächtnis. Allah war großzügig und schenkte mir diese Gabe. Was andere in einem Monat lernten, lernte ich in einer Nacht. Auslegung des Korans, Hadis, islamische Rechtswissenschaft, Geschichte der Religionen, Geschichte des Islam, alles über Dogmen und Sufismus entdeckte ich. Die Satzlehre mochte ich nicht; den Glauben des Kohlearbeiters zog ich dem Glauben des Satzgelehrten vor. Die iranische und indische Literatur und die arabische Rhetorik habe ich bereits in meiner Jugend erlernt. Während die Lehrer keinen blassen Schimmer über ihre selbstverfassten Bücher hatten, erinnerte ich sie an ihre eigenen Worte. Ich war wie eine wandernde Bücherei. Ich begriff, dass sich mein Gesuchter nicht in Büchern befand. Daran erinnerte ich auch Mevlana:

- „Was wäre, wenn die Hingabe in Büchern zu finden wäre. Die Hingabe kannst du nicht aus Büchern erlernen, sie ist solch ein schmerzbereitender Honig, dass es unmöglich ist, sie in Zeilen zu quetschen. Komm, ich erläutere dir die Hingabe. Vorerst verbrenn die Bücher. Suche die Hingabe nicht bei denen, die ihr verfallen sind. Die Hingabe ist nicht der Spiegel, der ihrer Verfallenen, aus diesem Grund werden auf dem Basar der Blinden keine Spiegel verkauft. Die Hingabe ist auch kein Buchstabe, dass man sie in Heften festhalten kann. Die Hingabe plündert die Paragraphen aus. Das ist der Grund, wieso die Hingabe nicht in Büchern hineinpasst. Ein Buch ist Auslegungssache, die Hingabe legt ihren Weg nicht in Auslegungen aus. Die Hingabe ist für sich allein, wie der Regenbogen, dessen Ende nicht zu sehen ist, ein Weg. Wer auch immer diesen Weg betritt, hat kein Recht mehr darauf, umzukehren. Beschwere dich nicht über die Schlaglöcher und über den Schlamm auf diesem Weg. Der Schlamm der Hingabe lässt erleuchten. Vergiss nicht! Du bist geboren, durch die Zusammenkunft des Lichtes, Seele genannt und des Schlammes, Körper genannt..."

Ich habe die Eigenschaft sogar mit den Juden gemeinsam zu beten und sage gleichzeitig ‚Möge Allah sie auf den rechten Weg leiten.' Ich bete sogar für diejenigen, die mich beschimpfen und sage: ‚Möge Allah die zu wichtigeren Aufgaben bekehren, als Beschimpfungen auszusprechen!' Mögen sie auf diesem Wege Allah gedenken und sich Bedeutungsvollem zuwenden.

Ich sagte mir: „Was habe ich mit Essen und Schlafen am Hut, wenn ich nicht mit Allah, der mich so erschuf wie ich bin, direkt im Gespräch befinde und Antworten auf meine Fragen erhalte? Bin ich auf dieser Welt, um blind zu essen und zu trinken? Ich muss ihn fragen, wieso ich auf diese Welt gekommen bin und wohin ich gehe; erst dann kann ich essen und schlafen. Des Weiteren muss ich auch Informationen über meine Errettung und über mein Ende erhalten, damit ich hier ein bequemes und sorgloses Leben durchleben kann. Seit meiner Kindheit ist dies mein Ziel und immer habe ich mich dieser Angelegenheit zugewendet. Man stelle sich eine Mutter vor, dessen schönes und süßes Kind sich die Hand verbrannt hat und diese Mutter sofort in Aktion gerät und nach Lösungen sucht. Allah half mir so, mit seinem Duft (mit seiner Liebe).

Ich mag Menschen, die mich beschimpfen; jedoch Menschen, die mich loben, kann ich nicht ausstehen. Denn vom Lob zurückzutreten ist schlimmer. Der scheinheilige Heuchler ist schlimmer als der Ungläubige, worauf auch im Koran hingewiesen wird:

> *„Der Mensch mit zwei Gesichtern, befindet sich wahrlich im untersten Stockwerk der Hölle."*

Ich habe mein Ego, meine Begierde so stark im Griff, dass ich sogar mit stärkstem Hungergefühl, kein Auge auf die süßesten Speisen und herzhaftesten Gerichte werfen würde, wobei andere sicherlich dafür sterben würden. Gebe ich meiner Begierde zur richtigen Zeit ein wenig Gerstenbrot, ist es wertvoller als dass ich ihr zur unrichtigen Zeit Kebab gebe.

Wie der Allgemeinheit bekannt ist, hält es nicht mal ein lebloses Wesen länger als sieben Monate bei mir aus. Diejenigen, die mir in der Akademie zuhören, verlieren ihren Verstand; aber wieso sollte ich die Klugen um ihren Verstand bringen? Wenn dem so ist, kann ich mich ja nicht mit ihnen unterhalten. Was ist denn schon dabei, ich werde kein Sufi, ich kann nicht zum Sufi werden. Dieser Ort ist für reine Menschen. Hier existiert keine Bürde des Zubereitens von Speisen und des Einkaufens. Hier existieren sogar das Zusammenkommen und die Trennung lebloser Objekte(wie z.B. Atomen). Im Koran wird in diesem Vers darauf hingewiesen, „Es existiert gar nichts, was IHN nicht im Gedenken dankt... Ihr könnt es jedoch nicht verstehen. Ohne Zweifel ist es der Mitleidhabende und Vergebende."

Meine Suche

Oh du Hingabe, für welche ich sogar mein Leben lassen würde!
Wo bist du?

Meine Jugend verging mit der permanenten Suche nach einem Scheich, der mich in mir entflammen könnte. Ich stellte viele Scheiche auf die Probe, jedoch merkte ich schnell, dass sie mich zu entflammen mal nebenher gestellt, noch nicht Mal in der Lage waren, in sich selbst einen Funken zu entfachen. Dass Ruhm, Hab und Gut keinen Gewinn, sondern Verlust brachten, weil sie einen an das Leben binden und im Endeffekt nicht mit ins Jenseits gebracht werden können, war mir bewusst. Das Volk hat wegen permanenter Kriege und Plünderungen vom Diesseits die Nase gestrichen voll. Da sie im Diesseits die Behaglichkeit nicht erleben, suchen sie danach im Jenseits und wenden sich diesem zu. Auch mein Appetit zum Sufismus steigerte sich auf diese Weise. Ich hasste die Menschen, die mir in den Akademie und Schulen über den Weg liefen und immer nur von sich sprachen. Seit Jahren wanderte ich von Land zu Land, um einen wahren Scheich, einen Schüler zu finden.

Die Suche nach einem Scheich, der meine innere Leere füllen könnte, meinen Fragen plausible Antworten bieten könnte, mich aus mir herausbringen könnte, dem ich mich voll und ganz widmen könnte, dauerte Jahre. Keine Schule hat zu meiner Erleichterung und Aufatmung beigetragen. Obwohl dieser Zustand lange anhielt und meine innere Leere immer mehr an Tiefe gewann, gab ich nie die Hoffnung auf. Somit erreichte ich mein sechzigstes Lebensjahr und die Stelle meines schwarzen Bartes wurde von einem Weißen eingenommen. Auf meinen Schultern ein Überwurf aus Ziegenfell, ein Stock in meiner Hand, auf meinem Kopf eine Kalpa ähnlichen Derwisch-Mütze. An bestimmten Orten arbeitete ich, trug Ware auf meinem Rücken, verdiente so ein paar Pfennige und deckte somit meine Bedürfnisse. Niemals bat ich jemanden um etwas oder benötigte fremde Hilfe zum Überleben. Die meiste Zeit über erlitt ich Hunger und machte mich dann über meine Begierden lächerlich. Was habe ich meinen Gelüsten nicht alles angetan. Manchmal verbrachte ich die Nach auf einem Ast liegend und manchmal legte ich mich auf Steingletscher und schlief so. Meistens jedoch legte ich mich in einen Sarg, der im Totenwaschbereich der Moschee stand und begab mich mit dem Gebetsruf zum Morgengebet in die Moschee.

Zwei Erinnerungen erwachten in mir, als ich an die Ansage ‚dein Gesuchter befindet sich in Konya' dachte. Meine erste Erinnerung: eine große Menschenmenge wanderte aus Balch aus und durchquerte auf dem Weg zur Mekka- Pilgerfahrt Damaskus. Ich wurde auf diese großartige Karawane auf den Straßen Damaskus' aufmerksam. Zu dieser Zeit war Mevlana ein fünfjähriges Kind und ich ein Jugendlicher. Ich hörte mir eine Predigt seines Vaters Bahaeddin in der Moschee Damaskus' zu einem Freitagsgebet an. Ich mochte seine wissenschaftlich annähernde rhetorische Art. Wahrscheinlich war mir Mevlana seines Vaters wegen so vertraut.

Meine andere Erinnerung: als ich Jahre später mit fast sechzig Jahren, durch den Basar von Damaskus zog, fiel mir ein etwa vierzigjähriger Mann auf, der mit einer Menschengruppe daher lief. Ich konnte meine Augen nicht von ihm lassen und trat so an ihn heran, legte meine Hand auf seine Schulter und sprach zu ihm;

- „Oh du Weltenhändler. Finde mich" und entfernte mich. Also war der Mann, von dem ich erfuhr, dass er aus Konya stammte, derjenige, der in sich das trug, was ich jahrelang suchte.

Ich hatte einen Entschluss gefasst. Ich musste nach Konya reisen und diesen bekannten Mann finden. Ich nahm meinen Stock zur Hand und machte mich auf den Weg.

Wo auch immer ich vorbeikam, war von Mevlana die Rede. Was für einen erhabenen Vater er doch hätte, dass ihn sogar die nichtmuslemischen Menschen in Konya bewunderten. Von alledem war in hohen Tönen die Rede. In mir stauten sich die Wörter ‚Geh und teste doch, ob es sich um Honig oder Gift handelt.' Nach jedem Gebet und wenn ich mich ein paar Stunden vor dem Ende der Nacht schlafen legte, brachte ich immer folgendes Gebet zur Sprache:

- "Oh Allah. Lasse mich mit meinen Freunden zusammentreffen" Als ich in Aleppo auf einem Weizendrescher ruhte, hatte ich den selben Wunsch geäußert und war mit diesem Gedanken eingeschlafen. Im Traum wurde mir dann offenbart, dass ich mich zur Erfüllung dieses Wunsches nach Anatolien begeben müsse. Danach wurde ich gefragt, welches Opfer ich als Gegenleistung erbringen würde.

- "Meinen Kopf." antwortete ich ohne zu zögern. Als ich erwachte, machte ich mich sofort auf den Weg. Im Durchwandern von Anatolien, hörte ich überall vom Ruhm des Mevlana. Mein Entschluss stand fest. Ich wollte nach Konya gehen. Ich wäre wunschlos glücklich, wenn ich tatsächlich das finden sollte, was ich suchte. Mit diesem Gedanken machte ich mich auf den Weg.

Eines Tages sah ich in Urfa einen Mann. Obwohl er mit Peitschenhieben gequält wurde, war seine Stimme nicht zu hören. Er wurde ausgepeitscht und er war still. Ich folgte ihm und fragte, wieso er ausgepeitscht wurde. Er sagte, dass er sich in eine Frau verliebte und deswegen in solch eine Situation geraten war. „Wieso hast du trotz so großer Schmerzen keinen Murks von dir gegeben?“ fragte ich.

- “Meine Geliebte beobachtete mich“ war seine Antwort. Als ich daraufhin sagte: „Und was wäre erst, wenn du wüsstest, dass Allah der Erhabene dich immer beobachtet!“ fiel er schreiend zu Boden.

Am Brautgemach unseres Propheten Abraham verspürte ich einen innerlichen Genuss.

„Oh mein Schöpfer, der Abraham im hochflammigen Feuer, vom babylonischen König Nimrod, um Abraham zu verbrennen, bereiteten Feuers, nicht verbrennen ließ! Das in mir brennende Feuer ist mittlerweile so stark gewachsen, dass es mich komplett umrandet hat. Bitte lass mich auf meinen Freund treffen, der mein Feuer annimmt. Soll der Atem der Verliebten Wind für meine Flügel sein. Möge ich so schnell wie möglich nach Konya fliegen.“ Ich befand mich permanent innerhalb dieser inständigen Bitte. Ich bin Parende. Der Fliegende also. Was ist Fliegen, wenn die Augen auf dem Grund nach Aas suchen! Ja, auch die Geier fliegen, während sie ihre Schatten hinterlassen. Kann jemand jenseits des Herzens fliegen?

Eine Woche später, war ich in Diyarbakir. Zwischen der Zeit des Morgengebetes und des Mittagsgebetes verlief ich mich. Nach einem dreitägigen Gang, hatte ich die Spitze eines hohen Berges bestiegen. Von dort aus konnte ich den steilen Abhang, einen neben dem Abhang fließenden Fluss und die Straßen eines Dorfes sehen. Weil das Dorf weit entfernt war, hatte es von meinem Standpunkt aus die Größe eines Ringes und die Berge des Dorfes hatten die Größe von Kindern. Im Klartext gab ich mich in die Hände des Todes und ließ mich herabfallen. Die Dorfbewohner, die mich sahen, dachten ich wäre ein Monster, ein Tiger oder ein ähnliches Geschöpf. Als rutschte ich vom steilen Abhang auf meinen Handflächen herunter. Als ich im Dorf ankam, kam ein großer Teil der Dorfbewohner auf mich zu und verbeugte sich vor mir. Sie bestaunten mich indem sie dachten: „Ist das wohl ein Dämon oder Hizir[10], der den Berg heruntergerollt ist und dem noch nicht mal die Nase blutet?"

Hals über Kopf und stillschweigend verließ ich Diyarbakir. Es war Nacht und meine Schritte stampften auf meinen Träumen. Ich befand mich in einer lieblichen Hektik, um so bald wie möglich Konya zu erreichen. Als würde ich seit Jahren nach Mevlana suchen, als würde Mevlana seit Jahren auf mich warten. Ich war voller Hoffnungen auf den Sieg. Ich lief mit Mevlana durstenden Lippen auf Konya zu, als wäre es meine Heimat.

Ich komme zu dir. Mein Atem dann und wann brennend wie ein Wüstenwind, dann und wann kühl, wie die Wüstennacht.

Auf dem Weg nach Erzincan, begleitete mich eine Menge von Sufis. Sie ernannten mich zu ihrem Anführer und sagten: „Ohne eure Erlaubnis rühren wir uns nicht vom Fleck und machen uns nicht auf den Weg. Auch wenn wir uns gegenseitig verärgern sollten, machen wir nichts, ohne dass ihr es uns gestattet." Einige Tagelang haben sie nichts finden können, um sich satt zu essen. Es war die Jahreszeit der Zuckermelonen. Einer der Melonenverkäufer winkte uns zu: „Hee ihr Derwische! Kommt und sagt Bismillah(Esst im Namen Allahs)." Sie wollten sofort hingehen. „Wir sind hungrig, wenn ihr es auch seid, dann los. Dieses Angebot ist nicht abzuschlagen." Daraufhin sagte ich: „Diese Zuckermelone bleibt an ihrem Platz." Es gab doch diesen Sufi, der zum Brot in seiner Tasche sagte: ‚Wenn ich etwas Besseres als dich finde, esse ich es, wenn nicht, dann esse ich dich. Du bist ja eh in meiner Hand...' Wir taten so, als seien wir taub und versuchten mit Mimik und Gestik ‚Was ist?' zu signalisieren. Er trat näher und beharrte darauf. Ich sagte: „Unter einer Bedingung. Wir nehmen deine Einladung an, wenn du den Derwischen von den Zuckermelonen gibst, die du selber isst." Plötzlich wurde er ganz nervös und warf sich mir vor die Füße. Eigentlich hatte der Mann geplant, den Derwischen die unreifen Melonen anzubieten. Ich sagte zu ihm: „Den Derwischen nicht die guten Me-

10 Unsterblicher Heiliger, der im Augenblick höchster Bedrängnis zur Hilfe kommt.

lonen geben und die Guten selber essen und somit eine Spende auf Allahs Weg von der schlechten Ware hergeben. Das passt nicht zu dir. Das schickt sich nicht!" Der Mann jammerte laut los und warf sich auf den Boden. Danach beherbergte er die Derwische noch drei weitere Tage. Er schlachtete Schafe. „Das reicht." sagte ich, „du hast uns nun schon sieben Tage beherbergt und dich um uns gekümmert, jetzt ist es an der Zeit, dass du dich um dich kümmerst." Danach machte ich mich erneut auf den Weg.

Ich war in Erzincan angekommen; ich hatte mich von meinen Freunden getrennt und dort kannte ich keine Menschenseele. Ich hatte eine schöne Zeit. Ich spielte Spiele und stieg in den Ring. Jedoch nach nicht allzu langer Zeit entdeckten sie mich und sprachen mich an: „Du bist Schams höchstpersönlich." Ich suchte nach Arbeit für drei Tage, aber niemand gab mir Arbeit. Weil ich dünn und schmächtig war, entschieden sie sich immer für andere Arbeiter, aber nie für mich. Ein reicher Mann hatte mich gesehen und schickte seinen Diener, um mich zu fragen was ich dort suchen würde. Ich sagte: „Bist du der Aufseher dieses Weges? Lass es mich wissen, wenn du der Aufseher dieser Stadt und dieses Weges bist." Kurz gesagt, der Mann erwies mir Respekt und brachte mich zu sich nach Hause. Er setzte mich an einen guten Platz. Er bot mir Essen an und setzte sich ein wenig entfernt auf seine Knie. Als ich mit dem Essen fertig war, sagte er zu mir: „Kommet jeden Tag und esst, solange ihr in dieser Stadt weilt." Diese Worte hielten mich vorläufig vom Gehen ab.

Eines Tages sah er mich und sagte: „Befreit mich von dieser Bürde, denn Freundschaft bedeutet ein beidseitiges Geben und Nehmen: ‚Es existiert ein Fenster zwischen zweier Seelen.' Meine Seele brennt nach euch und ich glaube, dass ihr solch ein Gefühl auch in euch tragt. Wieso lasst ihr mich im Schleier ausharren? Sagt, was steckt dahinter?" Meine Art ist folgende: Ich bin dem gegenüber, den ich mag, vorerst hart und barsch im Verhalten. Dann werde ich voll und ganz Sein. Mit meiner Güte, mit meinem Zorn, mit Leib und Seele. Denn Güte ist so etwas Faszinierendes. Bringt man ein fünfjähriges Kind Güte entgegen, wird er dir lieb und teuer, als wäre es dein Leibliches. Nur der wahre Mann weiß, was sein Führer durchmacht. Und weiß, wie man sich mit Geduld, der Mühsal und dem Übel gegenüberstellt. Er erkennt sogar, welche Art von Volk hinter der Mühsal steckt und wohin der Führer geführt wird. Er spürt offensichtlich die Geheimnisse, die er entschlüsselt und fürchtet sich nicht davor zum Nichts zu werden. Er spürt offensichtlich die Mühsal, tausende von Mühsalen, die ihn treffen.

Nachdem ich in Sivas das Nachmittagsgebet verrichtet hatte, war ich kurz davor, mich auf den Weg zu machen. Ich wurde Zeuge eines Gebetes, welches jemand mit lauter Stimme, an der Mauer der Moschee aussprach:

- „Allah, öffne mir die Türen der Gnade."

- „Ist die Gnadentüre Allahs denn verschlossen, dass du um die Öffnung dieser bittest? Das Diesseits kannst du nicht ins Jenseits mitnehmen... Lebe so, dass dich das Diesseits zum Jenseits führt."

Ich durchwanderte Städte. Ich habe Städte gesehen. Die Toten in der Stadt waren mehr als auf ihrem Friedhof. In meinen Augen war jedes Leben tot, welches sich von der Hingabe abgewandt hat. Die Toten sprachen, ich schwieg.

Sivas, Kayseri dann kam ich an Aksaray vorbei. Ich suchte nach einer passenden Bleibe. Ich wollte mich baden. Auch meinen Gewandt musste ich reinigen. Ich fand keine passende Bleibe. Ich entschloss mich dazu im Gebetshaus zu übernachten. Im Gebetshaus angekommen verkroch ich mich in eine Ecke. Nach dem letzten Gebet sah mich der Gebetsrufer, als er gerade die Tür verschließen wollte und forderte mich in einem barschen Ton auf: „He, wer bist du? Mach dass du wegkommst. Geh und suche dir einen anderen Ort zum Herumdösen."

- „Entschuldige mich doch für diese Nacht. Ich bin ein armer Reisender. Ich wüsste nicht, wo ich sonst übernachten könnte. Ich werde dich auch nicht in Anspruch nehmen. Gestatte mir doch einfach, dass ich hier übernachte." sagte ich.

Der Gebetsrufer war außer sich vor Wut. Er fing an zu schreien und sprach mit unschönen Worten. Ich war gekränkt von seiner Wortwahl und konnte es nun nicht mehr stillschweigend hinnehmen:

- „Ich wünsche dir, dass deine Zunge anschwillt." Sagte ich nur noch und entfernte mich von Gebetshaus.

In diesem Moment begann die Zunge des Mannes anzuschwellen und seinen Hals zuzustopfen. Der Vorbeter eilte zur Atemnot des Gebetsrufers.

- „Was ist los, was ist passiert?" fragte der Vorbeter hektisch. Der Gebetsrufer zeigte mit Mühe auf mich, der sich immer mehr entfernte:

- „Er hat mich in diese Lage gebracht. Lauf und bitte ihn um Vergebung." Der Imam rannte mir hinterher und schnitt mir den Weg ab:

- „Guter Herr, der erbärmliche Gebetsrufer hat nicht erkannt, wer ihr seid, entschuldigt ihn." flehte er.

- „Es ist zu spät, den Entschluss hat Allah getroffen. Mir sind die Hände gebunden. Das einzige, was ich noch für ihn tun kann ist, dafür zu beten, dass er im Glauben davongeschieden ist und keine Quälereien im Jenseits erfährt..."

Und ich setzte meinen Weg fort. Als der Mann zurückkehrte, war der Gebetsrufer schon lange gestorben.

Ich näherte mich Konya.

Das Zusammentreffen mit der Heimat Mevlanas'. Das Land der Hingabe

Wie kannst du zu einem Menschen sagen, du liebest ihn nicht, wenn er doch von Allah, von deiner Tür zu seinem Palast der Hingabe genommen wurde?

Oh Konya, um dich zu erreichen, bin ich jahrelang gelaufen. Mein Leben hat auf deinem Weg ein Netz gespannt. Ich bin gelaufen und gelaufen… Auf meinen Schultern einen Umhang, so schwer wie die Nacht, an meinen Füßen Schuhe mit Lochern; jedoch in meinen Augen die Sonne und in meinem Inneren Flüsse, die nach ihren Flussbetten suchen. Ich durchwanderte Wege mit Ölweidenduft. Mein innerliches Gekreische war immer ein Schritt vor meinen Füßen. Wo ist nun mein Ozean, oh Konya!

Mein Wunsch nach Konya zu gelangen war nicht umsonst. Meine letzte Hoffnung befand sich in Konya, Konya war meine letzte Hoffnung. In meinem Traum wurde ich darüber unterrichtet, dass der Scheich, den ich suchte, der Sultan von Konya sei. Die Träume zeigten auf ihn. Die Wege deuteten zu seiner Adresse hin.

Im November des Jahres 1244 trat ich in Konya ein. Als ich vom Weiten die Minarette von Konya sah, war ich aufgeregt. Auf dem Weg fragte ich einem jungen Mann nach einer Herberge. Er beschrieb mir den Weg zur Schekerdschi Herberge. Der Wirt dieser Herberge schaute mich seltsam an, er dachte wohl, ich sei ein reicher Händler.

- „Um was zu kaufen seid ihr hier?“

- „Einen Diamanten.“ antwortete ich.

- „Dann seid ihr in der falschen Stadt mein Freund. Wir haben hier nur Reis und Silber. Des Weiteren ist unsere Stadt mit ihrer Weberei und Goldverarbeitung bekannt. Auf unserem Basar könnt ihr auch blaue Steine, Perlen und aderigen Achat finden. Jedoch Diamanten gibt es hier gar nicht.“

- „Ein vergleichsloser Diamant befindet sich direkt vor eurer Nase und ihr seht nichts anderes als Glas! Nun raube mir nicht weiter meine Zeit und reiche mir den Zimmerschlüssel.“ sagte ich noch und machte mich auf den Weg nach oben.

Als ich ins Zimmer kam, staute ich alle Gegenstände in eine Ecke. Einen teuren Teppich, ein Sofa mit Wollkissen und ein weiches Bett. Die Strohmatte auf dem Fußboden war für mich ausreichend. Es war schon Zeit zum Fastenbrechen, also beendete ich mein Fasten mit einem kleinen Stück Brot und ein halbes Glas Wasser. Ich verrichtete mein Gebet, wusch meine Kleidung und hing sie auf. Mit dem Motto: ‚Mal sehen, welch Hingabe mir morgen geboten wird‘ legte ich mich zur Ruhe.

Am nächsten Tag war der 25. November. Nachdem ich mein Morgengebet verrichtet hatte, rezitierte ich bis zum Freitagsgebet aus dem Koran. Danach kehrte ich zur Herberge zurück. Alle Männer, Frauen und Kinder um mich herum starrten mich seltsam an. Sie bissen mich mit ihren Blicken, als wäre ich der einzige Fremde in dieser Stadt oder als hätte ich irgendwelche Zeichen an mir. Ich setzte mich vor die Herberge auf einen Felsen und war vertieft im Beobachten der Vorbeigehenden. Meine Vertiefung brachte mich in die Vergangenheit. Obwohl mein Körper vor Ort blieb, wanderte meine Seele Monat für Monat zurück, bis zum ersten Treffen, zum zauberhaften Blickkontakt in Damaskus. Die geheimnisverstreuenden Erinnerungen kamen mir vor Augen.

Eines Tages trafen sie in Damaskus aufeinander. Vor der großen Moschee predigte Schams dem Volk. Mevlana, der zu dieser Zeit, frisch in die Mängel von Angst, Sorge, Unbehagen und innerer Unruhe geraten war und dadurch schlaflose Nächte durchlebt hatte, näherte sich, um den Besitzer dieser Stimme zuzuhören. Die Stimme kam aus einer anderen Welt, aus einer geheimnisvollen Welt. Es waren weder die Worte, noch ihre Bedeutungen, die Mevlana bis auf seine Knochen fesselten und zum Beben brachten; Die klangvolle Stimme der Predigt, die Farbe, der Geschmack waren es, was alle so beeindruckte. Jedoch Mevlana empfand einen anderen Geschmack, die Worte brachten ihn zum Brennen...

Mevlana fixierte seine Blicke auf Schams... Auf seine Armut, sein Leiden und auf seine Stattlichkeit... Auch Schams blickte ihn an. In dem Moment entfaltete sich mit dem Treffen der Blicke ein qualvoller Aufruf des unendlich Sterbelosen in ihrem Inneren. Mevlana suchte wie ein Kind, welches seine Mutter verloren hatte, in Panik nach links und rechts schauend, nach dem Inhaber der Worte, die ihn in Brand gesetzt hatte. Ohne Erfolg, nirgend fand er ihn. Sein Schams war wie vom Erdboden verschluckt. Als er mit Angst und Neugierde dabei war, das Geschehene zu begreifen, zuckte er mit der Berührung einer Hand auf seiner Schulter zusammen. Die Quelle seines inneren Lichtes sagte: „Oh du Weltenhändler, finde mich!" Danach löste er sich wieder in Luft auf. Mevlana, der wegen all dieses in Verwunderung geraten war, verspürte ein unbeschreibliches Brennen in seinem Herzen. Um seine Nervosität einzudämmen, ließ er sich auf die Treppen der großen Moschee nieder. Wenige Zeit später, war bereits Gras über das Erlebte gewachsen. Der wütende Sturm in Mevlanas Bewusstsein, konnte ihn nicht länger in Damaskus halten. Er kehrte nach Konya zurück.

Heute ging die Sonne von Damaskus in Konya auf. Ein gigantisch riesiger Ozean verfolgte den Tropfen. Wenn Mevlana schon nicht in den Ozean eintauchte obwohl er schon am Strand angekommen war, dann soll halt der Ozean den Tropfen ergreifen. Deswegen nahm Schams die Ferne, die Wüste in seine Fittiche, stützte die Berge auf seinen Rücken und kam.

Aus meinem Zustand erwachte ich mit den Stimmen: „er kommt, er…“ Es war schon fast Nachmittag geworden. Auf den Straßen, auf dem Markt hatte Bewegung, eine süße Hast und Aufregung begonnen. Die Freude und Vorbereitungen des Volkes ließen mich denken, es käme ein Kaiser. Die Menschen auf den Straßen reihten sich an den Rand der Straßen, die Menschen in den Geschäften standen auf und stellten sich vor ihre Geschäfte. Diejenigen, die saßen, standen auf und bündelten ihre Hände etwa in Bauchhöhe. Ich sagte mir verblüfft: ‚Was für eine Zeremonie, was für ein Wettstreit in Ehrerbietung.“ Jedoch kam nur jemand, dessen Äußeres deutlich zeigte, dass er eine Art Universitätsprofessor war. Obwohl er links und rechts von seinen Schüler umgeben war, kam er auf einem Esel. Die Menge:

„Mevlana Celaleddin kommt.“ Sie standen auf und begrüßten ihn ehrerweisend. Es ist also er, dessen Name mir seit Jahren zu Ohren kommt und der Mevlana, den ich einmal in Damaskus gesehen hatte. Der lächelnde, auf einem Esel reitende Mensch, der einen kurzen schwarzen Bart trug und dessen Hautfarbe leicht dunkel war. Mir gefiel sein Auftreten, seine Art und Weise. Ich sagte mir: „Das ist der Diamant, nach dem ich suche und wegen dem ich hergekommen bin.“ Ich stand auf und bewegte mich mit der ständig wachsenden Menge fort, die die schmale Straße entlang ging. Einige Menschen schlossen sich direkt, nachdem sie den Konvoi bemerkten, an. Die Predigt des großen, weltbekannten Wegweisers durfte nicht verpasst werden.

Man konnte hinter der Menge, den Turban von Mevlana sehen: Als würde vom Stoff ein lichterndes Strahlenbündel ausgehen.

Wenn ich rufen würde, würde er sich umdrehen und mich sehen und so würde er vom Esel direkt in meine Arme fallen. Das wusste ich, jedoch beherrschte ich mich. Ich wusste, dass sich Freunde vorerst im Korridor der Unterhaltung treffen mussten, um Arm in Arm im gemeinsamen Palast spazieren gehen zu können.

Ich schlug mich durch die Menge und kam neben den Esel. Mevlana war in Gedanken versunken und sich seiner Umgebung nicht bewusst. Ich nahm die Zügel des Esels aus den Händen des alten Mannes, der den Esel zog und brachte ihn zum Stehen. Auch wenn der alte Mann versuchte, dies zu verhindern, waren meine zerschmelzenden Blicke ausreichend, um ihn ruhig zu stellen.

- „Bist du der Sultan der Gelehrten, der Sohn Veled's, Mevlana?"

Mevlana murmelte verblüfft:

- „Ja, das bin ich."

- „Sag mir, wer war größer? Der geistige Bayezid-i Bestami oder der Prophet Mohammed?

Mevlana spornte den Esel leicht nach vorne:

- „Was ist das für eine Frage? Es besteht kein Zweifel darin, dass der Prophet Mohammed größer war."

Ich gestattete dem alten Mann, die Zügel zu übernehmen und die Menge setzte ihren Weg fort. Dabei hatte ich noch nicht zu Ende gesprochen. Ich rief Mevlana hinterher:

-„Ok, wenn Muhammed der Prophet größer ist, wieso sagte er dann ‚Ich kenn Dich nicht gut genug, wie ich Dich kennen müsste' und Bayezid ‚Der Sieg ist mein! Welch großes Ansehen habe ich, denn ich bin nur gefüllt mit Allah'?"

Der Esel blieb stehen und Mevlana drehte sich auf dem Sattel um. Er runzelte seine Stirn und dachte eine Weile nach. Er versuchte sich zu erinnern, woher er diesen Mann kannte. Waren sie sich schon mal begegnet?

Die erste Antwort auf die Frage beantwortete Mevlana aus seinem Bauch heraus jedoch jetzt dachte er gründlich nach.

- „Mohammed der Prophet war immer noch auf der Suche nach Allah. Sein Wissen reichte ihm nicht aus, um stehen zu bleiben. Bayezid hingegen verlor sich in Allah. Er dachte, er wäre angekommen, jedoch tatsächlich existiert kein Ankommen."

Er brachte den Esel zum Laufen und ging wieder in der Menge verloren. ‚Eine gute Antwort' murmelte ich. Ja, ich hatte mich nicht geirrt, dies war genau der Mann, nachdem ich gesucht hatte. Ich hatte den ganzen langen Weg nicht umsonst zurückgelegt. Ich folgte ihnen. Während ich ihnen folgte, wünschte ich mir, dass Mevlana sich umdreht und zu mir schaut. Ach würde er nur mal herüberschauen. Ach würde er nur entflammen. Los komm, dreh dich um. Voller Aufregung setzte ich die Verfolgung fort. Die Menschen in unserer Umgebung waren neugierig und wollten wissen, was geschehen war. Das Volk kümmerte mich nicht. Mich kümmerte nur derjenige, der auf dem Esel ritt.

Die Menge erreicht die Karatay Schule und ich stellte mich an den Rand des Ortes, der von der Kuppel beschattet wurde. Die Menge hatte Platz genommen, ich hingegen stand und beobachtete Mevlana. ‚Was für ein junger Mann und wie ernsthaft er in seinem Umhang aussieht'!

Die Schule zittert vor Erwartungen, die leise murmelnden Stimmen schallten an den Wänden. Durch das Licht in der Mitte der Kuppel, schweifte der wolkenlose Himmel herein. Direkt darunter befand sich ein Wasserbecken, der in der Nacht als Spiegel für die Sterne verwendet wurde, um die Sternenkunde zu studieren.

Einer seiner Schüler legte auf den Tisch vor Mevlana, einige Bücher ab und alle nahmen ihre Plätze ein. ‚Jetzt oder nie' sagte ich mir, als er gerade mit seiner Rede beginnen wollte:

- „Über Wissen zu verfügen ist etwas anderes als zu wissen. Das Wissen ist nur ein Teil des Gedächtnisses. Damit kannst du es höchstens schaffen, ein Gelehrter oder ein Wissenschaftler zu werden, bzw. zu bleiben. Aber wissen ist ein Teil unserer Existenz. Damit kannst du es schaffen, wissend zu werden. Ein Kenner, ein

Wissender, ein Verstehender. Es ist die Trans-Reise unserer Seele auf die andere Seite, unser aktives Wissen zu überschreiten. In diesem Zustand verfällst du auch der Hingabe. Nun sag Mevlana, was bist du?"

Er hob sein Haupt und schaute mich dermaßen an, dass ich ohnmächtig zu Boden fiel. Als ich zu mir kam, war Mevlana an meiner Seite. Mevlana nahm mich an die Hand und brachte mich zu Fuß zu seiner eigenen Schule. Wir begaben uns gemeinsam in ein Zimmer. Dieses Zimmer war das Zimmer vom Goldhändler Selahaddin. Dort blieben wir eine Weile alleine.

Mevlana:

- „Mein Sultan! Ich weiß, du hast viele Städte durchwandert. Wieso hast du dich bis hierher bemüht und nicht die Möglichkeit wahrgenommen, dort die Aufgabe zu übernehmen, den Menschen den rechten Weg aufzuzeigen?" Ich antwortete lächelnd:

- „Ich traf an den Orten immer auf schwache, hilflose Pharaonen; ich konnte niemanden entdecken, der mit Leib und Seele die Dienerschaft antreten wollte. Das erste Mal traf ich jetzt auf einen Diener. Das bist du."

_ „Oh Schamseddin von Täbris, oh du Perle des Reiches der Seelen. Ich weiß, mein Haus ist unter deiner Würde, jedoch bin ich dir jetzt dein treuer Sklave. Alles, was der Diener hat, gehört jetzt seinem Herrn. Von nun an ist es dein Haus; meine Kinder sind nun deine Söhne und Töchter." Mit diesen Worten legte er mir sein ganzes Hab und Gut vor die Füße und zeichnete mich somit aus.

Auch Mevlana wollte ich auf die Probe stellen. Würde er wohl wie die anderen Schüler, die ich auf die Probe gestellt hatte, umher wackelnd versuchen der Aufgabe gerecht zu werden ohne Aufwand und Mühe investieren zu wollen? Oder würde er Geduld erweisen, um Herr der Geheimnisse zu werden? Mevlana verfügte über eine normabweichende Art, die selbst ich noch nicht entschlüsselt habe. Er war nicht der klassische Lehrer, er versteckt jedoch seinen inneren Hunger und wagt sich nicht, ihn ans Licht zu bringen. Wir waren zwei Boxer im Ring, die versuchen, ihren Gegner zu messen. Ich suchte nach einem Scheich und er suchte ebenfalls nach einem Scheich. Wir beide waren wie durstige Adler, die an einer Wasserquelle warteten. Wie ich einst den Evhadüddin-i Kirmani darum bat, bat ich nun auch Mevlana darum, mir Wein zu bringen. Mevlana folgte, zum Verblüffen anderer, meiner Bitte. Er sprintete zur nächsten griechischen Bar und setzte mir den Wein mit eigenen Händen vor die Nase. Ich vergoss den Wein vor seinen verblüfften Blicken auf den Boden.

- „Ich trinke keinen Wein. Ich bat um Wein, um dich zu testen. Um zu sehen ob du wie die Anderen bist oder nicht. Du besitzt einen höheren Grad an Reife und Heiligkeit, als ich dachte. Mal schauen, was die Zukunft bringt, denn du bestehst langsam aber sicher die ersten Prüfungen. Solange du solch Kraft und Geduld aufbringst, kann dir auf dieser Welt so leicht niemand das Wasser reichen." Mit wahrer Freude umarmte Mevlana mich. Er umarmte mich so, als hätte er etwas erreicht, was von jedermann angestrebt würde. In diesem Moment fiel die Last der vergangenen Jahre und die Last der gesamten Berge, von meinen Schultern ab. Ich fühlte mich federleicht. Ich dankte Allah, dass er mir nach jahrelanger Suche, solch einen Freund geschenkt hat. Ich stand auf und verrichtete zum Dank, ein Gebet. Die kleine Schule, die Mevlana als Bleibe verwendete, war nun gefüllt mit Geheimnissen, Hingabe und Sinn.

Nun teilte der Mevlana, der gestern noch Schülern als Akademieoberhaupt Unterricht erteilte, in Moscheen mit seinen Predigten die Beliebtheit des Volkes genoss, mit seinen Ratschlägen und Rechtsgutachten als Bürgermeister die Probleme des Volkes löste, nun mit mir den Tisch der Hingabe. Er lebte nun von allen und allem weit entfernt und widmete sich meiner Konversationen. Er pflegte zu sagen:

- „Wäre ich der Osten, wäre ich der Westen, stieg ich hinauf in die Himmel, wäre ich nicht im Besitz auch nur eines einzigen Zeichens des Lebens, wenn ich von dir kein Zeichen geboten bekäme. Ich war der Fromme, der Gottesfürchtige dieses Landes. Ich hatte ein Rednerpult. Und jetzt hat ein Unfall meines Herzens mich dazu gebracht, dass mein Herz in deiner Gegenwart höher schlägt und ich der Hingabe verfallen bin!“

Du bist im Besitz von diesem und jenem; dieses sagt er hätte, jenes erklärte er hätte und was bitteschön hast du von dir Mevlana?

Eines Tages saß ich am Wasserbecken der Schule und wiederholte Litaneien und praktizierte somit die Andacht Allahs. Mevlana kam mit Büchern unter seinem Arm geklemmt zu mir. Ich wusste von dem Tag an, an dem ich kam, dass er seine Bücher nie niederließ. Ich dachte mir: ‚Ach der arme, er denkt, dass er in diesem Haufen Papier, finden kann, wonach er sucht'. Schließlich sagte ich: „Seit Jahren liest du diese Bücher. Was hast du mitnehmen können?" Er grüßte mich mit einem Lächeln und setzte sich zu mir.

- „Hast du die Bücher unter deinem Arm oft gelesen?"

- „Ja, ich lese sie Tag und Nacht."

- „Und? Was hast du davon? Gib mal her, was hast du denn da? Ist dieses das Buch, welches dein Vater verfasst hat?"

- „Ja, es ist der ganze Stolz meines verstorbenen Vaters, Allah habe ihn Seelig."

- „Und dies ist dein erstes Geschenk, welches du in deiner Kindheit bekommen hast? Esrarname[11]? Sind das die Gedichte von diesem falschen Propheten, diesem verwirrten Lumpen?"

- „Ja."

- „Hmm. Reich mir mal diese Holzklotzbände."

Er reichte mir alle Bücher. Ich begann alle Bücher der Reihe nach ins Wasser zu werfen. Währenddessen verstanden seine Schüler nicht, was sich zu dem Zeitpunkt zutrug. Sie standen unter Schock. Alle Bücher, die Mevlana jahrelang gelesen hatte, wurden der Reihe nach ins Wasser geworfen und das Wasser mutierte nun zu einem

11 Name eines Buches. Wort wörtliche Übersetzung: Das Schreiben der Mystik der Geheimnisse.

Tintenmeer. Diesem Ereignis gegenüber begann Mevlana zu weinen. Die Derwische sprangen im Nu ins Wasser um die Bücher zu retten, jedoch schrie ich im sehr lauten Ton:

- „Bleibt wo ihr seid. Mischt euch nicht ein. Kümmert euch um eure eigenen Angelegenheiten." Mevlana war auf die Knie gesunken, klopfte sich auf diese und weinte, während er die schwimmenden Bücher, seinen ganzen Stolz, sein Erbe beobachtete. Ich sah ihn lächelnd an, stieg in das Wasserbecken und sammelte die Bücher der Reihe nach ein.

- „Nimm. Ist das nicht das Buch, welches du haben wolltest?" sagte ich während ich ihm ein Buch reichte.

Erstaunlich. Esrarname war unverändert staubig. Als hätte ich es nicht aus einem gefüllten Wasserbecken gefischt, sondern dem Bücherregal entnommen.

- „Die Wissenschaft der Hingabe ist nicht in der Schule zu erlernen. Auch Papierbögen können die Hingabe nicht lehren. Ist es dein Wunsch die Hingabe zu erlernen? Seit Jahren liest du. Hast du sie erlernt? Ich möchte keine Bücher mehr in deinen Händen sehen. Ich gestatte dir nicht Mal den Maarif deines Vaters zu lesen. Du bist im Besitz von diesem und jenem; dieses sagt: er hätte, jenes erklärte: er hätte und was bitteschön hast du von dir Mevlana? Wie lange noch möchtest du dich unter den Schatten Anderer oder unter den Schatten deines Vaters stellen." Hätte ich mich an dem Tag nicht so streng über Bücher ausgelassen, hätte ich mich nicht so verhalten, hätte Mevlana weder die Hingabe erkannt und verstanden, noch hätte er nach unserer Trennung die wunderbaren Werke verfassen können. Unter Anderem das großartige ‚Mesnevi', welches den Menschen geboten wurde.

Aus Mohammed resultiert Liebe
Was hat die Liebe schon für eine Bedeutung, ohne Mohammed.

Halvet bedeutet im Arabischen allein zu sein, sich an einen einsamen Ort zurückzuziehen. Im Sufismus sperrt der Scheich seinen Schüler für eine bestimmte Zeit an einen dunklen, von der Außenwelt abgeschnittenen Ort damit er mit Hilfe von geistiger Konzentration, wiederholten Litaneien, seine Zurückgezogenheit durchführt. Des Weiteren wird auch das heimliche Gespräch mit Allah, das Auswerfen falschen Glaubens aus dem Herzen, die Reinigung und Befreiung des Herzens von schlechten Eigenschaften, als ‚Halvet' bezeichnet. Das bedeutet also, dass sich der Diener (Allahs) auf diesem Wege voll und ganz Allah widmet und hingibt und sich von allem anderen fern hält.

Halvet; stammt von der Zurückgezogenheit des Propheten Mohammeds, die er praktizierte, noch bevor die Offenbarungen begannen, als er sich in die ‚Hira' Höhle zurückzog. Der Ursprung für die vierzig Tage dauernde Zeitspanne des ‚Halvets' ist auf die vierzig Tage des Aufenthalts Moses auf dem Berg von Sinai, wo er im direkten Gespräch zu Allah stand, zurückzuführen. Für diese kontrollierte Einsamkeit, für dieses Alleinsein werden verschiedene Begrifflichkeiten verwendet. Das Hauptziel dieser Zurückgezogenheit ist es, seine Gedanken nur auf Allah zu fixieren und sie von allem anderen fern zu halten.

Die Menschen dachten, wir besprächen hinter verriegelten Türen diskrete, der Allgemeinheit verschwiegene Themen. Wie sehr sie uns hinterherspionieren wollten. Dabei bestand unsere Zurückgezogenheit darin, ein Nest für die Unterhaltungen derer, die die tiefsinnigen Bedeutungen erreichen, zu produzieren. Was das Haus für die Sorgen ist, macht uns kundig.

Sie denken, dass wir von morgens bis abends nur träge herumsäßen. Sie denken, dass ‚Halvet' bedeutete, sich in vier Wänden eingeschlossen zu verlieren.

Ein normales Leben zu führen erscheint denjenigen, die der Hingabe verfallen sind, unverständlich. Heilige werden von Menschen, die sich vor der Hingabe fürchten, vorerst als verrückt abgestempelt. Dem Heiligen ist es egal, dass er als verrückt und durchgedreht anerkannt wird. Solche Kleinigkeiten problematisiert er nicht. Dabei ahnen sie nicht mal, welch tiefe Sorgen und dunkle Wirbel wir durchschritten haben.

Die Zurückgezogenheit ist der Lesepult Mevlanas. Hätten wir das Alleinsein nicht durchlebt, hätte unser Heranreifen entweder länger gedauert oder wäre erst gar nicht zustande gekommen.

Man könnte den Tag mit der Interpretation des Korans beginnen. Wir bewegten uns auf dem Korridor des Sufismus. Jede Periode der Zurückgezogenheit war eine Reise zur nächsten geistigen Stufe. Vom theoretischen Wissen über die Existenz Allahs, über die Gewissheit zur Wirklichkeit, welches die letzte Stufe des Wissens darstellt und die Nächste zu Allah ist. Weil die Geräusche, Stimmen und das soziale Leben draußen, den Weg zur geistlichen Entwicklung stören, sperrte ich Mevlana ein. Der einzige Weg in sein Inneres führt nur dann zum Ziel, wenn die Wege zur Außenwelt abgesperrt und das Ohr für äußerliche Einwirkungen taub ist. Und das wiederrum ist nur in der Zurückgezogenheit, im ‚halvet' möglich.

Wir verrichteten unsere Gebete und führten unsere Anbetungen und Litaneien so vollkommen wie möglich aus. Bei unseren verrichteten Gebeten im Zustand des Fastens, leisteten uns für das menschliche Auge unsichtbare Gestalten Gesellschaft. Alle in der Schule dachten, es seien nur Mevlana und Schams anwesend. Einige waren nicht in der Lage, diejenigen wahrzunehmen, die mit uns waren. Ihre Seelen hätten solch einem Bild auch nicht standhalten können.

Unsere Zurückgezogenheit war geprägt von Fragen und Antworten. Manchmal sprach ich und Mevlana war still und manchmal sprach Mevlana und ich hörte ihm zu.

Wir sprachen über alles. Wir näherten uns an Allem, was mit Hingabe in Verbindung zu bringen war. Meine schmorenden Fragen brachten Mevlana ins Schwitzen. Ich wollte keinen Ofen, kein Feuer in den Räumlichkeiten, in denen wir uns aufhielten. Das Feuer unserer Konversationen war ausreichend. Ich konnte warme Umgebungen noch nie leiden. Gibt es etwas Schöneres als in Eiseskälte zu schwitzen?

Es gab Momente in unserer Zurückgezogenheit, in denen Mevlana zitterte und ohnmächtig wurde.

‚Was ist Hingabe'? Wurde Mansur gefragt. ‚Habt Geduld und wartet' antwortete er. 'Es wird keine drei Tage dauern und ihr werdet sie sehen'. Zuerst hackten sie seine Arme und Beine ab. Jedes seiner Gliedmaßen sagte: ‚Hingabe'. Sie ließen seinen Körper am Galgen baumeln, dieser sagte wieder: ‚Hingabe'. Sie verbrannten ihn und streuten seine Asche in einen Fluss. Jede seiner Zellen sprach in Ehrfurcht: ‚Ich bin die Hingabe'.

In den ersten Tagen unserer Halvets, zogen wir uns in eine Zelle zurück. Ich sagte zu Mevlana: „Wir werden das Visal-Fasten[12] praktizieren." Er war sehr verblüfft und sagte nichts dazu aber ich wusste, dass er sich dachte: ‚Wie können wir eine Fastenvariante praktizieren, die von allen islamischen Rechtsschulen verboten wurde?' Um ihm seine Zweifel zu nehmen, sagte ich: „Das Visal-Fasten ist Propheten und denjenigen, die der Hingabe verfallen sind, erlaubt." Wenn du tatsächlich der Hingabe verfallen willst, dann musst du mit dem Visal-Fasten beginnen, denn Visal war das Öffnen der Türe zum Zusammentreffen. Ihr seid jetzt sicher auch neugierig. So erläutere ich euch das Visal-Fasten. Das weiterfasten

12 So nennt man eine Fastenart, welche Tage dauert ohne am Abend das Fastenbrechen durchzuführen.

über zwei oder drei Tage, ohne am Ende eines jeden Tages etwas zu essen oder zu trinken.

Wir wurden zwar zu Gleichgesinnten, jedoch musste ich Mevlana noch weiterhin auf die Probe stellen um zu erfahren ob er für meine Geheimnisse bereit war. Diese Prüfungen waren wichtig. Wenn er wie die Anderen, auch nur den kleinsten Zweifel aufbrächte, würde ich noch in dieser Nacht, still und heimlich Konya verlassen.

Eines Morgens klopfte es an meiner Tür.

- „Komm mein Mevlana, komm herein. Setz dich. Würdest du mir einen Gefallen tun?"

- „Ja, sag."

- „Bringe mir eine Frau, mit der ich Spaß haben kann."

Er stand auf und brachte mir kurze Zeit später die Dame Kerra.

- „Sie ist mir, wie eine Schwester, das geht nicht.

Wieso hast du mir nicht eine wildfremde Frau von der Straße gebracht, sondern deine eigene Ehefrau? Trägst du keinen Funken Eifersucht in dir oder hast du mich durchschaut?"

Mevlana schickte seine Frau hinaus, dann wendete er sich mir zu und sagte: „Du bist weit entfernt von sexuellen Gelüsten und von Frauen. Weil ich das weiß, habe ich durchschaut, dass du mich auf die Probe stellen willst und habe Kerra hergebracht. Des Weiteren wollte ich appellieren: ‚Mein Freund, ich lege meinen ganzen Besitz deinem Weg zu Füßen und opfere es.'"

- „Und hätte ich nach Wein verlangt? Wärest du selber zum jüdischen Laden gegangen oder hättest du jemanden geschickt?"

- „Ich wäre selber hingegangen, hätte Wein gekauft und ihn dir gebracht."

- „Gut, ich habe mich nicht in dir getäuscht. Du bist tatsächlich derjenige, den ich jahrelang gesucht habe. Nun bin ich in der Lage, dir langsam beizubringen, was du wissen möchtest und was dir dazu verhilft, deine innere Leere mit Sinn zu füllen. Ich werde dein Lehrer sein, du mein Schüler und umgekehrt... Vergiss das nicht.... Um dich von deiner alten wracken Art zu einer wunderbaren Art zu führen, werde ich hart und barsch zu dir sein. Manchmal werde ich dich auch prüfend behandeln. Dazu bist du nun bereit. Wir werden innerhalb dieser Periode unserer Gleichgesinntheit, zu Eins." Er neigte seinen Kopf auf die rechte Seite nieder, legte seine Hand auf seine linke Brust und ging rückwärts aus meinem Zimmer hinaus.

Ich fand im Alter das, wonach ich in meiner Jugend suchte. Was will man machen. Entweder kam ich zu früh oder du zu spät zum Zusammentreffen, was will man machen… Schicksal!

Mit diesem Vergleich, verschmolz sich meine Seele das erste Mal mit Mevlana, dessen Schicksal geschrieben wurde, als er auf dem Weg war. Auch sein Leben war geprägt von Auswanderungen. Zwei Reisende, zwei Suchende sollten sich finden, wenn der richtige Zeitpunkt gekommen war. Ich wurde fündig, er wurde fündig. So wurden wir Gefährte. Deswegen spricht man von ‚Macere'l Bahreyn- Das Treffen der Ozeane', wenn man unser zweier Treffen benennen möchte. Wir fluteten nicht über. Wir ließen niemanden überfluten.

Ich kam viel umher, habe Düfte verwendet; jedoch bin ich niemandem wie Mevlana, der den richtigen Dreh raus hat, begegnet. Wo ich auch hinging, in welche Schule auch immer, überall trug ich ein unwohles Gefühl in mir. Keiner der Lehrer, denen ich begegnete war außergewöhnlich. Alle waren verglichen mit mir nur Schüler. Alle waren sie in meinen Augen nichts als Kieselsteine. Den Diamanten habe ich in Konya entdeckt. Erst hörte ich denjenigen aufmerksam zu, die von sich behaupteten Lehrer oder Meister zu sein. War seine Rede beendet, fragte ich im Anschluss, ob ich eine Frage stellen könnte. Gestatteten sie es mir so stellte ich meine Fragen. In Gegenwart meiner Fragen fingen sie an zu schwitzen und äußerten ihre Beschwerden mit zischenden Atemzügen. Die Menschen in unserer Umgebung brummten nur so vor sich hin. Sie hätten mich ganz bestimmt gelyncht. Sobald ich merkte, dass sie mit ihrer Geduld am Ende waren, machte ich mich auf und davon. Die Lehrer, dessen Lehrfähigkeit ich unter die Lupe nahm, wurden zu meinen Schülern. Ich war nicht darauf aus, mir Anhänger zu gewinnen. Was soll ich auch mit Schülern anfangen. Ich benötige einen Lehrer, sagte ich mir ständig und zog weiter. Herbergen wurden zu meinem Zuhause. Ich kam für gewöhnlich in Herbergen unter. Wenn ich in ein Dorf geriet, kletterte ich auf einen Baum und übernachtete in seinen Ästen.

Ich liebe die Nacht, deswegen war mein einziges Kleidungsstück mein Leben lang, mein schwarzer Umhang. Einst legte mir Mevlana eine Truhe voller Stoff, welches er geschenkt bekommen hatte, vor die Füße.

-„Was ist das?"

- „Indische Stoffe."

- „Von wo kommen sie?"

- „Sie sind Geschenke des Sultans."

- „..."

- „Lass uns dir Kleidung nähen lassen, Schams." Lachend sagte ich:

- „Die Flicken werden zu Nägeln und stechen mich nur. Verteile sie an Arme. Mein schwarzer Umhang reicht mir. Seit Jahren trage ich ihn auf meinen Schultern."

- „Wieso schwarz?"

- „Ich liebe die Nacht. Die Sonderbaren sind die Soldaten der Nacht. Auch dieser Soldat wird eines Nachts sterben." sagte ich. Daraufhin schwieg er.

Ich führte keine Gespräche mit denjenigen, die meine Freunde sein wollten, bevor ich sie nicht auf die Probe stellte. Ob Freund oder Feind, stellt sich heraus. Angsthasen können nicht zu Freunden werden.

Erst müssen wir die Liebe begreifen.
Wieso steht die Liebe nicht im Mittelpunkt derer, die behaupten, die Liebe stehe vor Allem?
Komm, machen wir uns auf den Weg der Liebe. Lass uns schauen, was uns am Ende des Weges erwartet, mein Mevlana.

Wir saßen mit Mevlana im Schneidersitz auf Sitzkissen und hatten eine Konversation begonnen. Celaleddin näherte sich langsam der richtigen Konsistenz. Er hatte so eine schöne Art zuzuhören, wenn ich sprach. Manchmal störte es mich, dass ich permanent sprach und er nur zuhörte. In solchen Momenten veränderte ich den Stil unseres Gespräches und leitete zu Fragen und Antworten über.

- „Weißt du was, Mevlana? Allah übergibt dem Müßigen keine Liebe, denn Er möchte, dass nur Ihm die Liebe gebührt. Denn Liebe ist bei Ihm und entsteht mit Ihm. Demzufolge ist die Liebe zu Allah eine standhafte, unverwüstbare Liebe. Diese Liebe besteht aus der permanenten Andacht Allahs, sowohl mit der Zunge, als auch mit dem Herzen. Sie besteht aus dem Knüpfen einer unerschütterlichen Freundschaft mit Allah, aus dem Unterlassen aller Handlungen, die einen eventuell von Allah entfernen könnten, aus dem Gedenken an den Gaben, die Allah dem Menschen zukommen ließ. Somit lernt derjenige Allah so kennen, wie Allah es möchte. Nämlich als Allah, den Großzügigen."

- „Ist demzufolge, die Liebe oder die Gehorsamkeit wichtiger?"

- „ Der Beginn der Liebe entsprießt der Gehorsamkeit. Jedoch sind Gehorsamkeit und dem großen Herrn gegenüber empfundene Liebe, zwei Paar Schuhe; denn Liebe beginnt mit Gehorsamkeit. Allah zeigt den Menschen somit seine Größe und bringt sie so zur Gehorsamkeit. Anschließend bringt Er sie dazu, Ihn zu lieben, (ohne dass Er diese Liebe benötigt). Somit zeigt Er, dass die Liebe auf Seine Person spezifisch ist und legt die Liebe in die Herzen der Liebenden. Und wegen des hellen Leuchtens dieser Liebe in den Herzen, werden ihre Worte mit diesem offensichtlichen Licht angekleidet. Wenn Allah diese Menschen zu solch einer Stufe gebracht hat, stellt er sie seinen Engeln vor, weil er so zufrieden mit ihnen ist.

Allah hat alles mit Liebe erschaffen; das ist der Grund dafür, weshalb die meisten in der Lage sind, Hingabe zu produzieren. Allah hört niemals auf, seine Erschaffungen zu lieben; deswegen wird Er nicht aufhören, zu erschaffen. Alles ist mit der Hingabe gepaart und alles ist mit ihr vermischt; denn alles wird von Allahs Eigenschaft zu lieben ins Sein gerufen und die Liebe ist es, die alles in Bewegung setzt.

‚Allah ist schön und liebt das Schöne'. Diese Aussage des Propheten Mohammeds erfordert eine Erläuterung. Er hat sich selbst, als Liebender der Schönheit beschrieben; aufgrund dessen liebt Er das Universum. Er ist die Schönheit; wenn Schönheit geliebt zu werden fordert, dann wird Allah vom gesamten Universum geliebt. Wenn Teile des Universums andere Teile des Universums lieben, so ist dies ein Hauch von der Liebe Allahs.

Es existiert keinen Geliebten außer Allah, keine Hingabe, außer der zu Allah.

Es ist ein Muss für den, der Hingabe Verfallenen, den Freund zu finden. Wie die freigewordene Flut und auf allen Vieren, zu seinem Fluss hin muss. Nicht zu vergessen, dass Er derjenige ist, der es will. Wir sind nur wie Schatten; unser gesamtes Gesprochenes wird immer von Ihm gesprochen.

Wie die Fluten steigen wir in den Fluss des Freundes,
Wie das Wasser sind wir gefangen in Seinem Glas.

‚Freund, Freund, wo bist du'? Fragen wir, wobei wir mit dem Freund sind, ‚wo bist du'? Fragen wir in Trübheit, wobei wir bei Ihm sind.

Auch die Hingabe ist nicht anders. Niemand liebt jemand anderen als seinen Schöpfer; jede Liebe zu Zeynep, Suat, Hint, Hurschid, zum Weltlichen, zum Geld, zum sozialen Status und überhaupt zu Allem, was auf der Welt geliebt wird, ist im Prinzip nichts anderes, als die verdeckte Liebe zu Ihm. Die Dichter verschwenden ihre Worte immer für diese Geschöpfe und Gegenstände; jedoch befinden sie sich im Unwissen. Die Kenntnisreichen hören aus jedem Halbvers Rätsel, Liebesparabeln und aus jeder Ode, Wissen über Allah heraus, auch wenn es hinter dem Schleier der Formen versteckt liegt.

Das Verlangen nach Eltern, Freunden, Himmeln, Gärten, Palästen, Erde, Wissen und Essen und Trinken spiegelt lediglich das Verlangen nach Allah wieder. Und all das sind nur Schleier. Wenn die Menschen ins Jenseits ziehen und Allah gegenüberstehen, werden sie wissen, dass all das weltliche Verlangen nur einen Schleier für das ‚Wahre' dargestellt hatte. Alle Fragen werden ihnen nun beantwortet, alle Schwierigkeiten behoben und alles Wissenswerte wird ihnen von Antlitz zu Antlitz vermittelt.

Jede Hingabe ist in Wirklichkeit die Hingabe zu Allah. Die Hingabe ist wunderschön, denn sie ist göttlich; jedoch wenn derjenige, der der Hingabe verfallen ist, ihr verfallen bleibt ohne die wahre Wurzel zu erkennen, so bleibt die Hingabe ein beirrender Schleier."

Die Hingabe ist eine Eigenschaft des Allahs, der nichts bedarf,
Die Hingabe und Liebe, die jemand anderem zuteil kommt ist metaphorisch.

Die Schönheit anderer ist wie mit Gold überzogen;
Für das Auge funkelt sie, jedoch im Inneren befindet sich pechschwarzer Rauch.

Wenn das Funkeln nachlässt und der Rauch sich zeigt,
Erstarrt die metaphorische Hingabe zu Eis.

Dann kehrt die Schönheit zu ihren Wurzeln zurück,
Von mir bleibt zurück: Verdorbenheit, Grobheit und Wertlosigkeit.

Der Mondschein kehrt zum Mond zurück
Und es ist ein Wiederspiegeln des Lichtes zu sehen, an der dunklen Wand.

- „Wovor Schams, fürchten sich die Liebenden und wofür hegen sie Hoffnung?"

- „Sie fürchten sich davor, das zu verlieren, was ihre Herzen in den vergangenen Tagen erhalten haben. Dann fürchten sie sich aufgrund der Angst, die in jedem Herzen des Liebenden verankert ist. Sie fürchten sich davor, dass alle Gaben und Geschenke des Geliebten zurückgefordert werden, da sie für all die Gaben nicht ausreichend Dankbarkeit erwiesen. Wenn sich auf diese Art und Weise die Angst in ihren Herzen festsetzt und sie somit der Gefahr ausgesetzt sind, in Hoffnungslosigkeit zu versinken, erinnern sie sich an die Barmherzigkeit Allahs und stärken somit wieder ihre Hoffnung. Die Hoffnung der Lebenden ist dazu erkoren, an die Wahrheit zu gelangen und sich Ihm mit Hilfe verschiedener Wege zu nähern. Ihr Zustand zwischen Angst und Hoffnung führt dazu, dass sie sich nicht von Seiner Dienerschaft abwenden und Ihm gehorchen. Sie handeln in allen ihren Angelegenheiten parallel zu Seinen Anordnungen. Denn sie sind sich dessen bewusst, dass Er ihren Handlungen Toleranz entgegenbringt und auch dafür bürgt. Hast du nie vom Vers Allahs gehört, der lautet: ‚Allah ist seinen Dienern gegenüber gütig'. (Die Beratung, 19)

Jede Gabe bedeutet Güte. Allahs Güte einem Liebenden gegenüber ist im Vergleich zu anderen Geschöpfen offensichtlich. Denn wenn die Liebe erst im Herzen eines Dieners festsitzt, kann ihm niemals der Gedanke an Mensch- Dämon, Paradies, Hölle oder der Gedanke an andere Liebschaften, schätzenswert erscheinen. Der Liebende schätzt ausschließlich das Gedenken an seinen Geliebten, dessen Kraft und Gnade. Des Weiteren findet der Liebende Gefallen daran, daran zu denken, wie Er, der Geliebte, Ihn Liebende vom Schlechten oder von Gefahren fern hält. Genau wie Allah Abraham vom großen Feuer befreite, welches entflammt wurde, um ihn zu verbrennen. Er, der Ehrenvolle, Allgewalt beherrschende, zeigt somit die Ergebnisse seiner Macht und dass Er demjenigen, der nur nach Allah Verlangen verspürt, Hilfestellung leistet ohne auch nur die geringste Gegenleistung zu erwarten. So half er auch Abraham. In gleicher Verbindung dazu, gedenken die Liebenden, das Versprechen, welches Allah seinen Heiligen gab: Sie werden Allah (im Diesseits) treffen und die Schleier werden aufgehoben; während jedermann vor Angst schweißgebadet am schrecklichsten Tage, nämlich am Jüngsten Tag zwischen dem Paradies und der Hölle stehend warten werden, werden sie nicht einen Hauch von Traurigkeit empfinden."

- „Was ist deiner Meinung nach Leidenschaft?"

- „Leidenschaft ist ein Öllämpchen, welches seine Helligkeit vom Licht der Liebe nimmt ohne etwas übriggebliebenes der wahren Liebe zu sein."

- „Was ist die wahre Liebe?"

- „Die Liebe des Glaubens. Der ehrwürdige Allah bezeugt die Liebe zu Ihm, die die Gläubigen pflegen und spricht im Koran davon, dass die Gläubigen, Allah mehr lieben. (Die Kuh,165)

Also stammt die Heiligkeit der Leidenschaft vom Licht der Liebe ab. Durch die Liebe der Freundschaft vermehrt sich die Leidenschaft. Die Leidenschaft kommt nur durch die Freundschaft im Herzen in Bewegung. Demnach ist es keine Leidenschaft, die in den Tälern des Herzens wandert, wenn Allah im Herzen Seines Dieners das Öllämpchen der Leidenschaft zum Glänzen bringt; aber das Herz wird dadurch aufgehellt. Dieses Öllämpchen kann nur erlöschen, wenn man es mit gläubigen Augen betrachtet. Wenn der Diener einmal den Feind mit seinen Taten besiegt hat, so wird er sich von der Angst entfernen, diese Taten nicht mehr zu praktizieren."

Mevlana neigte sein Haupt in stillschweigen nieder. Er überlegte. Das Zimmer war mit Stille überflutet. Er legte seine rechte Hand auf seine Brust und fragte:

- „Wird es uns Teil, den erhabenen Geliebten zu sehen?"

- „Du musst wissen: Wenn ein Heiliger Allahs, Allah sieht, dann ist es nicht mit dem Anblick von Personen, Gegenständen, Diamanten, Arten, Eigenschaften, Ort und Raum zu vergleichen. Allah zu sehen steht über alledem und ist viel ehrenvoller. Es ist eine Angelegenheit, die über jegliche Eigenschaften der Materie geht. Dieses Sehen bedeutet, vom Licht ein Licht, im Licht und wegen des Lichtes das Licht zu sehen. Denn Allah sagt im Koran folgendes: ‚Allah ist das Licht von Himmel und Erde. Sein Licht ist einer Nische zu vergleichen, mit einer Lampe darin. Die Lampe ist von Glas umgeben, das (so blank) ist, wie wenn es ein funkelnder Stern wäre. Sie brennt (mit Öl) von einem gesegnetem Baum, einem Ölbaum, der weder östlich noch westlich ist, und dessen Öl fast schon hell wird, (noch) ohne dass (überhaupt) Feuer darangekommen ist'. (Das Licht, 35) Mit weder östlich noch westlich ist gemeint; weder Form noch Gestalt habend, phantomartig."

Nachdem Mevlana mein Gesagtes gehört hatte, schrie er aus Leib und Seele: „Allaaaaaah." Und begann den Sema[13] durchzuführen, während er diese Verse sprach:

„Niemand ist auf der Erde schlimmer dran als die Liebenden.

Wenn man erst auf den süßen Geschmack der Sehnsucht gekommen ist,
Sieht man den der Hingabe Verfallenen stets weinen;
Entweder wegen seiner empfundenen Sehnsucht, seines brennenden Verlangens
Oder aus Angst, sich trennen zu müssen ...
Sind sie zusammen, weint er aus Trennungsangst,
Sind sie getrennt, weint er aus Sehnsucht.
Genau die Augen des der Hingabe Verfallenen sind in jedem Fall mit Tränen durchströmt, sowohl wenn sie von ihrem Geliebten getrennt sind, als auch wenn sie mit ihrem Geliebten zusammen sind."

13 Sema: Tanz bzw. Kultübung der Derwische. Sich im Kreise drehend.

Als er seinen Sema beendet hatte, ließ er sich auf das Sitzkissen fallen. Damit er wieder zu Kräften kam, sagte ich zu ihm:

- „Allah ist in der Auflistung der Geliebten an erster Stelle und jedes Geschöpf sehnt sich nach Ihm, wendet sich Ihm zu und alles dreht sich um Ihn. Denn das Sein jedes Geschöpfes, ihre Konsistenz, ihre Unendlichkeit und Reife ist nur durch Ihn möglich. Er ist der Einzige, der nicht erschaffen wurde und der immer anwesend war. Lieber Freund, möge Allah dich zu sich näher bringen, wie er es seinem auserwählten, heiligen Diener versprach. Möge Er dein Licht vervollständigen. Dieser Vers des Korans ist der Beweis dafür:

‚... Am Tag, da Allah den Propheten und diejenigen, die mit ihm gläubig waren, nicht wird zuschanden werden lassen! Ihr Licht eilt dann von ihnen und in ihrer Rechten (in Richtung auf das Paradies) dahin, und sie sagen: ‚Herr! Lass uns unser Licht in seiner ganzen Heiligkeit erstrahlen und vergib uns! Du hast zu allem die Macht'."' (Die Verbietung, 8)

Wie ein Pfeil sprang Mevlana auf. Er umarmte mich mit solch einer Kraft, dass er mir fast meine Knochen gebrochen hätte. Permanent küsste er meine Wange und streichelte mit seiner Hand meinen Bart.

- „Möge Allah dich, uns und unsere gesamten edlen Brüder auf den richtigen Weg führen. Möge er dich, uns und all unsere Geschwister den richtigen, wahren Weg erreichen lassen. Denn Er ist seinen Dienern gegenüber zweifellos sehr barmherzig."

- „Es gibt drei Kategorien von Menschen Celaleddin. In der ersten Kategorie nehmen diejenigen ihren Platz ein, die mit dem Stock der Zuneigung geschlagen und vom Schwert der Begeisterung ermordet wurden. Sie sitzen voller Erwartung auf Gefälligkeiten vor Allahs Tor. Die zweite Kategorie besteht aus jenen, die mit dem Stock der reumütigen Sinnesänderung geschlagen und mit dem Schwert des Bereuens ermordet wurden. Sie sitzen voller Erwartung auf Vergebung vor dem Tor Allahs. In die dritte

Kategorie gehören diejenigen, die mit dem Stock der schläfrigen Gedankenlosigkeit geschlagen und mit dem Schwert der Triebseele ermordet wurden. Sie sitzen vor dem Tor Allahs und warten auf ihre Strafen.

Du musst begreifen, dass die Hingabe aus drei Stufen besteht: menschliche Hingabe, geistige Hingabe und göttliche Hingabe. Die menschliche Hingabe ist der Beginn der Hingabe und eine Stufe der geistigen Hingabe und die geistige Hingabe ist die Treppe zur göttlichen Hingabe. Die göttliche Hingabe sprießt aus dem erhaben erschaffenen Menschen hervor, dessen Diamant lupenrein, Körper fein, Äußerliches zierlich, Naturell sensibel, Seele geschmeidig und dessen Geheimnis hell ist. Demzufolge kann die Hingabe bei schönen, großen, reifen und moralischen Menschen zu finden sein. Denn die Natur der Hingabe zieht die schönen Mineralien wie ein Magnet zu sich.

Die Hingabe ist mit der Schönheit Allahs geschmückt, der jedes Schöne aus seiner eigenen Schönheit erschafft. Adam wurde die urewige Schönheit anvertraut, derjenige, der so gesehen der Hingabe verfallen ist, nähert sich nach und nach der geistigen Hingabe. Die geistige Hingabe wiederrum, wurde mit den urewig schönen Mineralien entflammt und zum Glänzen gebracht. Es sind die Seelen, die Allah mit all seinen Eigenschaften erschuf und besonders seine Eigenschaften der Schönheit und der Vollkommenheit bei ihnen wiederspiegelt. Wenn der Mensch in diesen beiden Stufen reift und von diesen beiden Hingaben ordentlich gebildet und erzogen wurde, dann verfällt die Schönheit Allahs ihm gegenüber in Hingabe. Somit passt sich seine Hingabe der Hingabe Allahs aus der Urewigkeit ihm gegenüber an. Dies ist die Auslegung dieses Verses: ‚Er liebt sie und sie lieben Ihn'.

Der Prophet Mohammed sprach folgendes aus: ‚Allah sagt: ‚Wenn die Gedanken an mich, in den Köpfen meiner Diener die Oberhand gewinnen, dann drehe und wende ich seine Begierden in meine Richtung. Somit verfällt mein Diener der Hingabe zu mir und ich verfalle der Hingabe zu ihm. Wenn mein Diener mir gegenüber Gedankenlosigkeit erweist, so stelle ich mich sofort dazwischen. Genau dies sind meine wahren Heiligen. Das sind meine wahren Helden. Nur wegen ihnen entscheide ich mich um, wenn ich mich überlegt habe, eine Plage auf die Erde zu schicken".

Das Hervortreten Allahs Eigenschaft der Schönheit steht mit der Hingabe im Herzen des Dieners in Relation. Aus diesem Grund wurde gesagt, dass David der Hingabe Allahs verfallen ist. Auch die Araber sagten, dass Mohammed der Hingabe zu Allah verfallen ist."

Jedermann trinkt Wein und wird betrunken
Wir sind der Hingabe verfallen, wir sind betrunken, ohne Wein getrunken zu haben.

Die Luft, das Wasser und die Erde erwärmten sich. In Konya war der Frühling eingetroffen. Wir gingen zu den Weingärten im Weidenland, welche Mevlana so sehr liebte, spazieren. Ich schlug ihm vor, zu Fuß zu gehen. Er war so gut und schlug es mir nicht ab. Wir machten uns auf den Weg, ohne uns aus der Schule oder aus der Stadt Proviant besorgt zu haben. Am Weideland angekommen setzten wir uns unter eine Eiche. Die Nachtigallen sangen so beeindruckend. Der Gesang vermischte sich so harmonisch mit dem Geräusch des Flusswassers, dass unsere Seelen förmlich zum Himmel aufstiegen. Etwas entfernt von uns saßen ein paar Griechen, die Fleisch grillten und Wein tranken. Mevlana sah zu ihnen rüber. Plötzlich drehte er sich zu mir:

- „Schams, darf ich dich etwas fragen?"

- „Wenn du unbedingt fragen musst, dann frag mal."

- „Wieso stellst du die Menschen mit Wein auf die Probe? Auch von mir verlangtest du als Erstes Wein."

- „Das Geheimnis ist beim unerschrockenen Mann zu finden. Die Hingabe fließt in ihren Adern. Diese Männer zu finden ist am Einfachsten, wenn man sie mit den großen Sünden konfrontiert, vor denen sie sich fürchten. Sie fürchten sich am meisten vor Wein, da ihnen folgendes durch den Kopf geht: Was werden die Menschen sagen? Mein Ruf wird den Bach heruntergehen und mein Ansehen wird zerstört. Diejenigen, die ich vor dir auf die Probe gestellt habe, fielen durch die Prüfung durch, noch bevor sie überhaupt begann. Auch du hast noch nicht die gesamte ‚Weinprüfung' bestanden. Nur die erste Stufe hast du errungen. Es ist nichts Besonderes Wein zu bringen, wenn man alleine ist. Der Tag wird kommen, an dem du diesbezüglich eine weitere Prüfung bestehen musst, vergiss das nicht. Ich bin mir nicht sicher, ob du momentan für den zweiten Teil schon bereit bist. Wenn ich spüre, dass du bereit bist, wird deine Prüfung beginnen. Erkennst du einen Unterschied zwischen den betrunkenen dort drüben und uns?"

- „Wie jetzt? Gehören wir etwa auch zu der Gruppe der Betrunkenen?"

- „Der Rausch, um den es hier geht, ist ein Zustand indem der ‚Verstand' lahmgelegt wird, der ja eigentlich dazu dient Wörter zu verstehen und sie voneinander trennen zu können. Und das Verspüren von süßem Geschmack, gerade durch die Lahmlegung hervorgerufen; Allah sagt: ‚Ich Gläubigen nähert euch nicht dem Gebet solange ihr betrunken seid und nicht wisst, was ihr spricht'.(Die Frau, 43) Hier punktiert Allah, dass der Zustand des Berauschten solange anhält, bis er wieder Gesagtes versteht. Daraus lässt sich schließen, dass derjenige, der nicht weiß was er spricht, betrunken ist. Wenn er sich wieder dessen bewusst ist was er sagt, so ist die Trunkenheit aufgehoben. Genau dies ist vielen Wissenschaftlern nach, die Definition des Betrunkenseins bzw. des Rausches. Du magst doch die Gelehrten der islamischen Rechtswissenschaften. Was sagen sie denn zur Beschreibung des Rausches, erzähl mal."

- „Der Imam Ahmed bin Hanbel antwortete auf die Frage, woran man einen Betrunkenen erkenne folgendermaßen: ‚Wenn jemand seine eigene Kleidung und seine eigenen Schuhe nicht von denen anderer unterscheiden kann…' Von dem Imam Schafi –möge Allah ihn segnen- gibt man folgende Aussage weiter: ‚Wenn sich jemands ordentliches Sprechen durcheinandermischt und dieser jemandem seine Geheimnisse offen legt, so ist er betrunken'.

Davud e- Isfahani sagte: ‚Wenn jemands Trauer fortgeflogen scheint und dieser jemand offenbart jemandem seine Geheimnisse, so ist er betrunken.'"

- „Zwei Definitionen umfassen den Rausch bzw. die Trunkenheit; Zum Einen die Anwesenheit des Genusses und Wohlgeschmacks, zum Anderen die Abwesenheit der Differenzierungsfähigkeit. Wenn man vom Rausch spricht, ist entweder eins der beiden oder beides gleichzeitig gemeint. Ganz gewiss hat jedes innere Selbst aus Perspektive der Wahrnehmung, eine Menge an Leidenschaften und Begierden, welche ihm Genuss bereiten. Jedoch lässt das Wissen, dass sich dieser Genuss früher oder später zu Schlechtem wendet, den Menschen davon abhalten diesen Begierden nachzukommen. Der Verstand befiehlt der Begierde, bestimmte Dinge nicht zu tun. Wenn jedoch der Verstand, der das Gute befiehlt und das Wissen, welches das Schlechte aufdeckt ausfällt, lässt sich die Begierde in der Leidenschaft treiben und ist somit in der Lage alles nur Denkbare zu tun.

Der Grund für die Betrunkenheit kann sowohl der Genuss, als auch die Trauer sein. Allah spricht Folgendes:

‚Ihr Menschen! Fürchtet euren Herrn! Das Beben der Stunde (des Gerichts) ist etwas Gewaltiges. Am Tag, da ihr es erleben werdet, wird jede stillende (Frau in ihrer Bestürzung) vergessen, (weiter) auf ihren Säugling zu achten, und jene, die schwanger ist, (vorzeitig) zur Welt bringen, was sie (als Frucht ihres Lebens in sich) trägt. Und man könnte die Menschen (dann) für betrunken halten, ohne dass sie es (in Wirklichkeit) sind. Die Strafe Allahs ist eben schwer'. (Die Pilgerfahrt,1-2)

Ein weiterer Grund für die Betrunkenheit ist die Freude, die ein Liebender empfindet, der seinem Geliebten gegenübersteht. In solch einer Situation mischen sich seine Worte und sein Verhalten ändert sich, da sein Verstand schwindet. Manchmal stirbt dieser Mensch sogar vor Freude, eines natürlichen Todes. Grund dieses natürlichen Todes sieht folgendermaßen aus: Das Blut im Herzen verteilt sich in anormal schneller Geschwindigkeit. Der Blutkreislauf nimmt eine übertrieben schnelle Geschwindigkeit an. Deswegen wird das Herz kalt, da die für das Herz erforderliche Wärme des Blutes verringert im Herz bleibt und der Mensch stirbt. Verstehst du jetzt, wieso auch der Hingabe Verfallene als trunken gelten? Würdest du jetzt aufstehen und von der Gruppe dort Wein bringen, solltest du wissen, dass nicht wir vom Wein betrunken werden würden, sondern der Wein von uns betrunken werden würde. Los, lass uns ein wenig durch das Weidenland spazieren."

Ich werde dir Zungenlos und Lippenlos einige Worte sagen, ich werde dir etwas erzählen, was allen Ohren geheimgeblieben ist, ich werde in aller Öffentlichkeit sprechen; trotzdem wird niemand außer dir hören, was ich sage…

Durch unsere Zurückgezogenheit erreicht Mevlana langsam aber sicher meine gewünschte Konsistenz; jedoch waren seine Ohren nach draußen hin immer noch nicht taub geworden. Lange Zeit war verstrichen seitdem er seine Bücher aus der Hand gelassen hat. Ich habe sein Leben verändert, von seinem alten System war nichts mehr übriggeblieben; jedoch musste ich mich vergewissern, dass keine alten Ablagerungen mehr in seinem Herzen verankert waren.

- „Mevlana! Solange dein Wasser nicht abgespült und getrocknet ist, kann ich dir das Geheimnis nicht offenbaren. Du weißt, im trüben Wasser kann man keine Waschung vornehmen. ‚Wenn Allah die Menschen nicht lieben würde, wären sie nicht in der Lage, ihn zu lieben' (Der Tisch, 54). Bist du jetzt bereit, den Weg der Hingabe zu begehen? Denkst du, dass du die Reife dazu erreicht hast? Du bist noch unreif, mein Mevlana."

- „Ich bin noch unreif? Was muss ich sonst noch tun, um die notwendige Reife zu erreichen, damit ich den Schleier der Geheimnisse lüften kann?"

- „Was ist das innere Selbst, Mevlana?"

- „Das innere Selbst ist, wenn man so ist, wie man ist. Jesus sagte: ‚Du Allah, Du weißt, was ich in mir hege; aber ich weiß nicht, was Du in Dir hegst' (Der Tisch, 116)."

- „Kaltes Eisen zu schlagen ist ins Ohr eines Esels den Abschnitt Ja-Sin zu rezitieren."

- „Sehr wenig Menschen kritisieren ihr wahres, eigenes innere Selbst und ihre Triebseele. Was du im Spiegel siehst ist dein visuelles Äußeres und was du im Herzen siehst, ist dein inneres Selbst."

- „Ein sehr schönes Beispiel Muhammed. Du sagtest Spiegel;

‚Wendet euch wohin ihr mögt, Allahs Antlitz befindet sich dort'
(Die Kuh, 115)

Wenn er uns nicht betrachtete, würde unsere Existenz enden. Die Wissenden, die Kenner klettern vom Fuß der Metaphern zur Spitze der Wahrheit und somit machen sie ihre Himmelfahrt perfekt."

- „Oh Schams! Ich bin angereift, ich bin zerschmolzen. Führe mich nun endlich zum Geheimnis der Geheimnisse. Wirst du mich nicht endlich zum heimlichen Schatz der Hingabe einladen?"

- „Sagst du jetzt etwa, dass du reif bist?"

- „Allah sei Dank."

- „Ist das dein Ernst?"

- „Ehre sei Allah."

- „Mit aufrichtigem Gefühl?"

- „Richtig."

- „Somit bist du dann bereit für deine letzte Prüfung."

- „Mit Allahs Erlaubnis."

- „So wirst du morgen Vormittag zu Fuß nach Sille gehen, vom griechischen Weinladen wirst du einen Krug Wein, mitten am Tage, inmitten durch die Menge, vor den Augen des Volkes auf deinen Rücken tragend in die Schule bringen. Wirst du es machen?"

- „Selbstverständlich."

- „Aber das Volk wird dir böse nachreden."

- „Das interessiert mich nicht."

- „Die Gelehrten werden über dich einen schlechten Beschluss fassen, sie werden dich verurteilen."

- „Das ist mir nicht wichtig."

- „Konya wird den Gerüchtekessel zum Aufkochen bringen."

- „Sollen ihre Kessel verdammt sein."

- „Na gut. Schauen wir mal, was der morgige Tag bringt. Dann werden wir sehen, ob du aufrichtig in dieser Sache bist oder nicht."

Am nächsten Vormittag machte sich Mevlana ohne jemandem etwas zu erläutern, auf den Weg. Er kaufte in Sille einen Krug Wein und ging schweißgebadet in die Richtung der Schule. Der Wein Krug hatte eine spezielle Form und Farbe, sodass er vom Volk, von anderen Krügen gut differenziert werden konnte und als Wein Krug zu erkennen war. An jenem Tag war es wolkenlos und sonnig, deswegen waren Kind und Kegel, fast das gesamte Volk auf den Straßen. Auf den Straßen, auf den Wegen, auf dem Basar, in der Stadt, überall wimmelte es nur so von Menschen. Mevlana marschierte weiterhin mit dem Krug auf seinem Rücken. Die Menschen, die ihn sahen, konnten ihren Augen nicht trauen. Der Mann, der seit Jahren mit gutem Ruf geschätzt wurde, der predigte, die islamischen Lehren lehrte, genau dieser Gelehrte trug vor den Augen aller Menschen dort einen Wein Krug auf dem Rücken. Es war einfach unglaublich. Langsam ließen die leise Nachdenkenden und die Verabscheuenden ihre Stimmen Mevlana erhören:

-„Pfui, welch Schande. Schaut euch das an. Was ist das für ein Moslem. Predigte er nicht selbst, dass es Sünde sei, Alkohol zu trinken und dass es genauso eine große Sünde wäre, den Alkohol zu tragen."

Verschleierte Frauen am Fenster:

- „Oh weh, oh weh. Schaut euch an, wie tief der große Mevlana gesunken ist."

Mevlana ignorierte die kritisierenden Blicke und die Nachreden und näherte sich mit letzter körperlicher Kraft der Schule. Vor der Tür der Schule warteten einige Derwische und ich auf Mevlana. Mit einer neugierigen Menge hinter sich erreichte dieser die Tür. Von seiner Stirn tropfte der Schweiß. Ich befahl den Derwischen Wasser zu bringen. Mit meinem smaragdgrünen Taschentuch wischte ich seine Stirn ab. Der Krug befand sich immer noch auf seinen Schultern. Das Volk wartete in Neugierde und Panik darauf, wie die Situation ausgehen würde. Es war eine Menschenmenge, wie am Jüngsten Tag. Unter ihnen befanden sich auch Christen und Juden. Vor der Tür stand ein großer Stein, der nachts vor die geschlossene Tür geschoben wurde. Ich stieg auf diesen Stein und nahm den Krug von Mevlanas Schultern in meine Hände:

- „Oh ihr Gedankenlosen, oh ihr, die mit äußerlich Gesehenem handelt. Ihr habt euch alle hier versammelt, um gegen Mevlana Schmährufe auszustoßen und um ihn zu tadeln, nicht wahr? Wie kann es sein, dass solch ein gelehrter Mann Wein transportiert, habt ihr euch gefragt und deswegen habt ihr ihn auf Schritt und Tritt verfolgt und ihn mit Beleidigungen übersäht. Wie sehr ihr euch irrt.

Ihr seid nur formelle Kultur Moslems. Euch reichen ein Bart, eine Gebetskette und ein Überwurf aus, nicht wahr? Ihr seid taub, ihr seid blind und das Schlimmste ist, ihr seid undankbar. Heute hat ganz Konya verloren. Der einzige, der heute gewonnen hat, ist Mevlana. Ihr habt darüber geurteilt, dass er von Sille bis hierher Wein getragen hat. Hier, nehmt euren Wein und stopft euch mit eurem elenden Gesöff voll!" Als ich den Krug über Kopf hielt, um ihn zu entleeren, floss schneeweiße Milch auf den Boden...

Sogar Mevlana war verwirrt von dem, was er sah und sank in die Knie und fing an zu weinen. Ich nahm ihn an die Hand, hob ihn hoch und küsste seine Wange.

- „Die Prüfung hast du mit deinem eigenen Schweiß und mit dem Licht in deiner Seele bestanden." Ich nahm seine Hand und wir betraten wieder unser einsames Zimmer. Er ließ sich auf das Sitzkissen nieder. Ich flüsterte etwas in sein rechtes Ohr. „Allah ist der Größte!" schrie er mit aller Kraft aus. Er schrie so laut, dass sogar ein in weiter Ferne schlafendes Baby aufwachen würde.

Im Rhythmus der Musik ist ein Geheimnis versteckt;
Hätte ich dieses gelüftet, hätte sich die ganze Welt auf den Kopf gestellt.

Wir rezitierten mit Mevlana nach jedem Morgengebet aus dem Koran. Er rezitierte und ich hörte zu. Ich rezitierte und er hörte zu. Nach den Rezitationen kam er zu mir und lehnte sein Knie an meines. Ich küsste den Koran und legte ihn auf seinen Ständer.

- „Wenn der Koran eine Anrufung und Gottesgedenken ist, so müsste die Antwort vom Menschen auch eine Anrufung sein. Alles, was Allah durch die Propheten übermitteln ließ, besteht aus Anrufungen und Gottesgedenken. Alles, was an Allah erinnert, ist eine Anrufung und Gottesgedenken. Ohne sie kann keine Hingabe existieren, ohne Hingabe kann sich das innere Selbst nicht im Spiegel erkennen.

Einige Menschen haben den Begriff ‚heimliche Anrufung' erfunden. Gibt es eine eingeschlossene Heimlichkeit im Erinnern? Werden auf einem Blindenbasar Spiegel verkauft? Anrufung besteht nicht aus Lärm, wie ein Denkmal dazustehen äußert nicht gleich Verbundenheit. Anrufung und Gottesgedenken ist der Tanz der Derwische und die Musik. Die Anrufung der bespielten Rohrflöte ist viel bedeutender als die Verherrlichung tausender Derwische. Ab morgen werden wir vor dem Gebet die Rohrflöte blasen, einverstanden?"

- „Einverstanden mein Schams. Wollen wir uns ein wenig über die Musik unterhalten?"

- „Natürlich. Schwinge deinen Plektron, dass die Bedeutungen in unsere Seelen fließen mögen."

- „Auch die Musik ist eine Art Anrufung und Gottesgedenken. Die Geräusche der Blätter, des fließenden Wassers, alles das sind Litaneien. Die Natur erhielt durch die Musik Leben."

- „Die Musik ist das Echo unserer Stimmen aus der Zeit, in welcher Allah unsere Seelen erschaffen hat. Die Stimmen, die unsere Hingabe zu Allah weiterleiten. Unsere Seele wird durch sie gestreichelt."

- „Vor dir existierte kein Sema, keine Musik. Die Hingabe gab es nicht. Schams kam und Mevlana entdeckte die Hingabe."

Die Worte Mevlanas waren musikalisch, sie streichelten meine Seele. Er besaß solch eine Körpersprache, dass die Literatur hilflos und die Rhetorik in Angesicht seines glänzenden Flusses, betroffen ausfielen. Ich war motiviert, ich geriet in mystische Verzückung. „Allaaaaaaaaaah!" schrie ich auf. Ich ließ den Derwisch vor der Tür hereintreten:

- „Bringt mir aus meinem Zimmer einen Strohhalm!" Mevlana war verblüfft. Es war ein langer Strohhalm ohne Löcher. Ich pustete in ein Ende des Strohhalms und es entstand ein Hohlraum. Ich berührte mit meinen Fingern einige Stellen und es entstanden Löcher. Ich drehte mich zu Mevlana.

- „Wir sind wie eine Rohrflöte, unsere Noten kommen von dir. Die erste Erschaffung Allahs ist der Strohhalm. Er blies sein Geheimnis hinein."

- „Dann soll unsere Rohrflöte unserer Sema- Improvisationen die Trompete des Erzengels Israfils sein."

- „Der Teufel verfügt über alle Eigenschaften des Menschen, abgesehen von Einer. Der Teufel kennt keine Hingabe. Ihm ist keine Hingabe zugeteilt worden. Die Hingabe wurde den Kindern Adams zugeteilt. Der Grund für die Eifersucht des Teufels dem Menschen gegenüber, ist seine Hingabelosigkeit."

Wir unterhielten uns mit Mevlana in unserem Zimmer der Zurückgezogenheit. Die Unterhaltungsthemen drehten und wendeten sich solange, bis sie zum Teufel kamen. Mevlana:

- „Ist der Teufel ein Dingsda oder Bosheit?“

- „Er ist im Punkt der Hingabe einfach nur ein Pechvogel, das ist alles.“

- „Was steckte dahinter, dass sich der Teufel vor dem Menschen nicht niedergeworfen hat?“

- „Der Teufel hat sich nicht vor dir niedergeworfen, weil er dich überholen und somit ans Geheimnis gelangen wollte… Hier wurden die Sünden begangen… Der Teufel ist an die Grenzen gestoßen… Er wollte Alle übertreffen, die innere Ruhe wiederfinden, als er mit den Menschen und den Engeln denselben Ort teilte… Vielleicht hat er sich ja deswegen nicht vor dem Menschen niedergeworfen… Wie ein eifriger Verrückter… Weil er eifersüchtig auf den Menschen war… Um Allah am Nächsten sein zu können… Aber der Teufel hat nicht begriffen, dass er wegen seiner Hingabelosigkeit nicht mit Allah zusammenkommen kann. Das ist der Grund für seine Eifersucht dem Menschen gegenüber, weil er keine Hingabe erfuhr und deswegen war der Teufel dem Menschen unterlegen, deswegen sein eingeschnappt sein.“

- „Wenn es notwendig war, ein Mensch zu sein um Allah nah sein zu können, dann wollte er also ein Mensch aus Feuer sein?“

- „Im Gegensatz zu der unschuldigen Ergebung der Engel, stand das verbrennende Feuer des Teufels. Des Weiteren hat er nicht erkannt, dass die Wahrheit des Menschen darin besteht, sowohl das Feuer, als auch das Licht in sich zusammenfassend, Allah Ergebenheit zu erweisen. Hätte er gewusst, dass sein eigenes Feuer in Kombination mit dem Menschen, einen Weg darstellt Allah nah zu sein, hätte er sich dann vor dem Menschen niedergeworfen?“

- „Mittlerweile wissen wir, dass die Anstrengungen des Satans, die Menschen auf dieser Welt in Feuer zu verwandeln, ohne Erfolg sein werden. Wir wissen auch, dass der Mensch mit strenger Frömmigkeit seinen eigenen inneren Teufel dazu verleiten kann, sich niederzuwerfen…“

- „Einige Menschen können nach dem Tod zu Brennstoff für das Höllenfeuer werden, aber auf dieser Welt können sie, Allah sei Dank, nicht zu Feuer werden… Das Leben des Diesseits ist das Geheimnis des Spiegels… Das Geheimnis ist wie die dünne Haut (dünner als ein Haar), zwischen der Hingabe und dem Tod. Die Hingabe ist der einzige Schlüssel zum Geheimnis; das Schloss ist der Tod. Wenn wir es schaffen sollten, diese Welt in unserem Herzen vor dem Tod zu töten, dann wäre das Geheimnis nicht weiter im Spiegel gefangen und wir wären in der Lage, alles zu sehen und zu erkennen… Den Teufel, der sich überall versteckt… Dann wären wir sofort dazu fähig, den Teufel an seinem Haarbüschel zu packen und ihn zur Niederwerfung vor Allah zu bringen…"

- „Der Teufel kann einen frommen Menschen nicht beeinflussen, er versucht lediglich, sich dir gegenüber stark zu zeigen. Er schläft nie. Nur mit permanenten Litaneien können wir verhindern, dass uns der Teufel kennenlernt. Die Litaneien, die wir mit all unseren Atomen ausüben, führen zur Harmonie jeder Sekunde und aller Dimensionen des Universums. In genau diesem Moment ist der Teufel geschlagen. Du gehörst dann zu den Geschützten. Er hingegen findet dann keinen Ort mehr, an dem er sich entfalten kann und wirft sich vor dem Menschen nieder…"

- „Der Stock des Moses verschlingt die Schlange… Das Herz des Menschen bringt den Teufel, der keine Grenzen kennt dazu, sich vor Allah niederzuwerfen… Das Geheimnis des Herzens, welches sogar dem Menschen verheimlicht bleibt, schwindet dann… Und der Mensch verlässt, an dieser Grenze angekommen dann auch die Worte und lässt sogar den Grenzlotus, den Baum im obersten Teil des Paradieses, hinter sich…"

„Oh du Mensch, der im Schatten der Dunkelheit gefangen gehalten bist
Erkenne endlich das Licht in deinem Herzen
Dieses Licht wurde dir im Paradies anvertraut
Mit diesem Licht wurdest du auf die Erde geschickt
Mit diesem Licht, welches vom Feuer umzingelt ist
Du wurdest dann an deinen Körper gefesselt
Mit der blühenden Rose in deinem Herzen."

Nun sollte Mevlana, der sich seit unserer Zurückgezogenheit nun nach der Himmelfahrt sehnte, mit dem Tanz der Derwische, dem Sema, Trost finden. Jenseits von Raum und Zeit sollte nun die Reise der Seele zum Jenseits beginnen.

Jeder Weg besitzt seinen eigenen Anstand. Es erfordert auch eines bestimmten Anstandes, Allah zu lieben.
Der Derwisch ist nicht nur ein simpler Sufi, der ein großes Herz besitzt und dessen Seele aktiv umherschwirrt...!

Im Garten der Schule unterhielten wir uns mit Mevlana neben den Rosen. Eine Gruppe von Philosophen war gekommen, um Mevlana zu besuchen. Sie ließen uns wissen, dass sie einige Fragen hatten. Mevlana zeigte auf mich und sagte:

- „Fragt den, der auch meine Fragen beantwortet hat"

Daraufhin teilten sie uns mit, dass sie drei Fragen hätten, die sie gerne stellen wollten.

- „Fragt." Sagte ich. Sie erwählten einen aus ihrer Gruppe zum Anführer, der die Fragen stellen sollte.

- „Ihr behauptet Allah existiere, jedoch ist er nicht zu sehen. Zeig ihn uns, damit wir dir glauben."

„Stelle auch die andere Frage."

- „Ihr behauptet, dass der Teufel aus Feuer erschaffen wurde und dass er mit Feuer gefoltert wird. Wie kann man Feuer mit Feuer foltern?"

- „Stelle noch die nächste Frage."

- „Im Jenseits wird jeder das bekommen, was er verdient hat, er wird auch dafür bestraft, was er vergangen hat behauptet ihr. Last die Menschen in Ruhe, sollen sie doch machen, worauf sie Lust haben."

- „Sind das eure Fragen? Dann kommt jetzt mal mit mir mit, ich werde sie euch beantworten." Wir standen auf und gingen zu dem

Schüler, der für den Bau der Ziegel für die Gartenmauer der Schule verantwortlich war. Ich nahm einen getrockneten Ziegel vom Boden und schlug damit auf den Kopf des Mannes. Der Philosoph, der kam um die Fragen zu stellen, ging sofort mit seiner Gruppe zum Richter von Konya. Mevlana schaute, als würde er sagen wollen: ‚und was wird jetzt passieren'? Ich habe gelesen, was ihm durch den Kopf ging.

- „Mach dir keine Sorgen. Sie werden derartige Antworten auf ihre Fragen bekommen, dass sie zur Reue und zur Glaubensbekenntnis um den richtigen Weg einzuschlagen, zur Schule kommen werden. Lass uns jetzt das Gebet verrichten, bevor uns der Gerichtsdiener zum Richter ruft." Eine halbe Stunde war vergangen, als wir Bescheid bekamen und uns zum Richter begaben. Im Zimmer des Richters warteten unsere verwirrten Philosophen bereits in Position. Demjenigen, der den Ziegel auf den Kopf bekommen hatte, war der Kopf verbunden worden und er begann in unserer Anwesenheit das Zugetragene erneut dem Richter zu schildern.

- „Ich stellte ihm eine Frage und er schlug mir mit einem Ziegel auf den Kopf."

- „Und ich antwortete ihm nur." Der Richter verlangte weitere Erläuterungen.

- „Er sagte zu mir: ‚Zeige mir Allah, damit ich dir glaube'. Jetzt soll der Philosoph mal seine Kopfschmerzen zeigen, damit sie von uns zu sehen sind, um ihm Glauben schenken zu können." Der Philosoph meinte verwirrt:

- „Es schmerzt zwar aber das kann ich doch nicht zeigen."

- „Siehst du, auch Allah existiert aber er ist für das menschliche Auge unsichtbar. Er fragte mich auch, wie man den Teufel denn mit Feuer foltern könnte, da er doch selbst aus Feuer erschaffen wurde. Ich schlug ihn mit einem Ziegel, der aus Erde besteht. Die Erde hat also seinem Kopf Schmerzen bereitet, obwohl er selber ja auch aus Erde erschaffen wurde. Des Weiteren sagte er zu mir: ‚Lasst doch alle machen, worauf sie Lust haben, deswegen hat doch niemand irgendwelche Rechtsansprüche auf etwas Verdientes'. Nun ja, ich hatte Lust darauf, ihn mit einem Ziegel zu schlagen. Wieso stellt er jetzt irgendwelche Rechtsansprüche? Soll er es doch seinlassen. Wenn man schon in dieser kleinen Welt versucht, das zu bekommen, was man oder jemand anderes verdient hat, wieso sollte dies nicht auch im unendlichen Jenseits möglich sein?" Nach diesen genialen Antworten geriet der Philosoph in Verlegenheit und war nicht in der Lage auch nur einen Ton von sich zu geben. In der Anwesenheit der anderen umschlang er meine Hand und sagte:

- „So viele Jahre frage ich schon andere islamische Gelehrte, aber jemand wie euch ist mir noch nicht begegnet. Die gleichen Fragen stellte ich auch ihnen und erhielt immer stundenlanges Geschwafel als Antwort. Nichts überzeugte mich. Ihr seid Mann eurer Religion. Bringt uns dazu, den Islam zu lieben."

- „Los, lasst uns in die Schule unseres Mevlanas zurückkehren und unsere unterbrochene Unterhaltung fortführen." Daraufhin kehrten wir zurück. Die Augen von Mevlana funkelten vor Freude und er bewunderte mich. Um die Hingabe zu lehren, müsst ihr erst mal Vertrauen gewinnen danach müsst ihr einen Herzenssturm wirbeln lassen und dann müsst ihr die Liebe zum Glänzen bringen. Je mehr ich Mevlana eroberte, desto tiefer wurde der Ozean.

- „Bis zum heutigen Tage hast du immer in der Schule, in der Moschee und innerhalb vier Mauern gesprochen. Lass es sein. Sieh zu, dass du wie ich unterm Himmelszelt sprichst. Hee Mevlana! Steh auf und verkünde dein Wissen! Dies sind die letzten Atemzüge der Schlechten. Die Guten sollen sich nicht länger einsam fühlen... Sprich, die Hingabe zu Allah wird in naher Zukunft in den Herzen aller aufgehen. Der Teufel kann sich hiernach nicht mehr den Herzen, die Hingabe in sich tragen und mit Gebeten gefüllt sind, nähern.

Mit seiner ganzen Hitze nähert sich das Feuer. Es wird andere verbrennen und selber brennen. Wer hat in das Feuer geblasen, wer? Ich frage dich nicht nach den Teufel, Mevlana. Ich frage nach dem, der Mensch sein will, ich frage nach diesem Bluttrinkenden. Wer? Wieso liebt Kain Abel nicht? Kann der Mensch das Paradies kennen, ohne die Hölle gesehen zu haben? Ach der Mensch… Wie kann man das Feuer erkennen, ohne das Licht zu kennen?"

- „Wir haben die Zeit nicht genügend Wert geschätzt. Das war eine Chance, welche uns gegeben wurde, um wieder ins Paradies zu gelangen. Es wurde von uns lediglich verlangt vom rauchlosen Feuer fern zu bleiben. Wir hätten uns kennen müssen. Entweder sind wir inmitten des Feuers oder inmitten der Abwassergrube gestürzt. Ach der Ego, was bist du nur für ein Ding?"

- „Die weißen Turteltauben ziehen in der nächtlichen Dunkelheit ihre Köpfe ein. Der eiskalte Fluss fließt am Morgen unter ihren Fußsohlen entlang. Die nächtliche Ruhe wird vom Jaulen der Schakale gefüllt. In weiter Ferne, hinter dem Berg wartet eine Sonne darauf, aufgehen zu können. Aufzugehen und aufgehen zu lassen. Was wird sie deiner Meinung nach zum Aufgehen bringen, mein Mevlana? Und es wird eine Christin mit einem toten Vogel in ihren Händen an deine Tür kommen. Dieser tote Vogel ist das Ego, das innere Selbst. Puste ihm Leben, damit er wieder in die Lüfte steigen kann. Lasse ihn vom Wasser der Buße trinken, damit er zum Islam konvertiert.

Oh du Kultgewand der Derwische, werde das Land der Hoffnung. Selbst wenn die Buße abermals gebrochen wird von den toten Lebewesen. Sammle nur die tropfenden Tränen mit deinem Taschentuch. Sollen die Hilflosen daran riechen. Soll der Duft der Behaglichkeit von den marmorierten Herzen empfunden werden.

Oh Feuer! Feuchte endlich die Ozeane an. Anschließend sollen Tropfen folgen, aus Perlen und Korallen. Sei dort; wo es Böses gibt Mevlana! Verbrenne die Hörner des Satans. Du kannst die toten Worte einsammeln bevor sie sterben. Kann der Mensch das Paradies kennen, bevor er die Hölle gesehen hat? Die Menschen mit großer Eile, laufen von überall hin zur Hölle. Er denkt, dass die

Schnelligkeit das Licht ist. Blut in Blut. Feuer im Feuer. Im rauchlosen Feuer des Satans, erdrosselte Vögel."

Mevlana übernimmt das Wort mit einem von Schmerzen geröstetem Wort. Wir beide möchten sofort zu Allah laufen. Von einander lass uns einiges abgucken, in dem wir durch das rauchlose Feuer laufen, meint er.

- „Komme endlich, was kommen mag. Lass uns endlich die Behaglichkeit erreichen, lass uns weinen, sollen unsere Tränen wie Perlen in die Ewigkeit fließen...

Ich bin so erschöpft, der Aufenthalt in diesem weltlichen Körper hat mich so sehr zur Erschöpfung getrieben. Lass uns in der Stille gemeinsam das Gebet verrichten und verloren gehen im Klima der geistigen Bedeutungen."

Ich sage: „Komm!" und nehme ihn an die Hand, verhelfe ihm hoch und zwei Lebewesen führen den Tanz der Derwische aus.

- „ Eine Ursünde oder etwas der Gleichen existiert nicht. Diesen Schwachsinn hat der Teufel in die Gehirne geflüstert. So hat er seinen eigenen Dreck verdecken können. Er sucht nach Komplizen für seine Lügen."

- „Hätten wir im Paradies bleiben können? Hätten wir uns gegenseitig sehen können ohne den Bedarf des Anderen zu verspüren?"

- „Genau deswegen die Prüfung. Wenn du ehrlichen Herzens bist, wirst du die Prüfung bestehen. Die Bedeutung vom vorübergehenden, diesseitigen Leben ist genau diese. Ich bin das Geheimnis. Wenn das Geheimnis sich aus dem Staub macht, bleibt nichts mehr übrig von ‚des Anderen'.

Die Hingabe ekelt sich vor den Begierden. Wieso? Denn Begierden bedeuten nichts anderes, als der Untertan, der Hund des Genusses und des Reizes zu sein. Sie setzt dir immer verdorbenes Fleisch vor. Ab und zu gibt sie frisches Fleisch. Die Leute wie ich, die sich fernhalten vom Genuss, werden als außergewöhnlich verrückt bezeichnet. Allah sei Dank, dass ich verrückt bin. Das Denken hat seinen Stolz. Wir denken zu sehr in Panik nach; beim Gehen, auf der Reise oder bei anderen Beschäftigungen. Das Nachdenken lehnt sich nicht an Geschwindigkeit. Wenn dir ein Gedanke kommt, dann setz dich hin, auch wenn du dich gerade mitten auf einem Weg befindest und erlebe eine schöne Zeit mit deinen Gedanken, wenn nötig stundenlang. Wie die Erde den Regen in großen Mengen nicht sofort aufnehmen kann, so liebt es das Herz, die Gedanken, die langsam mit all ihrem Stolz durch den Kopf schweben."

- „ Unwissend gelebte Moral hat keinen Stolz. Es ist, wenn überhaupt, ein angeborener Reflex, der nachgeahmt wird."

- „ Wir alle tragen heimliche Gärten und Pflanzen in uns; wir sind alle alte Vulkane, die kurz vorm Ausbruch stehen. Wenn du selber nicht das in dir zum Ausbrechen bringst, so wird jemand von Draußen dich zum Ausbrechen bringen. Dein Garten ist nun ein absolutes Durcheinander.

Ich werde dir Gift geben, wenn du schwach bist wird dich dieses Gift umbringen. Wenn du jedoch stark bist, so wird das Gift in dir zu zuckersüßem Honig. Habe ich jetzt deine Zustimmung Celaleddin?"

- „Ich bin keine Person, ich bin immer der innere Kern."

Mevlana stand auf, schrieb etwas auf ein Blatt Papier und hing dieses Blatt an die Außenseite der Tür. Darauf stand: ‚Wer hier eintretet, erweist mir Ehre, wer nicht eintretet, macht mir eine Freude'.

- „Sei hinter neuem Wissen her. Ich möchte nichts vor Augen bekommen, was sich mit deinen früheren Gedanken deckt. Ist es mein Job, dir neue Wahrheiten zu finden?

Gestern ist mit gestern geschwunden mein Lieber. Nun muss Neues gesagt werden.

Sag nun, was ist das Leben? Sich von etwas permanent entfernen, was sterben will."

- „Ist das alles, wovon ich mich trennen muss?"

- „Natürlich nicht. Was macht derjenige, der sich von etwas

trennt? Er gibt sich Mühe, um eine noch höhere Stufe zu erreichen, immer weiter, immer höher möchte er fliegen. Er lässt alles herabfallen, was seinen Flug erschwert. Abzuwerfen ist Opferbereitschaft. Trenne dich, dass nur noch ein leichtes Hemd deine Seele bedeckt. Beginne damit, indem du deiner besten Seite Schaden zufügst."

- „Wie, womit?"

- „Zerreiße den Schatten deines Egos, deines inneren Selbst. Trink vom Wasser deiner Seele. Werde betrunken. Werde dermaßen betrunken, dass du dir auf deinem eingeschlagenen Weg, deine Arme und Beine brichst.

Der Teufel führt alle hinters Licht. Wenn er behauptet euch euer Leben leichter zu machen, euer Leben zu verlängern. Dieser Tempelritter der vergeudeten Zeit... Dieser kleine, pompöse Zwerg, der alle zu seinem rauchlosen Feuer ruft. Der Genuss Schauspieler mit feurigen Worten. Die geistige Schlange, die auf den Mensch eifersüchtig ist, weil ihm die Hoffnung auf das Paradies anvertraut wurde. Der falsche Messias, der die Hingabe nicht lesen kann.

Diejenigen, .die uns nicht dulden können, uns übel nachreden, genau das sind die Menschen, die vom Teufel gestillt wurden, mein Mevlana. Wir führen schöne, phantasievolle, glaubensechte, mit Sorgfalt gepflegte Unterhaltungen in der Hingabe, über die Hingabe, ohne die hitzigen Nachreden und ohne das Umhertreten des Teufels und der verteufelten Menschen zu berücksichtigen. Wir sind der Hingabe zu Allah verfallen, wir sind dem Besitzer der Hingabe dankbar."

Und du siehst (dann) die Berge, von denen du weißt, dass sie unbeweglich seien, sich von der Stelle bewegen, wie Wolken das tuen. (Die Ameisen, 88)

Ich musste Mevlana in unserer Zurückgezogenheit auf die Himmelfahrt seiner Seele vorbereiten. Soll unser Körper vorerst in Vier Wänden eingeschlossen sein. Damit Mevlana die Reise zum Jenseits aushalten könnte, musste er seelisch vorbereitet sein, und zwar nicht mit den Büchern des Sufismus, sondern er musste die dritte und höchste Stufe der Gewissheit und des Wissens erreicht haben. Was sagte noch unsere Mutter Aischa (die Ehefrau des Propheten Mohammeds): ‚Als Mohammed sein Bett verließ, weil er nach Jerusalem ging und seine Himmelfahrt durchführte, war sein Bett bei seiner Rückkehr immer noch warm'. Das ist der Zustand, wenn der Körper aufsteht und die Seele ihre Reise anschlägt…

Als die Vorbereitungen der Himmelfahrt während unserer Zurückgezogenheit beendet waren, zogen wir mit Mevlana durch die Welt. Jedermann dachte, wir seien in unserem Zimmer, jedoch beobachteten wir sie vom Himmel aus.

Eines Nachts waren wir mit Mevlana verschwunden. Obwohl die Dame Kerra uns in der kompletten Schule gesucht hatte, war von uns keine Spur zu finden. Obendrauf waren auch noch alle Türen geschlossen. Kerra erzählte diese Angelegenheit später ihrem Sohn Sultan Veled folgendermaßen: „Ich machte mir um Mevlana und um den aus Täbris Sorgen, da sie drei Tagen nicht aus ihrem Zimmer ausgetreten waren. Es war auch der Abend an dem sie ihr Visal-Fasten beenden sollten und wieder essen würden. Wir haben das Essen vorbereitet und brachten es mit Kimya zum Zimmer. Wir klopften an, jedoch erhielten wir keine Antwort. Kimya klopfte erneut an und immer wieder ohne Erfolg. Wir stellten das Essen vor das Zimmer und ich lauschte an der Tür um irgendetwas zu hören. Ich hörte nur ein merkwürdiges Rauschen, wie der Wind über ein Feld rauscht. ‚Meine Tochter. Dein Vater und Schams scheinen nicht im Zimmer zu sein. Aber wohin können sie nur gegangen sein'? Danach gingen wir. In dieser Nacht bin ich spät eingeschlafen. Ich war gerade am Eindösen, als ich Mevlana gesehen habe, der sein Nachtgebet verrichtete. Ich sprach kein Wort, bis er sein Gebet beendete. Als er fertig war, bemerkte ich, dass seine Füße voller Staub waren. Zwischen seinen Zehen hatte er farbigen Sand. Vor Angst erstarrt, fragte ich ihn danach. Er antwortete mir wie folgt: ‚In Kaaba befindet sich ein Derwisch mit viel Herz, der andauernd von unserer Liebe spricht. Wir gingen dorthin um uns ein wenig zu unterhalten. Dieser Sand ist Sand von Hedschas, hebe ihn auf und erzähle niemandem davon'. Nach dieser Nacht war ich Schams nicht weiter abgeneigt und verstand nun welch tiefsinniger Mensch er mit seiner Zurückgezogenheit eigentlich war." Als sie all dies ihrem Sohn am nächsten Tag erzählte, sagte Sultan Veled:

- „Liebe Mutter! Erzähle niemandem, was du gesehen und gehört hast. Jemand, der uns nicht kennt, wird dann noch behaupten, du seist von einem Dämon besessen oder Schams hätte auch dich mit Zaubereien in seinen Bann gezogen. Sie werden sich über dich lustig machen. Und außerdem sind diese Reisen meines Vaters und unseres Lehrers keine Neuheit."

- „Ja, mein Sohn. Ich bin sowieso schon seit langem verwundert. Seitdem mir dein Vater eine Blume unter der Tür durch überreicht hatte. Diese Blume brachte ich zum Kräuterhändler und erfragte diese. Seit dieser Antwort, bin ich so verwundert."

- „Erzähl Mutter, was hat es mit dieser Blume auf sich?"

- „ Eines Tages sperrten sich Mevlana und Schams der Zurückgezogenheit zu Willen wieder ein. Tagelang aßen und tranken sie nichts. Taten keinen Schritt vor die Tür. Mich durchzog eine beängstigende Neugierde. Ich wollte wissen, was sie machten und schaute durchs Schlüsselloch ins Zimmer. Ich sah Mevlana, wie er sich am Knie von Schams lehnte. Um zu hören, was sie sagten, legte ich mein Ohr an die Tür. Plötzlich sah ich, dass sich eine Wand öffnete und sechs Ehrfurcht gebietende Männer aus der Welt des Verborgenen eintraten, begrüßten, den Boden küssten und einen Blumenstrauß vor Mevlana legten. Es war eine sehr behagliche, harmonische Runde, die bis zum Mittagsgebet andauerte. Sie wechselten während dieser Zeit kein Wort miteinander. Nachdem sie das Mittagsgebet verrichtet hatten, begaben sich diese sechs ehrwürdigen Männer, mit großem Respekt wieder in die Wand hinein, aus der sie gekommen waren. Dieses ehrfürchtige Ereignis brachte mich zur Ohnmacht. Ich verblieb mit zitternden Knien vor der Tür. Sie werden wohl bemerkt haben, dass ich vor der Tür wartete, denn kurze Zeit später wurde eine Blume unter die Tür geschoben. Eine Blume, dessen gleiche ich nie zu Augen bekam. Die Stimme von Schams kam hinter der Tür hervor: ‚Meine Schwester, diese Blume ist von sehr weit her gekommen und Mevlana als Geschenk mitgebracht worden. Und er ist der Meinung, dass du diese Blume verdient hast'. Ich brachte diese Blume zu mehreren Kräuterläden, weil ich wissen wollte, um was für eine Art von Blume es sich hierbei handelte. Ich wollte wissen, woher sie kam und wie sie hieß. Alle Ladenbetreiber waren verblüfft über die Frische und den Duft der Blume. ‚Woher kommt diese Blume denn mitten im Winter? Diese schöne Blume wächst nur an den Polen Indiens. Bis sie hier ankommt, müsste sie schon lange verwelkt sein. Ein sehr bemerkenswertes Ereignis. Würdet ihr uns die Blume verkaufen'. Sagten sie.

Sowohl unser Zimmermädchen als auch ich, konnten unseren Ohren nicht trauen. Mittlerweile glaube ich, dass sich dein Vater und Schams von ihrem Zimmer aus, auf Weltreisen begeben."

- „Jetzt siehst du bestimmt, Mutter, wieso Schams meinem Vater so wichtig ist. Schams ist ein Geschenk für unsere Familie. Ich bin jetzt davon überzeugt, dass mit jedem streichenden Tag, diejenigen, die ihn kennenlernen, die Behaglichkeit erleben werden."

Die erste Station des Weges der Hingabe ist es mit der Einsamkeit gleichgesinnter Gefährte zu werden. Wenn wir uns zurückzogen, verfolgte uns die Ehefrau Mevlanas, indem sie an der Tür lauschte und durch das Schlüsselloch schaute. Sie wollte wissen, was wir machten. Sie informierte den Rest des Hauses und die Schüler, die nach uns fragten, indem sie sagte, dass wir seit Stunden stillschweigen würden. Diejenigen, denen es komisch vorkommt, sollten wissen, dass die Sprache der Hingabe ohne Zunge und Lippen gesprochen wird. Sie fließt von Herz zu Herz... Sie ist die Unterhaltung der Herzen. Am Ende der Zurückgezogenheit sagte Mevlana über das Sprechen von Herz zu Herz, von Seele zu Seele, ohne Zunge und Lippen:

- „Kann der Gedanke etwas sagen, solange du schweigst? Du kannst deine Gedanken nur wiedergeben, wenn du redest. Wenn du schweigst, wird dein Gedanke eingesperrt. Jedoch wenn das Herz seinen Mund aufmacht, redet die Zunge nicht weiter und schweigt."

Ich sagte nichts dazu, jedoch als er diese Sätze wiederholte, konnte ich mich nicht mehr zusammenreißen.

- „Komm zu dir! Sei still! Denn das Ego und das Feuer des Herzens wachsen. Die immer größer werdenden Flammen haben begonnen zu atmen. Was sagst du? Möchtest du, dass die Flammen wegen deinem Gerede immer weiter aufsteigen? Das Schweigen wird manchmal zum Wasser und manchmal zum Wind für das Feuer."

Er schwieg. Und sein Schweigen hat solch Form angenommen, dass das Geräusch, der Laut unseres Atems aus unserem Zimmer den Hof erreichte. Im Hof einen Schall bildete und wieder in das Zimmer zurückschallte.

Die verblüfften Blicke und die vor sich hin brummenden Stimmen der Derwische vermischten sich als wir aus der Zurückgezogenheit heraustraten. Sie standen unter Schock. Alle fragten sich gegenseitig mit ihren Blicken, was denn vor sich ginge. Sie hatten nicht den Mut, Mevlana oder mich danach zu fragen. Als wären Steine des Verderbens auf ihre Köpfe hinabgefallen. Als hätte Lärm vom Wehgeschrei ihre Trommelfelle zum Platzen gebracht. So verwirrt standen sie da.

- „Geh jetzt und kümmere dich um deine Familie. Ich werde ein wenig im Hof sitzen."

- „Es ist sehr kalt und du bist nur mit deinem dünnen Umhang bekleidet. Ich lasse dir Kleidung bringen."

- „Frieren ist für den Brandstifter unmöglich. Verbringe nun schöne Zeit mit deinen Kindern und sei rechtzeitig zum Mittagsgebet zurück."

Komm, ich zeige dir, wie man mit Feuer spielt.
Schau mal, ob das Feuer dich verbrennt oder du das Feuer verbrennst?

Als mich Mevlana zum Essen mit seiner Familie einlud, lehnte ich dieses Angebot mit meinen Augen sprechend ab. Während er mit seiner Familie beim Essen war, saß ich im Schneidersitz im Hof und beobachtete die Umgebung. Vor der Küchentür hatte ein Mann im merkwürdigen Zustand mein Interesse geweckt. Dieser Mann rannte förmlich in Lichtgeschwindigkeit permanent von Hof zur Küche und zurück. Er sprach mit niemandem und sah mich an, als hätten wir uns schon vor Jahren kennengelernt. Ich fragte einen Derwisch, wer denn dieser merkwürdige Mann sei. Der Derwisch:

- „Wir nennen ihn Feuerspucker. Er ist ein bekannter Schüler des Mevlana, ein Derwisch. Sein eigentlicher Name lautet: Yusuf Izzeddin. Wegen seiner Anstrengungen, Mevlana zu dienen und seiner Hingabe und Ehrlichkeit wegen, ist er zum Freund Mevlanas geworden. Er hat sich freiwillig dazu bereiterklärt, für die Derwische und Mevlana in der Schule zu kochen. Diese Bitte hat Mevlana ihm nicht abgeschlagen."

- „Erzähl weiter, wieso wurde sein Spitzname Feuerspucker?"

- „Eines Tages wollte Yusuf wieder Essen zubereiten als sich jedoch kein Stück Brennholz finden ließ. Es war nicht mehr viel Zeit zur Essenszeit verblieben. Es hätte ihm zu viel Zeit gekostet, Brennholz zu besorgen. Verlegen ging er zu Mevlana und fragte ihn, was er denn machen solle, da kein Brennholz mehr übrig geblieben war. Mevlana antwortete ihm im Scherz: ‚Dann geh, halte deine Füße unter den Kessel und bringe ihn so zum Kochen'. Kaum hatte Mevlana diese Worte ausgesprochen, eilte Yusuf schon in die Küche, streckte seine Füße unter den Kessel und seine Fußzehen spien Feuer, sodass er den Kesselinhalt zum Kochen brachte. Als das Mevlana zu Ohren kam, verspürte er nicht das Bedürfnis dieses ‚Wunder' zu erläutern und kommentierte es nur indem er sagte: ‚Du Feuerspucker, du'! Somit bekam Yusuf bin Izzeddin den Spitznamen Feuerspucker, was so viel bedeuten sollte wie, der mit dem Feuer spielt."

- „Wo kommt er her und seit wann befindet er sich in der Obhut Mevlanas?"

- „Der Geburtsort und das Geburtsdatum vom Feuerspucker ist weder ihm selbst noch uns bekannt. Es wird gesagt, dass er seine Kindheit und Jugend in Larende[14] verbracht hätte. Er flehte den Vater Mevlanas, seinen Rock küssend an, ihn aufzunehmen. Auf die Frage von Bahaeddin Veled was er denn in der Schule ausüben wolle und was er denn könne, antwortete Yusuf: ‚Ich möchte eure Mägen sättigen, wie ihr unsere Seelen sättigt. Ich möchte für euch kochen'. Als der Vater Mevlanas, Bahaeddin Veled starb, weinte er tagelang ohne auch nur einen Schritt aus der Küche herauszutreten. Mevlana ging zu ihm, als ihn das zu Ohren kam und sagte, währen er ihm über den Rücken strich: ‚Wirst du uns etwa deine leckeren Speisen versagen, mein Bruder? Komm, lass unseren Freundestisch nicht ohne unseren Gefährten', mit diesen Sätzen ehrte Mevlana ihn als ein Mitglied seiner Familie. Weil er sich nicht von der Schule trennen mochte und Mevlana ihn sehr mag, wurde er erneut der Küche als Koch zugewiesen."

- „Lass ihn zu mir kommen. Wollen wir doch mal sehen, was er von Mevlana gelernt oder nicht gelernt hat."

Die Derwische brachten den Feuerspucker zu mir.

- „Feuerspucker, verfügst du gerade über die rituelle Waschung?"

- „Ich wage keinen Schritt, ohne rituellen Waschung."

14 Heute Karaman (im Regierungsbezirk Konya)

Ich verlangte von ihm nach Wasser, kalt sollte es sein. Für die rituelle Waschung. Er ging und kam gleich mit einem Schnabelkännchen zurück. Als er begann, mir das Wasser zu gießen, merkte ich, dass es kochendes Wasser war. Beinahe wären meine Hände verbrannt. Mit lauter Stimme schrie ich fast:

- „Mensch, was machst du Verwirrter? Ich bat dich um kaltes Wasser, Hast du vor, mir die Hände zu verbrennen?"

- „Nicht doch. Ich füllte speziell kaltgestelltes Wasser ein. Das ist eiskaltes Wasser."

- „Bin ich jetzt ein Lügner oder wie?" bemerkte ich und ließ zwei Derwische kommen.

- „Schüttet euch gegenseitig Wasser auf die Hände." Das taten sie auch. Als ich im Anschluss fragte, wie denn das Wasser sei, stimmten ihre Antworten überein:

- „Eiskalt… beinahe wären unsere Fingerkuppen abgefroren."

Der Feuerspucker beobachtete verwundert und aus Verlegenheit knallrot geworden und schwitzend das Geschehen. Nachdem ich die Derwische darum bat, zu gehen, sagte ich:

- „Sprich! Was ist der Unterschied zwischen dem Gebet derjenigen, die der Hingabe verfallen sind und dem der Gelehrten, die mit Feuer spielen?"

- „Das Gebet der Gelehrten, die andere auf den richtigen Weg weisen, besteht aus Gebeten, die fünf Mal am Tag verrichtet werden. Jedoch diejenigen, die der Hingabe verfallen sind, befinden sich permanent im Gebet."

- „Hast du jemals das Pferd der Buße bestiegen?"

- „Was für ein einzigartiges Reittier das Gefährt der Buße doch ist. In einem Moment befördert es seinen Besitzer vom Grund in die Himmel." Ich sagte zum seltsamen Mann, der mit Feuer spielte:

- „Führe mich zu deinem Feuer." Wir gingen gemeinsam zum Ofen in der Küche. Als ich ihm sagte, dass ich gerne sehen wolle, wie er mit dem Feuer spiele, duckte er sich ein wenig in den Ofen.

Das Feuer beflammte sein Gesicht. In seinem Bart spielten orangefarbige Schatten ihr Spiel. Die Spur eines alten Glanzes war in seinen Augen zu sehen.

„Die Hingabe" wiederholte ich, „Die Hingabe ist, im Feuer zu verbrennen."

Das Feuer bestätigte dies, indem es seine gereizte Zunge um die Taille des Eichenholzes wickelte und sich wieder zurückzog. Das Wasser, welches den ersten Angriff des Feuers verhinderte, ließ das Feuer zischen und es wandelte zur Flut und anschließend zu Rauch um. Beim zweiten Mal war der Körper des Holzes befallen und errötete. Sein Hohlraum füllte sich mit Rauch. Er begann zu weinen.

- „Werdet ihr jemandem erzählen, was ihr gesehen habt?"

- „Ich sprach nur 7 Worte" (Die Hingabe ist, im Feuer zu verbrennen)

- „Sieben Worte? Nein, ihr habt mir von der Welt erzählt, aus der ihr kommt. Ihr habt aus dieser Welt gesprochen. Ihr habt sehr lange gesprochen. Ihr habt erschöpfend gesprochen. Ihr habt geschrien, während ihr am Flüstern ward. Die Worte waren nicht ein Stück eures Fleisches. Ihr stelltet den Beweis, dass der Tod hier präsent ist, als ihr sagtet: ‚Die Hingabe ist, im Feuer zu verbrennen'." Ich berührte mit meinem Finger seine Lippen:

- „Sprich, wie sonst auch mit deinen Leidesgefährten, mit deiner vornehmen Art. Wäre ich heute nicht Zeuge dessen geworden, mit welcher Hingabe du mit dem Feuer spielst, wärest du von hier verbannt worden. Hut ab, du hast meine Prüfung bestanden. Von nun an, kann ich deine Suppen zu mir nehmen. Bringe mir jeden dritten Abend zum Gebetsruf des Abendgebetes eine Suppe und ein Stück trocken Brot. Sonst nichts."

- Als ich aus der Küche heraustrat, begegneten wir uns vor der Tür mit Mevlana. Er schaute mit neugierigen Blicken.

- „Vor dir, haben die Menschen in deiner Umgebung das Recht auf die Prüfung. Gedulde dich. Du wirst auch noch an die Reihe kommen. Der Feuerspucker hat seine Prüfung bestanden. Kann man von Dornen Trauben und von Disteln Feigen sammeln? Der Feuerspucker hat schon vor langer Zeit das Feuer geschluckt. Lass uns nun zum Gebet übergehen." sagte ich.

Ihr seid sicherlich gespannt, wieso ich die Menschen in der Umgebung Mevlanas einer Prüfung unterziehe, nicht wahr? Ohne zu wissen, ob die Umgebung des Lichtes, welches ihr zum Glänzen bringen wollt, aus dunklen Mauern oder aus einem tauben Vorhang besteht, könnt ihr euren Wind nicht wehen lassen.

Eines Tages hatte Mevlana seiner Familie, nachdem er mich in hohen Tönen beschrieb, erklärte welch großer Mensch ich doch sei, wie nah ich Allah wäre, vorgeschrieben mich respektvoll zu behandeln und ab und zu mein Wohlergehen zu erfragen. Daraufhin kam Sultan Veled in mein Zimmer, küsste meine Hand und fragte mich danach ob ich ein Anliegen hätte. Diesem plötzlichen Besuch konnte ich keiner Bedeutung zuordnen und sagte:

- „Veled, was ist mit dir passiert? Du kümmerst dich gerade ein wenig übertrieben um mich."

- „Mein Herr, mein Vater erzählte uns von eurer Größe, sodass wir alle unseren Verstand verloren. Selbst wenn ich euch tausend Jahrelang dienen würde, euch respektvolle Dienste erweisen würde, wäre ich am Ende meines Lebens immer noch am Zweifeln, ob ich euch ausreichend dienen konnte oder nicht."

Mevlana bezeugte mir sein Wohlwollen. Hunderttausende Schams aus Täbris können, wenn überhaupt, ein Staubkorn seiner Größe sein. Obwohl ich es mit vielen blutsaugenden Königen, mit guten Freunden Allahs zu tun hatte, ich dem göttlichen Licht näher kam, das Jenseits zu sehen in der Lage bin, kann ich Mevlana nicht das Wasser reichen. Ich weiß nicht, wer die Wahrheiten, die er erreichte, zu erreichen in der Lage wäre.

- „Dein Vater ist ein Ozean, mein Junge. Lasse nicht zu, dass dieser Ozean sein Wasser verliert. Achte auf deinen Bruder Alaeddin. Er ist nicht so schmiegsam wie du, er wird Mevlana herausfordern.

Er befindet sich nicht in guter Gesellschaft. Er ist in das Wasser des Teufels getaucht, auch Politik genannt, er ist nicht mehr bei klarem Verstand. Er wird mit seiner jugendlichen Taktlosigkeit an einen harten Felsen prallen und zu Staub werden."

Ich schwöre, dass es uns eine Freude ist, dein Antlitz zu sehen. Wer Mohammed, den Propheten sehen möchte, soll einfach zu Mevlana gehen und ihn betrachten. Mit Leichtigkeit, wie sich im Wind biegendes Gras, soll man sich vor ihm verbeugen. Wer gegenteilig handeln möchte, soll einfach so leben, wie er mag.

Derjenige, der Mevlana gefunden hat, kann sich glücklich schätzen. Wer bin ich denn schon… Ich habe ihn einmal gefunden, ich bin glücklich. Wenn du den Glauben hast, lasse von deinen Zweifeln ab.

Ich möchte mich mit niemand anderem unterhalten, als mit Mevlana, nur mit ihm möchte ich mich unterhalten. Nun komm ich flüstere es dir ins Ohr. Ich möchte etwas machen; jedoch wenn Allah es verhindern sollte, wird er nicht auf mich hören. Uns kommen entweder die Moslems der Moslems oder die Gottesleugner der Gottesleugner besuchen. Denn diejenigen, die nicht unsere Stufe erreicht haben, können alles nur anhand der äußerlichen Erscheinung beurteilen. Sie finden Unvollkommenheit in unseren Gottesanbetungen. Denn sie denken, er sei so groß, dass er es nicht mehr nötig hätte Gottesanbetungen und Gottesgedenken durchzuführen. Und sie entfernen sich somit von den Anbetungen und Gedenken, obwohl das gesamte Universum so bedürftig danach ist.

Vom Celaleddin hin zum Mevlana

Vom Gelehrten wurdest du zum Wisser und Kenner, bist du denn auch bereit, der Hingabe zu verfallen?
Du bist auch kein Volkssänger. Der Volkssänger nimmt vom Volk und gibt dem Volk. Der Hingabe Verfallene nimmt von Allah und gibt dem Volk.

Die Menschen wollen am ehesten das wissen: Wie kann es sein, dass Celaleddin trotz 40 Jährigem Wissenszufluss Celaleddin blieb und dann nur innerhalb von 40 Tagen zum Mevlana wurde? Was hat Schams denn nur getan, dass er das jahrelang Unreife in nur 40 Tagen reifen ließ?

Das Geheimnis ist in unserer ausgeübten Zurückgezogenheit versteckt. Einen viel wissenden Mann zur göttlichen Hingabe zu führen, ist nur dem möglich, der den Weg kennt. Nur ich wäre dazu in der Lage gewesen. Und nur ich sah Mevlana so, wie er wirklich war.

Kann man das Paradies kennen, ohne die Hölle gesehen zu haben? Der Mensch, der sein Leben in ständiger Eile lebt, rennt überall von jeder Richtung aus zur Hölle. Die Geschwindigkeit… Die Geschwindigkeit ist ein Geheimnis. Die Geschwindigkeit des

Blutes und des Feuers kann die Geschwindigkeit des Lichtes nicht erreichen. Das mit Licht umhüllte Herz erkennt wer Engel und wer Satan ist. Wir sind umzingelt von Feuer. Niemand ist sich dessen bewusst, dass er brennt. Ich verfügte über Feuer, mit welchem ich ihn mit der Zurückgezogenheit verbrennen konnte.

Ihr wollt gerne etwas über die kräftige Beeinflussung der Zurückgezogenheit wissen, nicht wahr? Um die Zurückgezogenheit zu erreichen muss man nebeneinander stehen, gemeinsam in einer Reihe. In diesem Moment mit dem Paradies gebunden sein. Wir müssen alle Prioritäten unseres Lebens an die Seite stellen, unser Wissen teilen und bereden, was wir gegen die Kinder des Satans unternehmen können.

Selbst wenn wir unsere Körper auf der Suche nach der Bedeutung des Herzen verlieren, ist die Hilfe des Herzen ausreichend, damit unser Verstand rein bleibt. Unser aller Verstand war ein Fluss, der zum Paradies floss, bevor wir auf die Erde kamen. Die Hingabe Allahs wurde nur uns, den Herzen anvertraut.

Das Leben auf dieser Welt dauert nicht mal einen Augenblick an. In dem Moment, in welchem man sich in Ruhe dem Stein im Hof, dem Geräusch des Wasserfalls, dem Spazieren des Sonnenlichtes lächelnd widmet, als hätte man Allah zu Gesicht bekommen und die Stirn auf die Erde setzt, weht ein ruhiger Wind. Rosenduft verbreitet sich im Hof. Und du fühlst dich so, als wärest du im Gebetshaus des Propheten, an seinem Grab und verrichtest gemeinsam mit ihm das Gebet.

Das weltliche Leben endet dann. Raum, Zeit, der Mensch existiert dann nicht mehr. Du erwachst dann, wie frisch erschaffen in der Anwesenheit deines Schöpfers. Alle Geheimnisse lüften sich dir. Du wirst selber zum Geheimnis und kehrst auf die Erde zurück.

Der Besitzer der Hingabe erteilte die Erlaubnis für diese Liebe. Wir, sagte ich, wir beide kamen für Dich zusammen. Mein Allah, nur für Dich, wir hätten den Grenzlotus, den Baum im obersten Teil des Paradieses nicht überschreiten können. Wir wären verbrannt… Wir hätten vielleicht zu Engeln werden können, jedoch wären wir Dir nicht näher gekommen. Nun sind wir wieder auf der Erde. Im Alltag; jedoch sind wir in einem Zustand, der Dir am nächsten ist. Wir befinden uns in der Zurückgezogenheit. Mit unseren Gebeten, mit unseren Niederwerfungen. Mit unserer Buße. Wir schließen nun unsere Türen zum Weltlichen.

Wir sind wieder in der Zurückgezogenheit. Die Türen haben wir geschlossen, die Fenster unserer Herzen geöffnet, zur Himmelfahrt der Hingabe. Wer auch immer an der Tür anklopft, wir öffnen sie nicht. Wir sind nicht anwesend, antworten wir, wir sind abwesend. Damals waren wir anwesend; jetzt jedoch sind wir abwesend. Mevlana ist nicht da, nicht da ist Schams. Niemand ist drinnen. Wir sind nun aus unseren Herzen ausgetreten und wir gewinnen an Höhe, zur Himmelfahrt. In diesem hohen Himmel, der Duft und das Licht unseres Propheten… Das Geheimnis der Geheimnisse… Die Tore der Himmel öffnen sich. Wir formatieren uns von Zustand zu Zustand. Wir befinden uns im Meer der Wörter. Die Buchstaben verbeugen sich. Als erstes „Elif“, dann „Nun“[15] und die anderen. Die Wörter werden für uns zum Weg. Mevlana ist sprachlos. Wir befinden uns in einer Zeit, die keine Zukunft hat. Es gibt hier nichts, was es nicht gibt. Es existiert nur Allah. Wann existierte denn überhaupt etwas auf der Erde. Es waren alles Illusionen. Das Auge irrte sich ständig, der Verstand dachte, er könne alles wissen. Er hat nicht alles gewusst. Nun sind wir wieder im Herzen.

- „Ist es möglich die Hingabe zu erleben, ohne sich zu trauen den Tod zu riskieren?“

- „Hingabe und Tod. Ist das beide nicht eigentlich ein und derselbe Begriff?“

- „Was ist denn dann das Wort, welches so heiß ersehnt ist und erwartet wird?“

- „Der Tod und die Hingabe. Zwei Wörter, die miteinander verschweißt sind. Das Geheimnis zum Weg zu Allah ist hier verborgen. In deinem Herzen und im Licht Mohammeds.

---

15 Arabische Buchstaben

Oh du erstes Wort, welches im Licht steht. Wir haben dich im Himmel gesehen. Alle Worte, die wir gesprochen haben, bevor wir dich gesehen haben, waren rein gar nichts wert. Das haben wir nun verstanden. Wir haben unsere Herzen erneuert. Unser Gesicht ist vom Licht bestrahlt. Wenn wir uns gegenseitig anschauen, sehen wir ‚Ihn' in unserem Herzen. Das Licht des Geheimnisses… Die Stimme. Die Worte. Mit diesem Geschenk im Ohr, kamen wir auf Konya herab.

‚Die Erde. Die Himmel. Die Himmelfahrt. Das Licht. Das Geheimnis. Die Hingabe':

‚Allah besitzt siebzig Schleier aus Licht. Wenn Er diese öffnete, würde Sein majestätisch, erhaben, imponierend aussehendes Antlitz alles zu Asche verbrennen, was die Augen seiner Erschaffungen wahrnehmen können. Der einzige Schlüssel dieser siebzig Schleier ist: die Hingabe…'

Sübhaneke- Ehre sei Dir. Die Bedeutung von Ehre sei Dir ist folgende: Wenn dein Herz der Schönheit nicht abgeneigt ist, so sagt Er ‚hier ist die vollkommene Schönheit'. Wenn dein Herz zu Hab und Gut geneigt ist, sagt Er: 'hier ist der vollkommene Reichtum'. Wenn es die Instanz ist, sagt Er ‚Hier ist die schönste Instanz'. Wenn es eine Neigung Zum Sema (Tanz der Derwische) oder zu verschiedenen Menschen hat: ‚Die absolute Barmherzigkeit und Güte ist hier'. Und so geht es mit Allem, denn Er sagt ja schließlich auch ‚Ich bin der Schützer, dem nichts entgeht'. Also: Ein Huhn kann seine Küken nicht so sehr schützen, wie Ich es mit meinen Freunden tue. All dies wird erwähnt, damit der Mensch nicht die Hoffnung verliert und vielleicht sagt: ‚Allah liebt mich nicht, Er wird mich dem Genuss Seiner Schönheit nicht teilhaben lassen'. Der Genuss, der von Allah kommt, kann sonst bei nichts und niemandem gefunden werden.

Sübhaneke. Ehre sei Dir. Allah sagt: ‚Es existiert nichts, was ihr liebt oder sucht, das fehlerfrei ist'. Der große Allah: ‚Da ICH fehlerfrei und wahr bin, lebet eure Liebe hier aus'.

Ich besitze zu jeder Zeit das brennende Rennen Jesus, die Begeisterung Moses, die Unanfechtbarkeit Mohammeds (Er sei gegrüßt und Segen sei mit ihm), die Erfahrungen und Ausdauer der Heiligen, die Schönheit der Geliebten zusammen mit der süßen Glückseligkeit der Liebenden.

Die Glückseligkeit der Welt, die wir mit unseren Augen wahrnehmen können, entspringt der Glückseligkeit der Welt und erneuert sich durch ihr, die wir nicht mit unseren Augen wahrnehmen können. Die unsichtbare Welt wird durch die Eigenschaften Allahs erneuert. Infolge dessen bestehen also die Türen des ewigen Gartens, auch Paradies genannt, aus den Eigenschaften Allahs und somit wird von jeder Glückseligkeit im Diesseits eine weitere Tür geöffnet; und zwar dermaßen, dass Er ihr Freude gibt und sie erweitert. Nun komm, lass uns den Türen, die die Eigenschaften Allahs tragen, darbieten und in das Paradies eintreten; sodass wir uns nicht mehr an das Diesseits erinnern können; aber lass uns an Allah erinnern und Ihn gedenken, damit wir Ihm zugehörig sind.

Ich gedachte Allah. Ich sprach folgendes: ‚Wie kann ich in der Lage sein Allah zu lieben, solange Er mich nicht liebt? ‘ Einseitige Liebe ist unmöglich. Eine Hand schafft es nicht ohne die andere zu klatschen. Auch die Zuneigung der Paradiesjungfrauen den Einwohnern des Paradieses gegenüber, besteht aus der Liebe Allahs. So als würde Allah die Umarmungen durchführen; genau wie sich zwei Körper umarmen ist es die Hingabe zweier Seelen. Jedoch Umarmungen auf dem Niveau der realen Seele und der Bedeutung des Körpers kann es nicht geben.

Sehr viele Sufis, lesen den Koran wie einen Brief, welcher von ihrem Geliebten verfasst wurde; von dieser Perspektive aus wird deutlich, wieso manchmal harte Worte des Geliebten an die Herzen gerichtet werden, um sie zu warnen und diese Worte in einer optimistischen Weise interpretiert wurden.

Ist es richtig, sich der Religion zu fügen, da Allah es befohlen hat oder um dem Höllenfeuer entgehen zu können oder um ins

Paradies eintreten zu können? Nein. Genauso wie die Handlungen Allahs den Menschen gegenüber verrichtet werden, dessen Motivation die Liebe zu ihnen ist, so muss auch die Motivation ihrer Taten aus der Hingabe zu Allah sein.

Oh Mevlana, lass mich reden und du höre zu. Lass mich schweigen und du verfalle der Hingabe. Lass uns aus Liebe zur Zurückgezogenheit bei unserem Vater Adam beginnen:

Allah erklärte Adam folgendermaßen, dass er das Paradies verlassen müsse:

‚Im Glas deiner Erschaffung glänzen Edelsteine und pechschwarze Steine. Im Ozean der Natur sind Perlen und zerbrochene Blumentöpfe versteckt. Nun zu uns. Wir verfügen über zweierlei Heimat. In einer haben wir einen Tisch gedeckt, voller schönen Genusses, diesen vertrauten wir Ridvan[16] an. In der anderen zündeten wir folterndes Feuer und vertrauten es Malik[17] an. Hätten wir dir gestattet, dich weiterhin im Paradies aufzuhalten, so hätte meine Eigenschaft des Zorns keinen Sinn. So verlasse das Paradies, vergrabe dich in Trauer und steige hinab in den Korb der Ferne. Wir werden die versteckten, die anvertrauten Künste, Perlen und Aufgaben in deinem Herzen zu einem späteren Zeitpunkt offenlegen'.

Allahs Barmherzigkeit und Zorn spiegeln sich zweidimensional bei Adam wieder. Einmal in der ‚Seele' und einmal im ‚Ton'. Hätte der Ton keinen Zorn, so wäre Adam kein Mensch sondern ein Engel und er wäre nie als Stellvertreter Allahs auf die Erde gekommen.

Existierte nur die Seele wären die Tage Adams frei von Fehlern und seine Taten wären kein Durcheinander; aber feine Dinge passen nicht zum Diesseits deswegen wurde Adam von Anfang an als Stellvertreter für das Diesseits erschaffen." Sagte ich.

- „Wenn also Adam im Paradies geblieben wäre, würde er dann kein Stellvertreter werden?"

- „Adam wurde nicht vom Paradies zur Erde geschickt, weil er stolperte. Selbst wenn er nicht gestolpert wäre, wäre er trotzdem auf

16 Der Engel, der Torhüter des Paradieses ist.
17 Name des Engels, dem die Höllenwärter unterstehen.

die Erde geschickt worden. Der Grund für sein Kommen lag darin, dass die Hand der Stellvertretung und der Teppich der Herrschaft auf das Kommen warteten. Ibn Abbas sagte: 'Allah hat ihn schon bevor Er ihn ins Paradies setzte, aus dem Paradies herausgeholt'.

Adam besitzt zwei Existenzen, die Erste und die Zweite. Seine erste Existenz gehört nicht zum Paradies sondern auf die Erde. Seine Zweite hingegen gehört zum Paradies. ‚Oh Adam verlasse das Paradies, gehe auf die Erde. Opfere der Hingabe deine Krone, deinen Gürtel und deine Kopfumwindung! Habe Kummer und Sorgen. Morgen werden wir dich als den Anführer der Zeugen wieder in dieses kostbare Land rufen, in Anwesenheit der rund hundertzwanzigtausend Propheten, die der Quelle der Auserwählung entsprangen und die Herren der Reinheit sind, mit hunderttausend Kleidern der Güte und jeglicher Art von Ehrenhaftigkeit. Dann werden alle Geschöpfe verstehen, wie Adam mit unserem Zorn aus dem Paradies vertrieben wurde und wie er mit unserer Güte wieder in das Paradies gebracht wird'.

Bald wird Adam mit all seinen Kindern zusammen ins Paradies eintreten. Mit der riesigen Menschenmenge wird aus jeder Ecke des Paradieses ein Geschrei ertönen. Aus dem Reich der Engel werden die Engel staunend zuschauen und sich fragen: ‚Ist das nicht der ganz heruntergekommene Mann, der vor einigen Tagen noch aus dem Paradies verbannt wurde'?

Adam, dich aus dem Paradies zu nehmen war ein Schleier über die Tatsachen und ein Schleicher über die Geheimnisse; denn es war ein Ozean der glücklichen Generationen der Propheten, der Rund Hundertzwanzigtausend Perlen. Sei jetzt ein wenig von einem unbehaglichen Gefühl geplagt und erreiche in nur wenigen Tagen den Schatz!

Die Hingabe zu Allah antwortet auf all Seine Namen. Die Engel können keine Hingabe erleben, da sie weder den Zorn und die Strafen Allahs noch die Ferne zu Allah zu erfahren in der Lage sind. Auch den Tieren ist die Hingabe versagt, denn sie haben keine Schönheit, keine Feinfühligkeit und keine Nähe erfahren. Die Menschen jedoch sind sowohl aus Nähe als auch aus Ferne und aus Zorn wie aus Gnade gewebt. Alle Eigenschaften Allahs, die in Kontrast zueinander stehen, sind im Menschen vereinigt. Nur sie sind in der Lage Allah zu lieben, der Besitzer aller Eigenschaften und ihrer Kontraste ist. ‚Innerhalb der Achtzehntausend Welten trank niemand anderes als der Mensch vom Krug, gefüllt mit dem Versprechen, IHN zu lieben'.

Mit der Ermutigung Allahs, war Adam Allah ungehorsam; denn Allah wusste, dass Adam nur durch die Gehorsamkeit die Eigenschaft der Ferne begreifen würde und somit auch die Hingabe zu Allah. Die Substanz der Hingabe ist die Sehnsucht."

- „So wie der Erschaffer Joseph davor behütete etwas Schlechtes zu tun, so hätte er auch Adam davor behüten können den Apfel zu probieren, was konnte Adam denn dafür, dass die Welt mit Trauer, Unruhe und Durcheinander gefüllt werden sollte? Was hätte er denn anders machen können?

Als Allah die schwere Bürde den Himmeln, der Erde und den Bergen anvertraute, wehrten sie sich gegen den Vorschlag und nahmen ihn nicht an: Denn sie kannten nicht das Geheimnis der Hingabe; jedoch Adam dachte nur an seinen Geliebten. Deswegen hatte Adam kein Problem seine eigenen Fehler zu betrachten, obwohl diese schwere Bürde für alle Erschaffenen beängstigend war."

- „Mein Mevlana, weißt du, dass man diejenigen, die der Hingabe verfallen sind an ihrer Sehnsucht erkennt. Sie wünschen sich nur Ihren Geliebten. Sie wollen mit Ihm zusammenkommen und wenden ihre Blicke von jeder Erschaffung ab sogar vom Paradies."

- „Adam war gefüllt mit Sehnsucht. Er kümmert sich um seine Sehnsucht. Wenn Menschen etwas erreichen, dann nur mit Hilfe der Sehnsucht. Ansonsten erreichen sie rein Garnichts mit Hilfe ihrer angeborenen Eigenschaften."

- „Demzufolge hat Adam Großartigkeit erreicht, indem er die Bürde angenommen hat, welche die Liebe zu Allah ist. Nur er hat das Geheimnis der Liebe erfasst; die Liebe ist nämlich der Grund für sein Sein. Er wusste, dass die Liebe nur durch den Schmerz der Trennung reifen und Kraft gewinnen könnte. Deswegen hat er in den Apfel gebissen."

- „Mein Freund aus Täbris, wieso haben die Menschen, die unseren Vater Adam nicht verstanden, die Erde in eine Blutssünde verändert."

- „Sie betrachteten die Sonne der Hoffnung mit verschlossenen Augen. Deswegen sind sie in dieser Lage."

- „Wer hat die Augen dieser Menschen geschlossen?"

- „Die Räuber der Hoffnung."

- „Wie?"

- „Sag: Ihr meine Diener, die ihr gegen euch selber nicht maßgehalten habt! Gibt nicht die Hoffnung auf die Barmherzigkeit Allahs auf! Allah vergibt (euch) alle (eure) Schuld. Er ist es, der barmherzig ist und bereit zu vergeben. (Die Gruppen; 53)

Wie uns überliefert wurde, hat jemand diesen Vers in Anwesenheit des Propheten Allahs rezitiert. Als der Rezitierende an die Stelle kam, die besagt, dass Allah ohne Zweifel alle Sünden vergibt, sagte unser Prophet: ‚Er wird wahrhaftig vergeben und als unwichtig erklären'. Danach wiederholte er dreimal: ‚Allah verflucht diejenigen, die andere von ihrer Hoffnung abbringen'.

Wie uns überliefert wurde, sagte Moses: ‚Mein Allah, Du wünschst Dir von Deinen Dienern Auflehnung; aber du magst keine Auflehnung'. Allah antwortet: ‚Um meine Barmherzigkeit zum Tragen kommen zu lassen, um zu vergeben'."

- „Was ist, wenn jemand fragt: Wieso hat Allah entschlossen, die Menschen trotz ihrer von Ihm geschenkter Ehre und Erhabenheit, mit der Auflehnung zu prüfen?"

- „Mein Mevlana, deine Frage verfügt über mehrere Antworten. Als erstes könnte man sagen, dass der Sinn darin liegt, damit die Menschen nicht im Stolz versinken; denn Stolz lockt den Schleier an. Wenn sich das Ego mit den schönsten Namen Allahs schmückt, verwandelt sich das Ego in einen Hund. –Er ist einem Hund zu vergleichen- (die Höhen; 167)

Es hatte großen Einfluss und war der Herr der Herzen; jedoch ist es zu etwas niederem als ein Hund geworden, da es mit Stolz geprallt hat.

Eine weitere Variante der Antwort: Der Meister für Glas kann seine Intelligenz und sein Können nur bei zerbrochenem Glas beweisen. Dein Herz ist wie Glas. Der Stein der Auflehnung hat es getroffen und zu Bruch gebracht. Der wertgeschätzte Schöpfer fügt die Teile des zerbrochenen Herzens mit dem Feuer der Reue wieder zusammen. – ‚Aber dem, der (nachträglich) umkehrt und glaubt und tut, was Recht ist und sich hierauf rechtleiten lässt, bin ich (immer) bereit zu vergeben.' (TA-HA; 82).Wobei Er zu Moses in einem Moment des Zorns spricht: ‚Ich bin Allah' (TA-HA; 14) Sagt Er zu uns: ‚Ich bin bereit zu vergeben'.

Eine weitere Antwortmöglichkeit: Allah verfügt über zwei Lager; eines ist gefüllt mit Belohnungen, das andere mit Vergebung und Barmherzigkeit. ‚Wenn ihr Mir gehorcht, werdet ihr mit Belohnungen und Geschenken übersäht; jedoch wenn ihr euch gegen Mich auflehnt, werdet ihr Mitleid und Vergebung erfahren. Somit werden meine Lager nicht vergeudet'."

- „Allah sagt: ‚Ich werde ihnen allen vergeben'. ‚Ich werde ihnen vergeben' sagte Er. Er sagte nicht: ‚Ich habe ihnen vergeben', damit seine Diener nicht ablassen vom Flehen, damit sie stets die Angst und die Hoffnung in sich spüren. Der Diener Allahs muss sich permanent zwischen Angst und Hoffnung aufhalten; er muss sich permanent im flehenden Zustand befinden; nach Hilfe rufen und dafür beten. ‚Wendet euch allesamt (reumütig) wieder Allah zu'. (Das Licht; 31) ‚... Allah vergibt (euch) alle (eure) Schuld...' (Die Gruppen; 53) ‚Ihr werdet zu Mir kommen, denn ich werde euch alle von euch erkaufen'...

Oh ihr meine Diener! Welche Diener? Die Gehorchenden – Nein! Die sich Auflehnenden –Nein! Die das Gebet Verrichtenden – Nein! Die die Pilgerfahrt nach Mekka ausführenden – Nein! Die den heiligen Krieg austragenden –Nein! Die Almosen Zahlenden – Nein! Na, welche dann? ‚Diejenigen, die übertreiben und die Grenzen überschreiten."

- „Sehr schön interpretiert mein Mevlana; diese Übertreibenden. Er hat die Wand nicht durchbrochen. Er sagte nicht ‚sie begangen Unzucht, sie mordeten'. Er fasste kurz ‚die Übertreibenden'. Sie verhielten sich übertriebener Weise. Wenn Er es wünscht, vergibt er. Er hat die Wand nicht durchbrochen.

Er bezeichnete die Erde nicht als ‚mein Gemälde'; das Paradies nicht als ‚mein Paradies'; und auch das Feuer sprach er nicht mit ‚Oh mein Feuer' an. Die Aufständischen spricht er aber an mit ‚Oh, meine Diener'. Dies ist wohl ausreichend Lob für dich.

Am Jüngsten Tag wirst du ‚mein Körper, mein Körper'! rufen. Der Prophet Mohammed wird ‚meine Anhänger, meine Anhänger!' rufen. Das Paradies und die Hölle werden: ‚mein Anteil, mein Anteil'! rufen. Und der Wertgeschätzte: ‚Mein Diener, mein Diener'!

Mein Mevlana

Bei der Hingabe existiert kein Auf und kein Ab,
Wieso sollte ich nach weiterem suchen, ich bin gleich mit ihm.

Tagelang bestaunen wir uns mit Mevlana in der Dimension der Größe gegenseitig und betrachten uns. In unserer geistigen und ethischen Führung ist es für uns belanglos, wer Lehrer und wer Schüler ist. Während wir in unserem Zimmer die Welt erhellen und den ausgetrockneten Seelen Wasser reichen, kocht auf der anderen Seite eine Welt der Seelenlosen über.

Vorerst versetzte es das Volk ins Verblüffen, dass Mevlana, der vom Volk Konyas mit seinen Predigten so geliebte, sich aus ihrer Mitte zurückzog, seine Schule und Schüler verließ, sich von seinen Gelehrten abwandte, anschließend versetzte er somit die Herzen in Angst. Eine Zeitlang überließen sie Mevlana sich selbst; jedoch nach kurzer Zeit begann die Gerüchteküche zu kochen. Die Klasse der Fanatiker konnte dem keine Bedeutung zuordnen, dass Mevlana seine gegenwärtige jahrelang zusammenhaltende Aufmerksamkeit von Allem wegzog und einem Fremden, also mir widmete, von dem nicht mal bekannt war, wer oder was er war und dessen Fragezeichen noch nicht ans Licht gekommen waren. Die übertriebene Liebe zu Mevlana führte somit zur Eifersucht:

- „Was soll das? Wer ist dieser Mann, der Mevlana seinen gesamten alten Freunden entraubt, ihn von seinem hohen Pult nimmt und Mevlana dazu bringt, sich nur mit ihm auseinander zu setzen? Woher kommt dieser Mann? Was hat er vor?" dies alles fragten sie sich. Manchmal beließen sie es auch nicht dabei ihren Unfrieden nur zur Sprache zu bringen und gingen zu weit, indem sie langsam aber sicher begangen, mich zur Rede zu stellen und anzugreifen.

Als ich eines Tages durch die Straßen Konyas spazierte, holten einige Männer Geld aus ihren Taschen und überreichten dieses an Kinder damit sie mich mit vom Boden gesammelten Steinen beschmeißen. Als ich plötzlich auf die Kinder zu lief, waren sie vor Schreck wie versteinert. Wie mich eine geistige Kraft ihren Blicken präsentiert hat, weiß ich nicht, aber sie ließen ihre Steine fallen und umschlungen meine Hände. Mich stimmt nur traurig; dass erwachsene Männer nicht die Courage habe, so unschuldig wie diese Kinder zu sein. Ich trat in einen Laden ein und bat um Nadel und Faden. Der Verkäufer:

- „Welche Löcher möchtest du überhaupt flicken, du verrückter Mann? Du kamst, hast uns um unseren Meister gebracht, ihn durcheinander gebracht und uns durchlöchert. Hau ab, mach dass du fortkommst." Mit diesen Worten vertrieb er mich aus seinem Laden. Als ich hinausging betrachtete ich ihn nur mit meinen Augen. Nachdem ich ausgetreten war, ertönte hinter mir das Geräusch eines zusammenbrechenden Steingebäudes.

Dreihundert Seiten Wissenschaft gerieten in Vergessenheit bis ich nur eine Seite deiner Hingabe erlernt hatte.

Ich war in den Augen der Menschen in Konya ein Bündel von Fragezeichen. Wer war ich? Wieso hielt ich mich in Konya auf? Was hätte ich Mevlana bloß angetan, dass er sich nun verhielt als hätte er seine Zunge verschluckt? Woraus bestünde meine Kraft, dass ich in der Lage war Mevlanas Welt zu verändern? Wäre ich ein Derwisch mit Zauberkräften, hätte ich Mevlana wohl verhext? Wieso verfügen sie nicht über die Kraft meines Zornes gegenüber? Sie waren wütend auf mich; zur gleichen Zeit fürchteten sie sich aber vor mir. Mit ihren Vorurteilen zeigten sie mir ihre Zähne; aber sie konnten sich auch nicht davon abhalten, neugierig zu sein. Die Fragezeichen über mich in ihren Köpfen wurden von Tag zu Tag immer mehr. Sollen sie weiterhin in ihrer Neugierde schmoren ... Es gab ja Einige, die mich verstanden. Diejenigen, die Celaleddin kennen, können kein freies Feld füllen; jedoch werde ich Celaleddin zu Mevlana machen und die ganze Welt mit ihn bekannt machen. Als gewöhnlicher Beamter würde Mevlana in dieser Konserve verrosten. Jedoch werde ich den Diamanten zum Glänzen verhelfen und sagen: ‚Dies ist ein Diamant, sein Platz ist nicht begrenzt mit diesen Straßen sondern sein Platz ist die ganze Welt'. Wir brauchten Zeit. Langsam aber sicher musste ich ihm zur richtigen Konsistenz verhelfen. Es war mir gleichgültig, was andere dachten oder sagten. Wenn Grabmale, blinde Mauern sprechen, hört man wenn überhaupt, ein trockenes Gebrumme.

Hauptsache das Seufzen der Rose trocknet nicht aus, dafür werde ich sogar Wasser in die Steine Konyas einfließen lassen.

An den Abenden ließ Mevlana den ‚Divan' von Mütenebbi nicht aus der Hand.

- „Lese nicht andauernd dieses Buch von Mütenebbi. Was findest du bloß an seinen trockenen Gedichten?"

Es war ihm gleich, was ich sagte. Am nächsten Abend nahm er das gleiche Buch zur Hand. Ich sah hinüber. Unsere Blicke trafen sich. Ich runzelte meine Stirn und er legte das Buch aus seiner Hand und ging zu seiner Frau, um dort zu schlafen. Mitten in der Nacht kam er schweißgebadet in mein Zimmer.

- „Steh auf, wir gehen zum Gebet über."

- „Der Gebetsruf ist noch nicht ertönt."

- „Wir werden nicht das Morgengebet verrichten."

- „Welches Gebet gedenkst du zu verrichten?"

- „Ein Angstgebet."

- „Was hat sich zugetragen?"

- „Ich träumte, dass du Mütenebbi an seinen Ohren ziehend zu mir bringst und schreist: Liest du die Worte dieses Mannes? Der arme Mütenebbi antwortet zitternd: Rette mich aus den Fittichen dieses Schams, unterlasse es mein Buch zu durchstöbern." Ich lachte nur.

- „Nun, ich hatte dich ja schon gewarnt. Musstest du unbedingt aus der Traumwelt Warnungen erhalten?"

Eines Nachts machte ich mich Bettfertig. Ich hörte Geräusche vor meiner Tür, als würde jemand etwas in die Tür ritzen oder sie präparieren. Ich kümmerte mich nicht darum und schlief. Als ich am Morgen aufwachte sah ich Mevlana, wie er vor der Tür schlief. Er stand sofort auf. Ich schaute auf die Tür und sah eine Schrift mit roter Tinte geschrieben: ‚Die Instanz von Geliebten des Frühlingsboten'. Ich pustete die Schrift an und sie verschwand. Ich sagte:

- „Im Nu kann er mich mit Geld und Silber verführen. Im Nu mit einer ehrenvollen Instanz. Jedoch haben wir mit Ehrerweisungen, mit Ruhm und Instanzen schon längst abgeschlossen." Er wurde verlegen. Ich legte meine Hand auf seine Schulter. Als ich ihn fragte, ob ich ihm den Sema, den Tanz der Derwische beibringen sollte, freute er sich.

Oh Celaleddin! Wenn du um mein Herz anhalten möchtest, so musst du mir deine Einsamkeit opfern.

Nicht nur das Volk, auch Mevlana war gespannt auf das, was sich zutrug. Sein vierzigjähriges Leben änderte sich von Tag zu Tag. Sie waren neugierig auf einiges. Er war von Schams beeindruckt und gleichzeitig konnte er seine Neugierde auf einiges nicht besänftigen. Mevlana war auch verwirrt. Auch er war auf einiges gespannt. Ich war nicht in der Lage die Hingabe zu befeuern, solange ich die Gedanken in seinem Kopf nicht löschen konnte.

- „Frag, was dir auf der Seele brennt."

- „Du besitzt einen Atem, wie Jesus."

- „Ja, weiter?"

- „In der Wissenschaft der Chemie, kann dir niemand das Wasser reichen."

- „Ist möglich. Weiter?"

- „Du beherrschst das Lesen der Sternbilder, die Mathematik, die Theologie, philosophische Worte, Astronomie, Interpretation des Korans, die Hadisen (Die Worte des Propheten) und viele weitere Wissenschaftsgebiete. Wie geht das? Du hast keine universitäre Einrichtung abgeschlossen, hast dich nicht in den Schule aufgehalten, hattest keinen geistigen Führer, wie bist du nur an all das Wissen gelangt?"

- „Ich gründetet meine Republik des Herzens. Gibt es einen besseren Führer, als das Herz? Ich bin Schöpfer von der jahrelangen

Suche, dabei befindet sich mein Gesuchtes in mir, dabei befindet sich mein Gesuchtes in dir. Hat unser Prophet Mohammed eine Schule besucht?"

- „Nein."

- „Konnte er lesen und schreiben?"

- „Nein."

- „Was hatte er dann in der Höhle zu suchen?"

- „…"

- „Lass es mich dir erklären… Der Brunnen war die Schule vom Propheten Joseph. Die Wüste war die Schule von Jesus und Moses und die Höhle war die Schule des Herzens von Mohammed dem Propheten. Fließt Wissenschaft nur aus den Zeilen der Bücher und aus dem Munde des Lehrers? Manchmal kann ein Kamel beibringen, was viele Bände nicht lehren können. Allah sagt im Koran: ‚Schaust du dir nicht das Kamel an'?"

- „Und was müssen wir vom Kamel erlesen?.."

- „Mevlana, und genau hier liegt deine Unreife. Du widmest dich zu sehr den Büchern. Die Natur ist ein Buch. Mohammed ist ein lebendes Buch. Der Baum, das Feuer, das Wasser, lies doch mal zwischen den Zeilen dieser Bücher."

Mevlana wurde kreidebleich.

- „Ich habe eine Frage aber vorerst muss ich diese mir anvertrauten Bücher darauf, dass ich sie nie wieder zur Hand nehme, in die Truhe legen." Er stand auf. Er nahm die paar Geschichtenbücher, die vor dem Fenster lagen zur Hand. Öffnete die Truhe aus Wallnussbaumverzierungen, küsste die Bücher und legte sie hinein. Er drehte sich zu mir:

- „Wieso hast du, nachdem du zum Stern der Wissenschaften des Verstandes und der Wissenschaften des Erzählten wurdest, diese mit einem Mal aus dem Leben verbannt und dich der Welt der Abstraktion, Individuation und des Monotheismus zugewandt?"

- „Die Antwort dieser Frage liegt bei dir. Du hast auch seiner Zeit das Buch deines Vaters, das Geschenk F. Attars und andere Gutenachtbücher, die du damals als Grundlage für deine Predigen erkoren hattest abgelegt und dich von ihnen abgewandt. Du sollst wissen, dass Schams auch aus demselben Grund die Welt des Monotheismus gewählt hat."

Diese Menschen verblüffen mich immer wieder, seit ich diese Knochenmassen zu Auge bekomme. Eines Tages saß ich vor der Tür der Schule im Schneidersitz. Während die Umgebung voller Schatten war, saß ich irgendwann auf dem Stein, der direkt vom Sonnenlicht bestrahlt wurde. Das einzige Schwarze war mein Umhang inmitten von hellen Farben, blau, grün, gelb und weiß. Ich war in Einsamkeit getaucht. In solch einem Zustand möchte ich von niemandem gestört werden. In diesem Moment ging ein Henker mit kräftigem Körperbau die Straße entlang. Ein paar neugierige Menschen standen um mich. Der Henker zeigte auf mich und sprach die Menge an:

- „Dieser Mann ist ein Heiliger."

Ich schwieg. Er wiederholte seine Aussage. Ich hörte ihn zwar, jedoch schwieg ich. ‚Ach geh doch weg du Henker, offenkundige doch nicht meinen Zustand'. Wollte ich im Geheimen sagen. Jedoch schwieg ich. Er wiederholte immer wieder dieselbe Aussage und die Menschenmenge um mich herum wuchs und wuchs. Als ich bemerkte, dass er keine Absicht hatte weiter zu gehen und ich Angst davor hatte, dass meine Einsamkeit zerstört würde, wartete ich nochmal ab, dass er den Satz wiederholte.

- „Dieser Mann ist ein Heiliger."

Noch vor mir reagierte einer aus der Menge und spucke heraus, was in ihm vorging.

- „Dieser Mann ist der Henker von Mevlana." Ich reagierte im lauten Ton:

- „Ja, ich bin ein Heiliger oder ein Verrückter. Weil ich Mevlana aus dem Gefängnis seines Körpers befreit habe bin ich ein Heiliger und weil ich euch das Geheimnis nicht verrate, bin ich ein Verrückter. Nun soll jeder hier seines Weges gehen."

Ich versetzte auch die nähere Umgebung Mevlanas, wie ihn in Verzweiflung. Wenn man einen Menschen so sehr liebt und so sehr sein Wohl möchte, muss man auch seine Freunde erobern und glücklich machen. Auch der zugehörige der Handwerkergruppe, Hüsamettin gehörte zu ihnen, auch wenn er mich anfangs nicht ausstehen konnte und mir in Besonnenheit gegenüber stand.

Beim Morgengebet war Mevlana der Vorbeter, Hüsamettin der Gebetsrufer, ich, Sultan Veled und die Derwische waren die Gebetsgemeinde. Als Hüsamettin aufstand um zum Gebet zu rufen, schaute ich ihn an und lächelte. Anschließend fiel er ohnmächtig zu Boden. Er wurde in sein Zimmer gebracht. Nach dem Gebet ging ich zu ihm.

- „Gute Besserung, mein Freund. Deine Prüfung hast du mit nur einem Blick bestanden." Er richtete sich auf und umschlang meine Hand.

- „Ich empfand euch gegenüber alles andere als Liebe. Vergebt mir. Verlanget von mir, was auch immer ihr wollt."

- „Oh Hüsamettin! So geht das nicht. Habe die Redewendung ‚Religion funktioniert nicht mit Geld' im Hinterkopf und biete etwas an, dass du Dienerschaft erweisen wirst und somit den Weg zu uns findest."

Hüsamettin stand sofort auf und ging nach Hause. Er brachte alles, was er fand, von Geld, Wertgegenständen über Teller bis hin zu Schmuckstücken seiner Frau und legte mir alles vor die Füße. Im Dorf Gilistra besaß er einen Garten, der an einen Garten des Paradieses erinnern ließ. Er verkaufte diesen unverzüglich und stopfte das Geld in meine Schuhe. Weil solch ein Padischah etwas von ihm verlangte, warf er sich nieder, weinte und dankte Allah dafür.

- „Ja Hüsamettin. Ich hoffe so sehr auf Allahs Genehmigung und auf die Unterstützung seiner Männer, damit du nach dem heutigen Tage eine Stufe erreichst, die sogar von angereichten Heiligen nachgeeifert wird und welche von deinen reinen Brüdern geliebt und ohne Missgunst beneidet wird. Wie sehr auch die Soldaten Allahs keine Bedürfnisse haben und keine Armut erleben und wie sehr sich auch ihre Hände von beiden Welten wegziehen. So wird der erste Schritt des beliebten Menschen sein, die Liebe des ihn liebenden Menschen und das Diesseits und der zweite Schritt, alles außer Allah mit seinem Handrücken von sich zu schieben und somit mit genau dem, auf die Probe gestellt zu werden. Der Schüler, der etwas sehr stark begehrt und möchte, wird niemals einen Weg zu seinen Begierden finden; es sein denn er opfert sich für die Dienerschaft auf und isst sehr viel. ‚Die Gebenden sind diejenigen, die Allah gegenüber ehrfürchtig sind und sich vom Schlechten fernhalten'. Dieser Vers ist das Wahrzeichen von Ebu Bekir, dem Gefährten des Propheten. Die Treuen müssen sich auch an ihn orientieren und versuchen ihm zu ähneln. Jeder Schüler und der Hingabe Verfallener, der dem Weg des Scheiches sein Gold opfert, ist auch in der Lage sein Haupt zu opfern. Es existieren keine der Hingabe Verfallenen mehr auf der Erde, die im Tiefsten Inneren glauben und sich von der Heuchelei fern halten konnten.

Nimm jetzt deinen Beutel voller Gold in deine Hand! Und komm wieder indem du dich nach den Vers ‚gebt Allah ein Darlehen' richtest. Wenn du dann nämlich nur ein Goldstück gibst, erhältst du dafür hunderttausend Goldmienen."

Ich nahm von dem ganzen Geld und Gut, welches Hüsamettin mir vor die Füße gelegt hatte, nur eine Hand voll. Den ganzen Rest erließ ich Hüsamettin und richtete großes Lob an ihn, welchen man nicht wiederholen könnte. Hüsamettin hat solch eine Stufe erreicht, dass sogar diejenigen, deren Herzen den Tatsachen geöffnet waren, sich an seinen Ehrenplatz lehnten. Mevlana sprach ihn mit ‚Der Vertrauensmann der weltlichen Schätze' an.

Wenn Allah einem Menschen mit deiner Hand aufhelfen möchte, wie könntest du es wagen, deine Hand nicht zu reichen? Möchte Allah dich bei den Menschen beliebt machen, so sammelt Er deine verstreuten Teile ein. Sei der Hingabe gegenüber nicht undankbar!

Niemand, der uns erlebte konnte feststellen wer von uns beiden Lehrer und wer Schüler war. Je mehr Schleier sich öffnen, verschwindet der Nebel der Wörter und verbrennen die optischen Grenzen. Währenddessen schlafen wir und erwachen in einem anderen Schlaf; wieder schlafen wir und wieder…

Ich wurde zu einer gesellschaftlichen Veranstaltung in Konya eingeladen. Sie hatten vor, einen geistreichen Narr kommen zu lassen, der mich in Verlegenheit bringen sollte. Sie stellten den Plan auf. Ich ging hin und sie zeigten mir meinen Sitzplatz, der in der linken Ecke der Veranstaltung lag. Ich setzte mich auf das Sitzkissen. Ich nahm alle im Raum unter die Lupe. An der Veranstaltung nahmen reiche angesehene Bürger Konyas, Professoren und einige Sufis teil. Nach den Begrüßungsworten sprang der geistreiche Narr, der im Vorhinein organisiert wurde, auf, drehte sich mir zu und sprach mit stark erhobener Stimme.

- „Mein Herr; ich habe zu Ohren bekommen, dass ihr durchaus ein kluger und die Geheimnisse lüftender Meister seid. Ich habe ein Anliegen. Meinen Esel, der mein gesamtes Hab und Gut ist, habe ich verloren. Sagt mir, in welcher Ecke von Konya er sich aufhält. Sprecht, damit ich ihn wieder finde.

- „Setz dich mal, gleich werde ich deinen Esel finden. Nun sagt mal, wer unter euch weiß nicht was die Hingabe ist und wer von euch hat noch nie etwas mit ihr zu tun gehabt?" Alle Anwesenden rührten sich aus Verblüffung kein Stück. Sie neigten ihre Köpfe herab und waren in Gedanken versunken. Sie schwiegen. Etwas später stand jemand auf:

- „Ja, es stimmt, ich weiß tatsächlich nicht, was es mit der Hingabe auf sich hat und ich bin mit ihr auch noch nie in Kontakt getreten. Wie es ist, sich für jemanden zu interessieren oder gar zu lieben, weiß ich nicht." Zwei weitere standen auf und gaben ähnliche Antworten. Ich drehte mich zu dem geistreichen Narr, der nach seinen Esel gefragt hatte und sagte:

- „Schau, du hast einen Esel verloren und ich habe dir gleich drei Esel gefunden."

Der Wind des Versammlungsortes vom Jüngsten Tag grillt die Straßen Konyas

Huuu. Hast du jemals jemanden gesehen, der genug hat von der Hingabe zu dieser Liebe?
Hast du jemals einen Fisch gesehen, der vom Meer, seinem Lebensraum genug hat?

Die Hingabe zu verfluchen, das ist es was der Gesellschaft, die sich nicht traut sich mit ihren Ängsten konfrontieren zu lassen, am leichtesten fällt. Denn die Gesellschaft ist dagegen, dass die großartige Hingabe aufblüht. Woher sollen diejenigen, die den Sufismus als reine Formsache betrachten auch überhaupt wissen, was Hingabe ist. Der wahre Moslem fürchtet sich nicht vor der Hingabe.

Obwohl Mevlana seine ganze Energie einsetzt, um den Menschen in seinem Hier und Jetzt auf den rechten Weg zu weisen, wird er erst Jahrhunderte später verstanden. Was für ein komischer Widerspruch!

Mit jedem Tag häuften sich die üblen Nachreden und die Eifersucht. Das Volk hatte sowieso nichts Besseres zu tun, als sich mit Zwietracht und Unfrieden zu beschäftigen. Alle lästerten. Die Gerüchte hatten nun die verschlossenen Räume verlassen und spazierten bereits auf den Straßen herum. Die Männer brutzelten im Hof der Moschee und vor den Geschäften und die Frauen bei gegenseitigen Besuchen und in der Stadt, in der Gerüchteküche. Ich war das Thema. Wenn ich vor ihnen entlang ging, schallt ihr Gebrumme bis in die Himmel. Sie brachten lautstark so giftige Worte zur Sprache, als wäre ich ein Mörder. Ich erfuhr jegliche Art von Verleumdungen. Wenn die Menschen diese bitteren Worte über mich bis zu Mevlana trugen, setzte er nur ein bitteres Lächeln auf und antwortete ihnen mit tränengefüllten Augen:

- „Ihr richtet nur über Schams, weil ihr ihn nicht leiden könnt. Wenn ihr ihn auch so lieben würdet, wie ich es tue, so würdet ihr euch gegenseitig beiseite schupsen nur um ihn die Hände und Füße zu küssen. Ihr habt es noch nicht mal geschafft, wie die Frauen zu sein, die ihre Finger mit dem Obstmesser abschneiden, als sie Joseph sahen. Schämt euch! Was kann ich dazu noch sagen. Schämt euch."

Es sind nun schon Monate vergangen seit ich in Konya bin. Innerhalb dieser Zeitspanne besuchte Mevlana seine Schule nicht so häufig wie früher und traf auch seine Schüler kaum. Obendrauf hatte ich in der letzten Zeit die Regel eingeführt, dass er mit niemandem Kontakt pflegen durfte, abgesehen zu seiner Familie. Sein Tag begann mit mir und seine Nacht endete mit mir. Natürlich musste die Liebe zu Allah über die zerkauten Lästereien der Menschen stehen. Er war ein Diamant, was hätte er zwischen den ganzen Konserven verloren. Der Grobian Alaeddin, dessen Blut kochte, dessen Zunge mindestens so spitz war wie meine und dessen Blicke lochend waren, stürmte eines morgens nachdem sein Vater mein Zimmer verlassen hatte herein:

- „Du Fremder. Mit deinem dunklen Kleid und mit deiner dunklen Zunge. Du Bandit, was möchtest du von unserem Mevlana?"

- „Erstens: Du bist ohne Erlaubnis eingetreten, zweitens hast du nicht gegrüßt und drittens verfüge ich über einen Namen. Kommen wir nun zu deinem Leid. Wieso schickten die Leute, die dich vollquatschten, dich zu mir, wenn sie doch eigenen Verstand besitzen?"

- „Nur aus Respekt zu meinem Vater, zerhacke ich dich nicht in kleine Stücke."

- „Überspringe das leere Gerede. Da du wie ein Hund, dessen Maul schäumt, deine Zähne zeigst, gehe ich davon aus, dass du nicht vor hast zu beißen. "

- „Du hast uns unseres Vaters bestohlen. Du bist verrückt."

- „Ich habe niemanden um niemanden bestohlen. Verrückt bin ich auch nicht. Ich bin verrückt nach einem Heiligen, das ist alles. Dein Vater ist nicht euer Eigentum. Er gehört den Freunden Allahs. Die Freunde Allahs wiederum sind Heilige Allahs. Jetzt verlasse schön und artig mit klarem Verstand mein Zimmer und richte denjenigen, die dich geschickt haben aus, dass ich sie schlecht behandeln werde. Während sie für deinen Vater nicht einen Haar krümmen, werde ich, wenn die Zeit gekommen ist, meinen Kopf hergeben."

Es ist mir nicht wichtig, wenn mich einige ignorieren oder auf die leichte Schulter nehmen. Wie komisch, dass sich einige als Heilige bezeichnen. OK, sagen wir mal es stimmt, was könnte mich daran stolz machen? Vielleicht wäre es sehr hässlich wenn ich mich damit rühmen würde; jedoch Mevlana besitzt ganz offensichtlich die Qualitäten eines Heiligen, schon allein wegen seiner Koran und Hadisen Lehre. Und ich bin dann der Heilige vom Heiligen, der Freund des Freundes; aus dieser Perspektive werde ich dir gerecht.

Mevlana hatte seine eigene Schule fertiggestellt und es fand eine große Versammlung statt. Unter den Gebildeten wurde die Frage diskutiert wo sich denn der Holz Sitz befände. An diesen Tagen war ich frisch in Konya eingetroffen. Die untere Schicht des Volkes hatte ganz vorne ihre Plätze. Alle waren sich mit der Frage einig, wo denn der Holz Sitz sei. Mevlana: „Der Holz Sitz der Gelehrten befindet sich inmitten des Korridors. Der Holz Sitz der Kennenden, am Rande des Korridors. Der Holz Sitz derjenigen, die der Hingabe verfallen sind, befindet sich neben dem Freund." Anschließend stand er schnell auf und setzte sich neben mich. Diese Aktion von Mevlana sollte der Auslöser dafür sein, dass mir das Volk die Zähne zeigte. Ich war zufrieden. Alle waren mir egal, abgesehen von meinem Freund. Mevlana liebt mich sogar mehr als sein eigenes Leben. Er ist nicht mal damit einverstanden, dass in meinem Zimmer ein Nagel an die Wand geschlagen wird. Er pflegte zu sagen: „Ein Nagel im Zimmer von Schams genagelt, bohrt sich förmlich in meinen Körper."

Die meisten Lehrer wurden als verächtlich und als minderwertig betrachtet. Die meisten Menschen um Mevlana herum waren Menschen mit geringem Einkommen, in Armut lebende, in der Vergangenheit verbrecherische Aktivitäten Ausübende, aus dem Gefängnis frisch Entlassene und Menschen, die so gut wie keine Bildung genossen haben. Mevlana antwortete denen, die ihre Lehrer kritisierten oder tadelten, folgendermaßen: „Wären meine Lehrer gute Menschen gewesen, so wäre ich jetzt ihr Lehrer. Ich akzeptierte sie als Lehrer, damit sie ihre Manieren abänderten und damit sie sich unter Menschen mischen konnten, die gute Taten vollbrachten. Diejenigen, die die Gnade Allahs errungen haben, sind gerettet. Jedoch diejenigen, die Seinen Fluch erhielten, befinden sich in einem bedauernswerten Zustand und benötigen Genesungsansätze, da es kranke Menschen sind. Und wir sind genau dazu auf die Welt gekommen, um die Verfluchten zu Begnadigte werden zu lassen." Mit dieser Antwort wuchs und wuchs er nur so in meinem Herzen. Anders gesagt; Scheiche sind Spinner, die hinter Sultanen, Herren und reicher Gesellschaft hinterher sind. Und sie versuchen einen guten Ruf zu erhalten. Sie schleimten nur bei Wettbewerben des schönen Sprechens. Mevlana war ein Adler, der mit seiner Reife zum Gipfel fliegt, indem er versucht Löcher in die Wolken zu bohren.

Nun möchte ich auf das Thema kommen, was Mevlana mit ‚ich bin gekränkt' kommentierte. Sie sagten: ‚Schams zieht sich viel Nutzen von Mevlanas Worten'. Natürlich, Mevlana gibt mir bei einigen Themen Anhaltspunkte; jedoch sind diese nicht an euch gerichtet, diese Anhaltspunkte sind nur für mich. Auch seine Ansprache gilt nicht euch. Schaut! Mich fand er als Bedauernswerten und verhalf mir zur Innern Ruhe und Harmonie. Wem gehörte Mevlana demnach? Für wen er sich auch entscheidet, er lässt nie mehr von ihm ab. Jeder Traum, den er in der Nacht träumte, verwirklicht sich noch vor dem Morgengrauen und seine Beeinflussung dauert bis zum Mittag an. Was ist das nur? Ist es eine andere Art von Gottesgedenken? Ich habe mich mit ganzem Herzen bemüht, damit das nicht zur Gewohnheit werden würde.

Wie segensreich es ist, dein Antlitz zu Gesicht zu bekommen! Wer Mohammed den Propheten sehen will, soll sich nicht genieren und zu Mevlana gehen. Jemand, der dieses Angebot abschlägt, weiß nicht wie man lebt. Derjenige der Mevlana gefunden hat, sollte sich glücklich schätzen. Wer bin ich? Ich gehöre zu den glücklichen, weil ich ihn einmal gefunden habe. Wenn sich dir in deinem Glauben Zweifel auftuen, so ist es Mevlana, der die Zweifel schwinden lässt.

Der Grund für die Erschaffung dieser zwei Welten ist das Zusammentreffen zweier Freunde. Diese beiden Freunde müssen von Antlitz zu Antlitz stehen, ohne jegliche Scheinheiligkeit und Gelüste. Für Allah müssen sie davon ablassen. Sorgen wie Brot, Bäckerei, Metzgerei dürfen sie nicht haben. Nun bin ich in der Anwesenheit von Mevlana so glücklich.

Oh Mevlana, der der Hingabe verfallen ist! Du hast keine Lobpreisungen nötig. Halte auch du davon Abstand, ihn zu loben. Komplimente dienen dazu, jemanden zur Erleichterung zu bringen um ihn glücklich zu machen. (Aber so ist es eben nicht). Sagt nichts, was ihn belästigen könnte, und alles was mich belästigt, würde auch ihn belästigen.

Mevlana und ich sind von Grund auf unterschiedliche Charaktere. Ich verfüge über eine spitze Zunge, über eine harte Art. Wenn ich wütend bin, kann ich sogar unschöne Wörter benutzen. Ich scheue mich nicht davor, den Menschen das Herz zu brechen. Schülern gegenüber kann ich Putschist sein. Im Gegensatz zu mir spricht Mevlana im feinen Ton, sogar wenn er etwas zu bemängeln hat, legt er Wert darauf seinem Gegenüber nicht das Herz zu brechen. Er hegt seiner gesamten Umwelt gegenüber, den Menschen und Tieren immer Mitgefühl. Solch einen Charakter hat Mevlana, wie ihr auch erkennen könnt. Sogar in Bereichen der Erziehung ließ er nie vom Mitleid, Mitgefühl und von der Nächstenliebe ab. Diese Eigenschaft ist seiner Erschaffung zuzuschreiben.

Mevlana hat ein schönes Gesicht. Wir hingegen haben sowohl eine schöne als auch eine hässliche Seite. Mevlana hat nur unsere schöne Seite gesehen, unsere hässliche Seite hingegen hat er nicht bemerkt. Dieses Mal werde ich keine Zwiespältigkeit vorspielen, ich zeige meine hässliche Seite, er soll mich sehen, wie ich bin. Er soll sowohl meine Schönheit als auch meine Hässlichkeit begreifen.

Dieser Mevlana ist ein Mond. Die Augen können die Sonne meiner Existenz nicht erblicken; sie können höchstens den Mond erblicken. Augen können wegen der Helligkeit und des Lichtes nicht direkt in den Glanz der Sonne schauen. Dieser Mond kann die Sonne auch nicht erblicken; aber die Sonne kann den Mond erblicken. Wie sagt noch der erhabene Allah im Koran: ‚Augen können ihn nicht erblicken; aber er kann die Augen erblicken'.

Mevlana hat Sprüche aus dem Wissen um die göttliche Vorsehung. Wenn er redet denkt er nicht daran, ob seine Worte jemanden hüten können oder nicht; jedoch ich besitze seit meiner Kindheit einen Zustand der Eingebungen. Wenn ich jemanden mit Worten erziehe, so wird er von seinem Ego befreit.

Ich suchte in dir nach meinem Selbst,
In meinem Selbst habe ich dich verloren,
Wieso sollte ich noch mehr suchen?
Dabei bin ich dir gleich.

Mevlana hat ein schönes Gesicht; mein Gesicht jedoch (je nach dem wer Betrachter ist) ist sowohl schön als auch hässlich. Mevlana hat meine schöne Seite gesehen, meine andere Seite hingegen nicht. Dieses Mal werde ich nicht heucheln und ihm meine beiden Seiten zeigen, damit er mich als Ganzes gesehen hat.

Wer sich auch immer an meinen Unterhaltungen beteiligt, empfindet andere Konversationen als geschmacklos und langweilig. Weil er die Unterhaltungen anderer als kalt und geschmacklos wahrnimmt, hat er keine Lust sich mit ihnen zu unterhalten.

Mevlana ist ein Taucher und ich ein Händler. Zwischen uns befindet sich ein Diamant. Sie sagten: ‚Der Weg des Diamanten liegt zwischen euch, er soll auch uns Platz machen'.

Ich sagte: Ja, aber der richtige Weg ist dieser: Ich sag euch nicht, dass ihr mir etwas geben sollt. Welches Verhalten führt zu Allah? Ich verrate es euch, der Weg zu Allah ist folgender: Wenn ihr nach Aksaray reisen wollt, gibt es unterwegs eine Brücke. Es ist die Brücke Namens ‚Sie bemühen sich mit Hab und Gut und Leib und Seele'. Vorerst musst du die Brücke überqueren indem du dein Hab und Gut und deinen Leib und deine Seele opferst. Danach gibt es jede Menge zu tun. Wenn man unbedingt nach Aksaray möchte, so muss man die Brücke überqueren und den Weg hinter sich legen, denn es führt kein anderer Weg nach Aksaray. Von dort aus erstreckt sich der Weg über einsame, leere Täler. Dort verläufst du dich. Wölfe und Unannehmlichkeiten (Menschenfressende Oger) flitzen wie Pfeile aus ihren Verstecken und fungieren vorerst als deine Reisegesellschaft und später schlucken sie dich. Sag nun, was machst du? Was wirst du geben? Was verbirgt sich in deinem Herzen, sag es offen heraus. Wenn es etwas gibt, was dich verhindert dann sprich es offen aus damit wir behilflich sein können. Denn ich kenne den Weg besser als du.

Ich spreche von einem Diamanten während du keine roten Heller hergibst! Soll ich heucheln oder direkt die Wahrheit sagen? Mevlana ist der Mond, Augen halten es nicht aus meinen sonnenähnlichen Körper zu betrachten. Der Mond kann die Sonne nicht erreichen aber die Sonne kann den Mond erreichen. Wie im Koran erwähnt wird: ‚Augen sehen ihn nicht aber er umschlingt, was das Auge sieht'.

Aus dem Gestein, dessen Staub ich abschüttelte, hatte ich bereits den Diamanten herausgearbeitet. Der Staub des Gesteins, bestand aus dem gesamten Wissen, welches er sich bis zum heutigen Tage angeeignet hatte.

Ich lösche alles, was Mevlana aus der Vergangenheit mit sich führte. Ich hielt es für angemessen, sein bis zu diesem Tage Erworbenes von ihm abzuziehen und ihn nackt zu machen. Ich wollte ihn mit dem Gewandt der Hingabe bekleiden. Im Endeffekt wandte sich Mevlana auf meinen Wunsch hin, vom Weltlichen ab. Er entfernte sich von den Predigten, von seiner Schule und brach mit diesen Zeilen jeglichen Kontakt zum Volk ab:

„Gestern verlies uns der gestrige Tag mein Lieber
Wie viel Dinge es auch geben mag, die zum Gestern gehören
Jetzt ist es an der Zeit, Neues zu sagen"

Vollkommen ausgeliefert und ergeben, band er sich an mich, denn Auslieferung und Wohlgefallen war Sache des heldenhaften Mannes.

Auch ich lebte, wie ich es Mevlana riet. Ich schenkte sowieso mein ganzes Leben lang keiner Regel, keiner Instanz und keiner Materie Beachtung. Ich schlug diesen Weg ein um diese Regeln auf den Kopf zu stellen. Niemals in meinem Leben kam die Angst auf ‚Wer würde was sagen'? Ich riet Mevlana sich für das Draußen taub zu stellen.

Die Verbannung der Hingabe

Geh jetzt, oh du treuer. Sei nicht Grund dafür, dass sich die Lippen für schlechte Worte öffnen. Gib denjenigen kein Material zum Tratsch, die nach Tratsch suchen. Offenkundige es nicht der Welt, dass du auf der Suche bist nach mir, sonst wirst du den Stempel der Verrücktheit erhalten.
Geh, bevor dich jemand sieht.
Ich, ich bin in dir; und du bist in mir, denke daran.

Mein Einfluss auf Mevlana hat den Weg für Eifersucht und Hass freigemacht. Dieses Feuer des Unfriedens hat Konya in Brand gesteckt. Ich hingegen kümmerte mich nicht darum und setzte meine Arbeit fort, die darin bestand Mevlana mit dem Feuer des Lichtes zu garen. Mit dem Feuer der Zunge brachte ich das Volk zum Rasen. Eines Tages wurde Mevlana vom Minister Nusratüddin in sein Quartier zu einer Veranstaltung eingeladen. Als er mich fragte, ob wir nicht gemeinsam dorthin gehen könnten, erfuhr ich, wer alles dort sein würde. Die gesamte Elite Konyas war eingeladen. Das war die Chance, auf die ich gewartet hatte, deswegen sagte ich zu. Wir gingen gemeinsam. Wir setzten uns in eine Ecke. Der Saal war proppenvoll mit Offizieren, Handelsmännern, Wissenschaftlern und Sufis. Sie begangen mit der Diskussion. Jeder, der das Wort hatte, zitierte Worte von gelehrten Wissenschaftlern aus der Vergangenheit. Sie erzählten von vollbrachten Wundern Heiliger. Ich lauschte all dem in Schweigen zu. Diese ganzen Reden waren so trocken und geschmacklos, dass ich es nicht mehr aushalten konnte, von meinem Platz hochschoss und losschrie:

- „Wie lange noch werdet ihr euch mit den Federn anderer schmücken und permanent nur von den Worten anderer reden und eure Zeit verschwenden? Wann werdet ihr sagen, mein Herz hat eine Überlieferung des Schöpfers erhalten. Wieso lauft ihr mit dem Gehstock anderer? Wo sind eure eigenen Worte, wo sind eure eigenen Werke?"

Alle hatten ihre Köpfe herabgesenkt. Niemand konnte etwas dazu sagen. Aber den Hass, den sie mir gegenüberbrachten, hatte ich somit nochmals angefacht. Dieser Mann will wohl bestraft werden, würde sich wohl jemand denken, der mich nicht versteht. Alle im Saal waren wie versteinert in ihrem Schweigen. Zu Mevlana sagte ich:

- „Im verlogenen Frühling sprießen keine Blumen. Die Worte, der Gemeinschaft der Liebe, werden zu Teig, wir befinden uns hier allerdings auf einer Müllhalde, wo Wörter zu dreckigem Schlamm mutieren. Komm, lass uns gehen."

Den Schlag, den ich mit meinen Worten in die Gesichter der Menge im Saal ausgeteilt hatte, war an der Röte ihrer Gesichter zu erkennen. Ohne es überhaupt für nötig zu halten sich zu verabschieden, machten wir uns Auf und davon.

Jeden Tag wuchs die Anzahl meiner Feinde. Zur Entwicklung und zum Wachstum dieses Feuers trug ich bei. Eines Tages war ich in der Stadt unterwegs und auf meinem Weg befand sich eine Herberge. Ich trat ein. Es war ein großer Tisch gedeckt, der weniger von Kunden, sondern vom Volk selber in großer Menge umzingelt war. Sie stopften das Essen in sich hinein, als wären sie ein Heuschreckenschwarm, welcher gerade aus der Hungersnot kam.

- „Hee, ihr Bewohner Konyas, Gemeinde der Faulheit! Mir ist zu Ohren gekommen, dass ihr abseits jeglicher Tatsachen, hier und dort über mich hinter meinem Rücken lästert. Ihr sollt gesagt haben, dass Schams ein Spinner sei, der keiner islamischen Schule angehört. Ihr habt Recht. Ich habe mich über alle großen islamischen Schulen erkundigt und ich fühle mich keiner von diesen angehörig. Ich habe den Duft jeder Blume gerochen aber ich wurde nicht zum Blatt einer bestimmten Blume. Ich bin ein Mann des Unterrichts; folge aber keinem Lehrer. Ich rede; aber schreibe nicht. Ich lese; aber ich bin kein Sklave der Bücher. Ich lese nicht vom Papier oder vom Leder, ich lese die Herzen. Ihr haltet mich für einen Bettler? Kein Problem, denkt weiter so. Ich möchte kein Geld von euch. Ich werde so oder so, meine Auszeichnung erhalten. Eure Brotsuppe und euer gegrilltes Fleisch können mir gestohlen bleiben. Ich werde euch nicht euer Brot aus der Hand nehmen; jedoch werde ich euch euren Sultan wegnehmen. Eure nach Schimmel riechenden Augen, die verrostet sind, sind nicht in der Lage den Diamanten zu erspähen. Verdreckt meine Öllampe nicht. Macht mir den Weg frei. Stopft euch weiterhin voll mit eurem Gift. Ich ekele mich vor Zorn, Eingeschnapptheit, Büchern und Frauen. Ich bin gekommen um diejenigen zu sättigen, die hungrig nach der Hingabe sind. Vertreibt ihr euch nur eure Zeit mit Fleisch und Knochen."

Meine Rede in der Herberge verbreitete sich schnell in der Stadt. In der Gerüchteküche kochten die Geier bereits die Kessel auf. Auch Mevlana ist das Geschehene zu Ohren gekommen. Es war deutlich, dass es ihm Magenschmerzen bereitete. Gekrümmt vor Unbehaglichkeit, trat er an diesem Abend noch in mein Zimmer ein.

- „Ganz Konya redet über dich und das macht mich traurig."

- „Fürchte dich nicht, sie können weder dir noch mir etwas antuen."

- „Ich wünschte sie würden dich auch so sehr lieben, wie ich dich liebe."

- „Ich habe keine Liebe und Freundschaft nötig außer deiner. Du bist der Ozean, alle anderen sind verschmutzte Pfützen. Es liegt in meiner Natur, dass ich furchtlos bin. Im Moment ist es schwer, mit mir zu leben. Moses dritter Versuch resultierte einzig und allein aus dem Feuer des Begehrens, welches er Allah gegenüber verspürte. Wegen seiner der Hingabe Verfallenheit. Nicht etwa um dem Unsterblichen Heiligen zu begegnen. War der Hunger von Moses etwa geringer als dein Hunger. Ich bin einzig und allein hungrig nach dir Mevlana, verstehst du das?"

- „Du hast Recht Schams, ich beschwere mich nicht über die Worte."

- „Ich erzähle dir jetzt eine Sufi Geschichte, mein Mevlana. Ein bettlegerischer kranker Sufi wurde von seinen Freunden zum Doktor gebracht. Der Doktor fragte: ‚Erzähl mal, was für Beschwerden hast du'? Der Sufi war von dieser Frage schockiert und antwortete entblößt: ‚Ich habe keine Beschwerden'. Der verwirrte Doktor wurde von den Freunden des Sufis aufgeklärt: ‚Er ist ein Sufi. Er beschwert sich nicht. Frag nicht umsonst nach seinen Beschwerden. Frag ihn danach, wo er Schmerzen hat, erst dann kannst du eine Antwort von ihm bekommen'.

Und wir beschweren uns ständig über etwas. Wir beschweren uns über jede Kleinigkeit, die uns nicht gefällt: über Schmerzen, über Hingabe, über Trauer, manchmal sogar über zu viel Liebe, zu viel Aufmerksamkeit. Wenn Weizen unbehandelt ist, nützt es nicht. Damit man ihn nutzen kann, muss man ihn in der Mühle zerkleinern und Mahlen. Was nützt ein Samen, der nicht in die Erde gesät wird? Wie der Weizen, nützt er im gemahlenen Zustand. Diese Beschwerden, versetzen uns manchmal wie ein Samen, unter die Erde; aber das Ergebnis ist immer schön, Blumen sprießen dann, wie auch aus jedem Samen..."

Durch wie viele Siebe der Hingabe muss ich noch gesiebt werden um die sieben Ozeane in einem Mal schlucken zu können?

Anfang März, im Jahre 1246 verschwand ich urplötzlich aus Konya. Als ich nach Konya kam, wurde ich von niemandem gesehen, auch mein Gehen musste ungesehen stattfinden. Mein Kommen erforderte keine Einladung, so wollte ich auch, dass mein Gehen keinen Abschied erfordert. Fortzugehen war mittlerweile unumgänglich. Es war keine Flucht. Ich war auch nicht gekränkt. Soll man ruhig denken, dass ich aus Angst fortging. Ich musste gehen, wenn ich Mevlana liebte. Wenn man jemanden liebt, das bedeutet, dass man nur das Beste für diese Person will. Man muss für einen Freund auch gehen können. Ich musste mit Hilfe meines mysteriösen Verschwindens auch erfahren, ob Mevlana nun schon reif war, oder ob er noch unreif war. Mein Verschwinden war für mich ein Opfer. Der Abschied von einem Freund, ein Opfer für einen Freund. Obwohl ich innerlich blutige Tränen weinte, musste ich gehen. Hätte ich den Rat Mevlanas zugezogen, so hätte er mich niemals gehen lassen. Das war für uns beide die richtige Entscheidung. Ich musste gehen, die Dunkelheit zerreißend, meine inneren Wunden zu Schluchten vertiefend. Ich dachte an niemand anderen außer an Mevlana.

Die Öllampen der Stadt waren erloschen, während die Lampen am Himmelszelt sternig leuchteten. Rabenschwarze Dunkelheit umzingelte die Straßen Konyas. Trockene und strenge Kälte, die den Atem einfriert, schwebt umher. Die Menschen haben sich in ihre Betten zurückgezogen. Langsam erloschen auch in der Schule die Öllampen. Aus Mevlanas Zimmer kommt auch kein Licht mehr.

Vor der Tür steht ein Derwisch. Ich grüße ihn und sage, dass ich ein wenig spazieren gehe und trete hinaus. Ich durchquere einsame Wege durch Gärten und komme so aus Konya raus. Die Köpfe, die durcheinander sind, ließ ich somit mit ihren Rechnungen alleine zurück. Wie ein Geist schwebe ich durch das Licht des Mondes, in welche Richtung ist unklar aber ich trabe durch die Nacht mit einem Satz auf meinen Lippen:

„Sei auf der Erde, wie ein einsamer Reisender."

Ich lief immer noch, als die ersten Sonnenstrahlen herabschienen. Ich war erschöpft. Ich war hungrig. Vor mir war ein Dorf zu sehen. Ich trat in eine Scheune ein. Vom Stroh und Gras bereitete ich mir eine Schlafunterlage vor und legte mich hin. Ich schlief ein und wachte durch die Stimmen der Dorfbewohner auf. Sie boten mir Tandir- Brot an. Ich hatte kein Geldstück bei mir. Ich fragte die Dorfbewohner, ob es Arbeit für mich gäbe. Ich wollte ein wenig Geld verdienen und mir davon einen Esel als Reittier kaufen. Auf dem Feld eines Dorfbewohners übte ich eine Tätigkeit aus und kaufte mir somit einen gräulichen Esel. Auf dem Rücken des Esels machte ich mich auf den Weg. Ich verfolgte das Land, aus welcher Richtung die Sonne aufging. Ich kam in meiner Heimat Täbris an.

Viele Jahre sind verstrichen, seit ich Täbris nicht gesehen habe. Ein leichter Regen tropfte auf die Erde. Und meine Augen füllten sich mit Tränen. Ich ging zu unserem Familiengrab. Weinend betete ich für meine verstorbene Familie. Ich hatte nicht vor, lange in Täbris zu bleiben. Ich hatte vor die Städte aufzusuchen durch welche Mevlana in seiner Jugend und Kindheit gereist war, um dort seinen Duft zu suchen.

Meine Trauerjahre begannen. Trauer ist ein Zustand der Trennung. Ist denn die Erde nicht ein Ort der Trauersehnsucht? Trauer. Die Trauer passt am besten zu denjenigen, die der Hingabe verfallen sind. Wir verbrannten, wurden angezündet aber niemals beschwerten wir uns über Trauer. Sind wir nicht die Anhänger des traurigen Propheten? Trauer hält die Wunde der Hingabe stets frisch. Ich finde Gefallen an meiner Wunde und an meinen wunderbaren Freund.

Hat die Welle der Traurigkeit erst mal das Herz des Menschen überflutet, so hat er Sehnsucht nach seinen Herren oder sein Herr hat Sehnsucht nach ihm... Entweder das Herz, welches seinen Herren vermisst, gerät in Traurigkeit oder es befindet sich bereits in Trauer. Kummer und Unannehmlichkeiten ist eine Peitsche, die der Herr seinen geliebten Dienern anbietet. Mit jedem Peitschenhieb zieht es Menschen immer näher an ihren Erschaffer. Die Trauer ist ein Stoff, in welchem die Sehnsucht Mevlanas in mir gewebt wurde.

Ganz gleich wohin ich blicke, ich sah überall Mevlana. Ob ich in den Himmel schaue, ob ins Wasser, überall sehe ich nur Mevlana. Im Wehen des Windes, der Protagonist meiner Träume, immer Mevlana. Im Licht der Sterne, in der Brunnenanlage der Moschee, permanent sehe ich Mevlana. Du befindest dich im Hauch meines Lebens, nichtsdestotrotz empfängt der Hauch meines Lebens kein Lebenszeichen von dir... Die Welt ist mit dir gefüllt, nichtsdestotrotz empfängt auch die Welt von dir kein Lebenszeichen. Wie soll mein Herz dich finden? Wenn du doch mein Herz eingenommen hast...Und du erhältst kein Lebenszeichen von diesem Herzen.

Ach mein Mevlana; ich habe mein Herz dort versteckt, wo niemand es finden kann, mein Verbanntes befreites Herz war bei dir. Du wusstest nicht, dass ich das Waisenkind in meinem Herzen großzog. Ich musste fortgehen. Nur in meiner Einsamkeit bewässerte ich meinen Durst nach dir... Deine Stimme zu hören war der atemloseste Moment meines Lebens, dich zu sehen meine unerreichbare Vision. Vergiss die Wahrheit und die Tatsachen... Sie gönnen dem Schams nicht mal eine trockene Illusion.

Ich kann weder von dir ablassen und noch kann ich dich erreichen. Jede Nacht schließen sich meine Augen in Sehnsucht nach dir und jeden Morgen erblasst das Sonnenlicht wegen der Trennungsschmerzen. Ich musste die Liebe, die ich verheimlichte beenden wie sie anfing, ich musste gehen wie ich kam.

Ich war gezwungen zu gehen, während ‚du' in Form meiner Tränen aus meinen Augen tropftest. Bist du auch ein Leben weit von mir entfernt, bin ich dir so nah, wie dein Atem. Auch wenn du nicht bei mir bist, ich werde dich in deiner Abwesenheit ein und ausatmen. Ich werde zur Blume aller Frühlinge und werde den Duft in dein Herz füllen. Wenn du dich in deine Dunkelheit versteckst, werde ich mit einer Handvoll Sonne in meinen Augen kommen und dich erleuchten. Ich möchte nicht hören, was von den Menschen gesagt wird… Ich möchte nur leben und sehen. Du bist die einzige Wahrheit, die ich in keiner meiner Illusionen beherbergen konnte. Ich liebe halt, es existiert weder ein Vorher noch ein Nachher…

Es ist mir bewusst, dass mein Verschwinden bei Mevlana Wunden aufreißen würde, aber war denn nicht Aufopferung ein Synonym von Hingabe…? Wie ich später erfuhr, war mein Freund denen gegenüber gekränkt, die Grund für mein Gehen waren. Er sperrte sich in sein Zimmer ein und schmorrte im Feuer der Trennung. Es war vorherbestimmt, das war notwendig damit Mevlana zu Mevlana werden konnte. Er nahm Papier und Stift zur Hand und schrieb sein Wimmern nieder.

Er kam einige Male nach Damaskus, um nach mir zu suchen. Diese Suchen waren trostlos. Er wusste ganz genau, dass er mich nicht finden würde, wenn ich es nicht wollte. Mevlana, der wie ein Rebhuhn nach Damaskus kam und wieder ging, Traf als bezaubernder Falke in Konya ein. Hingabe bedeutete die Einsamkeit anzunehmen…

Die Rechnung der Hingabe geht ohne Ergebnis auf. Man muss sich nur an das Lieben gewöhnen. Der Mensch kann auch lernen zu leben ohne Liebe erfahren zu haben. Aber er muss unbedingt erlernen und erfahren, jemanden zu lieben und sich ganz fest an ihn zu binden. Genau dann kann er sich an das Leben binden…

Ich hingegen war nicht in Damaskus, ich spazierte wie von Sinnen durch die Dörfer Afghanistans. Ich vertrieb meine Zeit auf afghanischem Boden und versuchte die verwirrten Rafizi[18] in der Assassinen Schule auf den rechten Weg zu führen. Im Gedanken den Trennungsschmerz bearbeiten zu können. Jedoch half es nichts. Mit jedem vergangenem Tag verstärkte sich der Schmerz. Es klappte einfach nicht. Da dachte ich mir, dass ich vielleicht Trost finden würde, wenn ich nach Damaskus zurück kehrte und die Erinnerungen erwachen ließe, in denen ich Mevlana das erste Mal sah. Diese Erinnerungen und den Duft Mevlanas wollte ich nun in den Straßen Damaskus suchen.

In Täbris blamierte ich den sehr beliebten Scheich Seyyid Schahmer vor seinen Schülern, indem ich aufdeckte, dass er ein falscher Scheich war und das Volk betrug. Wieder konnte ich meine Zunge nicht zügeln. Seine Derwische wollten mich gleich vor Ort lynchen. Als sich das Volk um mich versammelte, zogen sie sich zurück. Seyyid Schahmer schrie mir hinterher:

- „ Was ist mit dir passiert? Schon damals warst du unausgeglichen aber du warst nicht verrückt. Was auch immer mit dir geschah, es geschah in Konya. Ich schwöre dir, dass ich Konya zu deinem Grab machen werde. Vergiss nicht, du wirst schlimmer als die mongolischen Teufel."

Ganz Konya war gefesselt von Mevlanas Kummer, der damit beschäftigt war, mich in Damaskus zu suchen. Das Volk Konyas hat furchtvolle Tage hinter sich. Was ist wenn Mevlana wegen all dem was wir verursacht haben, nicht mehr nach Konya zurückkehrt und sich in Damaskus niederlässt? Ohne Mevlana hätte diese Stadt keinen Reiz mehr. Die riesen Metropole wäre ohne ihn fade und glanzlos. Diese Ängste der Bewohner Konyas wurden bis zum Palast getragen. Es wurden Briefe geschrieben, Bitten ausgesprochen und der Freund kehrte in seine Heimat zurück. Einen Tag nach seiner Abreise erreichte ich die geliebte Stadt Damaskus. Mevlana befindet sich in der Stadt der Liebe, Konya und ich suche nach Erinnerungen der Liebe in Herbergen Zimmern und auf den Straßen Damaskus.

---

18 Schiitische Gruppe

Mevlana, der die Hoffnung verloren hatte mich in Damaskus zu finden, kehrte traurig nach Konya zurück. In der Nacht seiner Rückkehr träumte er von mir, dass ich mich in der Herberge in Damaskus aufhielt. Am Morgen verfasste er einen Brief und gab ihn in die Hände eines Derwisches. Der Derwisch erhielt genaueste Anweisungen:

- „Wenn du mit einer erfreulichen Nachricht zurückkehrst, wünsche von mir, was dein Herz begehrt."

- „Ich wünsche mir nichts anderes als die Gesundheit eures Herzens, mein Herr."

- „Gehe in Geborgenheit und Sicherheit und kehre zurück mit froher Botschaft in Wohlbefinden."

Ich erteilte dem Herbergen Besitzer die Anweisung und drohte ihm zugleich:

- „Du kennst mich nicht. Falls jemand nach mir fragen sollte wirst du sagen, dass du mich seit Monaten nicht gesehen hättest. Wenn du nicht tust was ich von dir verlange, werde ich deine Herberge mit einer Verwünschung in Schutt und Asche legen."

Der Derwisch hat den Brief gebracht. Mit den Worten des Herbergen Besitzers war seine Hoffnung gestorben. Mit der Hoffnung, dass ich vielleicht noch auftauchte, überreichte er den Brief dem Herbergen Besitzer.

Ich fragte weder diejenigen, die auf der Suche nach Behaglichkeit waren, noch diejenigen, die sie gefunden haben, auch nicht diejenigen, die der Behaglichkeit aus dem Weg gehen, nach dir. Wer kann die Wärme der Sonne am besten beschreiben? Diejenigen, die vor Hitze in Ohnmacht fallen? Nein, die Hingabe dieser ist schwach. Diejenigen, die zur Sonne reisen? Nein, auch sie nicht. Bis wohin können sie schon reisen? Diejenigen, die sich im Schatten verstecken kann man erst recht nicht nach der Sonne fragen...

Mein Tempel der Hingabe... Mein Herr... Bitte sag mir, was haben diese ganzen Schmerzen, die ich verspüre, zu bedeuten? Wenn mit dei-

ner geheimnisvollen Trennung beabsichtigt war, das Feuer, welches du in meiner Seele entfacht hast, zu Lava werden zu lassen, dann frage ich dich, bin ich in deinen Feuerkanonen nicht schon genug geschmolzen? Ich bin dermaßen entflammt; solange du brennst, will ich brennen! Solange du frierst, will auch ich frieren!

Wirst du wieder in die Milchstraße flüchten um Sehnsucht zu dir aufkommen zu lassen... Meine Sehnsüchte, wie in die Leere geworfene, ausgetrocknete Nelken, zerbröseln deine Illusionen in der Schlinge der Schmerzen, im Busen der Schmerzen... In mir geht seit dem du fort bist, keine Sonne mehr auf... Dabei wollte ich mit dir gemeinsam die Himmel erklimmen... Wegen dieser Hingabe hat mein Haar begonnen zu erblassen. Alle Türen schließen sich, durch welche ich eigentlich zum Himmelszelt hinauf um Erbarmen flehen wollte. Die Gebetsnische meines Lebens, die von bräunlich- unklaren Fluten weggespült wurde, ist in deinem Besitz. Der Gebetsruf für Leichenbegräbnisse ertönt nun nur noch für mich... Während jeder Morgendämmerung verdampfen meine Tränen in meinem Gebetsteppich, jedoch erreicht mich weder deine Stimme aus der Ferne, noch dein Atem...

Jeden Tag ertönten die Gebetsrufe im höchstempfindlichen Klang... Aber solange meine Stirn deine nicht berührt, wird das Rauschen, welches meine Schläfen übel zurichtet, keine Behaglichkeit erfahren... Als ritten Reiter mit ihren Pferden aus dem Kaukasus über meine Stirn... Und von Zeit zu Zeit zittern meine Hände... Der schwere Geruch des Verrücktseins... Und meine Schultern fallen herab, wenn ich an dich denke... Vergiss nicht, ich: dein Meisterwerk, verwandle mich von Tag zu Tag immer mehr in eine Ruine... Jedoch du kehrst immer noch nicht zu mir zurück...! Mein Wunsch: Schöpfer der Welten; möge niemand abhängig von jemand anderem sein um den Wert dieser Liebe zu schätzen...

Ohne dich sind meine Gedanken zerstreut wie die Steine einer Gebetskette, dessen Faden gerissen ist... Ich würde dir jetzt gerne aus meinen Tränen Perlen basteln... Wärest du bloß bei mir... Meine Worte werden zum Wasserfall, wenn ich gedenke etwas über dich zu schrei-

ben... Wenn du wüsstest, wie sehr meine brennende Stirn deine gütigen Hände benötigt... Wie sehr du mich auch anbrennst, keine Erinnerung mit dir wird zur Asche, nur damit du es weißt... Wie der Phönix werde ich aus meiner eigenen Asche geboren und wie der Kranichzug wieder und wieder die Flügel schlagend in deine Wege fließen...

Das einzige was mir aus dem Schlaf ohne dich verbleibt, sind meine schlaftrunkenen Augen... In meiner Brust eine Bedrückung, die ich nicht herunter Schlucken kann... Meine Atmung reicht meinem einsamen Körper nicht mehr... Und ich starre nur so an die Decke, nur an dich denkend... Meine Stirn übersät von kalten Schweißperlen... Mein Gehör ist nun allem gegenüber taub, was es auf dieser Welt gibt und nicht deine Stimme ist... Meine Augenlieder sind taub, erstarrt, damit die Illusion von dir nicht unscharf wird... Nun verfügen meine Tränen nicht mal mehr über das Salz der Sehnsucht, welches zumindest meine Schmerzen mit ein wenig Wärme reduzierte...

Mein Blut gerinnt... Urplötzlich überkommt meine Seele ein Frieren... Deine Wärme ist ja auch nicht bei mir... Und danach geht wieder die Sonne auf und ich bin wieder verdammt zu tausend und einer Qual und Misshandlung! Wegen dieser Trennung bin ich verdammt und wieder geschlagen... Du weißt, du bist mein Befehlshaber... Mein Geliebter und mein Tempel bist du... Mein Wusch, möge uns der Geliebte der sieben Himmel, von diesem Leid befreien...

Die Schmetterlinge breiten ihre Flügel in den Gärten aus, welche du mit deinem Gesicht berührst. Ich versuche aus dieser Schmetterlingspuppe in meiner engen Brust auszubrechen. Das Geheimnis der unendlichen Weite ist unter deiner Zunge versteckt. Bitte sprich zumindest ein Wort! Das Klingen jeder Silbe möchte ich hören. Sollen mich die Winde davontragen, soll der gesamte Regen der Welt auf meine Stirn niederschauern, sollen alle Steine auf meine Brust krachen. Soll ich ein riesiger Berg sein, der dir die Füße küsst. Sollen die Wüsten wirbeln, die Berge den Weg freimachen, unebene Straßen verenden, damit ich der Staub der Wege sein kann, auf welchem du läufst. Ich bin in der Wüste. Ich bin durstig. Ich bin der Joseph im

Brunnen. Deine Worte sind mir wie Süleyha. Ich bin der Abraham im Feuer. Deine Augen sind mir ein Ozean. Ich bin, die vor Schmerzen gekrümmte Maria. Dein Blick ist mir Jesus. Ich bin der in seinen Wunden liegende Hiob. Deine Sehnsucht ist meine Genesung. Ich bin ein Toter unter den Toten. Deine Hände sind mir Gebetsort.

Oh du Licht in unseren Herzen! Komm endlich, du Ende meiner Bemühungen und Sehnsucht, komm! Du weißt, dass unser Leben in deinen Händen liegt. Bringe das Leben, deine Diener nicht in Not. Oh Hingabe! Oh Gebieter! Überfliege die Hindernisse, lege den Trost ab und komm. Oh du Besitzer der Rufe des Wiedehopfes, Salomon! Habe doch die Güte und komm, um uns zu finden.

Die Seelen lassen wegen deiner Abwesenheit Wehgeschrei ertönen; packe deine Lebensdauer und komm. Verdecke deine Fehler, verbreite deine guten Taten. Es ist auch die Angewohnheit der Großzügigen, komm. Wie sagt man doch gleich ‚komm' auf Persisch? ‚Biya?' Entweder komm oder bringe unserer Einladung Verständnis gegenüber und komm. Wie sehr unsere Wünsche in Erfüllung gehen würden, wenn du kämest. Und wie sehr würden unsere Wünsche in die Hoffnungslosigkeit getrieben werden, wenn du nicht kämest; komm. Oh du feierliche Eröffnung der Araber! Oh du Unschönheit des Iran! Du wirst mein Herz mit der Erinnerung an dich erobern, komm. Mein gesamtes Inneres wird zum Sprecher von ‚Komm'. Oh du Existenz deiner Existenz, komm.

Du gingst fort. Es wäre schön, wenn du geblieben wärest, aber was hilft es, du gingst fort. Du bist zwar gegangen jedoch schau, ich habe hier etwas, was zu dir gehört. Deine Abwesenheit habe ich hier. Du gingst. Wie bedauerlich! In deiner Abwesenheit mutierte mein Herz zum Nachtschmetterling.

Nicht jeder Einsame ist der Hingabe verfallen; jedoch jeder, der verbrannte, ist im Versteck der Hingabe einsam. Ich sage nicht, dass ich von deinem Feuer verbrannt wurde. Ich sage, dass ich von deinem Unfeuer in Brand gesteckt wurde. Oh du Stimme, du Atem der Hingabe, komm schnell. Der Lärm des Jüngsten Tages soll endlich erblassen…

Nachdem ich den Brief gelesen hatte, roch ich an ihm und legte ihn an meine Brust. Ich verfasste keine Antwort. Ein Monat war verstrichen als mich der zweite Brief erreichte. Der zweite Brief war im Vergleich zum Ersten länger und stimmte mich fröhlich:

Oh du, zierlichster der Welt! Ich grüße dich. Sowohl meine Krankheit als auch deine Gesundheit liegen in deinen Händen. Sag, was ist das Mittel gegen den Kummer des Dieners. Es ist, wenn ich ihn bekomme, der Kuss von deinen Lippen. Auch wenn ich dir mit meinem Körper nicht dienen kann, so diene ich dir mit meiner Seele und mit meinem Herzen, denn sie sind bei dir. Wie kommt es, dass die Welt nicht mit ‚ja bitte' gefüllt ist, wenn doch ohne Worte keine Anrede stattfinden kann?

Ach, ach! Mein Herz, meine Not, meine Hingabe, meine Trauer, mein Herz! Mein Feuer, welches sich im Schweigen fügsam benimmt und welches kaum zur Sprache gebracht, entflammt. Meine Auswanderung, dessen Weg ich fand ohne zu suchen. Du, mit dem ich es nicht vollbringen kann zusammenzutreffen, ich bin dem Zusammentreffen mit dir nie gesättigt. Draußen kann ich nicht sein und von Drinnen kann ich mich nicht befreien. Der Dirigent der Nächte, der Fluss meiner Tränen, mein Herr, dessen Staub abzuwaschen meine Hand nicht reicht, dessen Rost abzuwischen ich nicht schaffe. Meine Dunkelheit, meine Sonne. Mein Herz, mein erhabener Freund! Wo bist du? Kehre entweder endlich zurück oder schreibe uns zwei Zeilen… Oh Schams, wer hat dein liebliches Herz dermaßen gekränkt, welches üble Wort, welcher hinterhältige Blick hat dich von mir gerissen? Weißt du denn nicht, dass ich ein Nichts bin, wenn du nicht an meiner Seite stehst? Schenke dem Mevlana, der nach deinen Worten schmachtet, nicht die Trennung. Nein Schams, tu es nicht.

Wie mir zu Ohren gekommen ist, hast du den festen Vorsatz gefasst, von uns abzulassen, tu es nicht

Du neigst zu einem anderen Geliebten, zu einem anderen Freund, tu es nicht

Was suchst du in der fremden Welt, Fremder

Wessen kranke Herzen hast du im Visier, tu es nicht

Stehle uns nicht von uns und gehe nicht in die Fremde

Du schaust dir die gestohlenen Anderen an, tu es nicht

Oh du, für den der Mond und das Schicksal zur Ruine wurden, ins Chaos ritten

Uns lässt du so zu Ruinen werden und ins Chaos reiten, tu es nicht

Oh du, der sowohl eine hohe Stellung hat als auch auf dem Nichts sich befindet. So räumst du das Feld der Existenz, tu es nicht

Wendetest du dein Gesicht ab so würde der Mond in Dunkelheit schwinden vor Gram

Auch das Haus des Mondes hast du zu zerstören im Visier, tu es nicht

Wenn du austrocknetest, würden unsere Lippen austrocknen

Du füllst meine Augen so sehr mit Tränen, tu es nicht

Wenn du nicht die Kraft hast, dich den der Hingabe Verfallenen gegenüber durchzusetzten

Wieso bist du dann so erstaunt über die Hingabe, tu es nicht

Oh du, in dessen Händen die Hölle und das Paradies liegt

Du machst uns das Paradies zur Hölle, tu es nicht

Das Gift in der Zuckerdose kann uns nichts anhaben

Dieses Gift setzt du mit dem Zucker gleich, tu es nicht…

Du erfreust uns so, dass unsere Behaglichkeit verfliegt

Du verdirbst meine Behaglichkeit, zerstörst sie, tu es nicht

Der Dieb der Schönheit ist mein Auge, welches Verbotenes betrachtet

Du stielst den diebischen Vorgang, tu es nicht

Es ist nicht der Augenblick um zu reden, lehne dich auf

Was übst du mit der Ohnmacht der Hingabe, tu es nicht!

Vor dir, suchte ich die Tiefe in Büchern. Ich schämte mich dafür. Du bist tiefgründiger als alle Bücher, ich schäme mich für die Briefe, die ich dir schreibe, anstelle dieser, lese dich selber.

Ich halte mich in der Dunkelheit auf und das Geräusch des Wahnsinns peitscht mir in mein Gesicht: Das Gelächter der Eule, das Zischen der Kobra… Ich befinde mich in der Dunkelheit. Nur durch das Zwit-

schern deines Lichtes wird mein Aufenthalt im Kerker erhellt. Ihr seid mein Stern und so weit entfernt.

Oh Schams, du bist so rein, wie die Tränen des Herzens und so lichtspendend wie der Blick eines Kindes. Die Schakale in der Wüste tranken Wasser. Aus welcher Quelle?

Ich bin dermaßen mit dir gefüllt, dass es mir so vorkommt, als würde mein Schädel zerspringen. Das fließende Blut in meinen Adern warst du. Das Herz in meiner Brust war deins. Meine Adern und meine Brust waren kurz vorm Zerplatzen. Ich atmete dich ein. Die Flügel der Trennung trugen mich von den Himmeln auf die Erde hinab. Dabei schlugen wir doch mit dir gemeinsam die Flügel.

Jede Nacht ohne dich durchlebte ich fiebrig. Vielleicht war der Fieber schöner? Was heiß vielleicht? Aber wie lange können Gliedmaßen dieser Spannung standhalten? Ich bin der Hingabe Dank schuldig. Ich möchte in diesem Fieber zerschmelzen. Mein einziger Wunsch ist es in diesem Feuer zu brennen, zu Asche zu werden. Zu Asche werden, zu Licht werden, zur Legende zu werden.

Ich bin du und du bist ich. Wir erleben gleichen Duft, gleiche Begeisterungen, gleiches Leid. Über den Limbus[19] tretet man in das Paradies ein. Maria wusch die verwundeten Füße Jesus mit ihren Tränen und trocknete sie mit ihrem Haar. Oh du meine Krone, komm zurück und ich bin der Wiedergabe deiner erschöpfenden Jahre, den Dornen deiner Wege Belästigung und der Waschende deiner Füße…

19 Befestigter Platz zwischen Himmel und Hölle

Oh mein Schams! Meine Sehnsucht nach dir im Vergleich der Tränen des Selahaddin Zerkub. Es ist nicht zu vergleichen, denn seine Tränen können das Feuer in mir nicht ein Stück bändigen. Nur du kannst es. Niemand anderes außer dir. Ach würdest du nur zurückkommen…

Und wenn ich mich wie ein wertloser Verrückter auf den Weg machte, flehte, weinte, zum Lotus der Himmel hinaufsprang. Und wenn ich von den Berggipfeln Götzen sammelte, nur für dich Schluchten schluckte. Und wenn ich Abschnitt für Abschnitt die Schmerzen meines Herzens beschriebe und weinte. Weinte bis zum Zerspringen meines Selbst. Und wenn ich sagte, dass mein Stolz nun ein abgelegenes Kabinett sei, es existiere kein Silbenzählendes Versmaß. Und wenn ich sagte, dass die Hoffnung in meine Augen sanft regnete, in meinen Augen die bloßgestellt auf deine Weg starren. Würdest du auch dann nicht zurückkehren, mein Schams?

Wo befindet sich mein Platz in deinem Abenteuer, ich weiß es nicht. Kommt Zeit. Stehe auf, kommt Zeit stürze ich nieder. Mit toten Versen begebe ich mich Schlafen und friere. Ich weiß nicht, ob dieser blinde Schlaf einen Grund hat.

Oh, Schams, welches Wort hat dein liebliches Herz gekränkt. Welches üble Auge verletzte deine nachtdunklen Augen, dass du so plötzlich ins ferne Unbekannte verschwandst. Weißt du nicht, dass dein Freund wegen deiner Trennung wie verrückt geworden durch die Gegend läuft. Komm oh Schams. Um Moses Willen, der im Sinai Gebirge in Ohnmacht fiel, um Jesus Willen, der in Jerusalem Blut weinte, um das Licht Mohammeds Willen, der in Medine nach seinen Anhängern rief, komm Schams. Konya duftet nicht mehr nach Hingabe.

‚Dein Mevlana‘

Ich hatte den Brief gelesen und betrachtete aus dem Fenster den Himmel. Ein Stein stürzte vom Himmel, aus dem Auge fiel eine Träne in mein Herz. Am Fenster in Gedanken vertieft, flüsterte ich Mevlana zu:

- „Hast du den Brief mit deinen Lippen verfasst heiliger Mann? Jedes Wort ist nämlich ein Kuss. Hast du dein Herz geöffnet und in den Briefumschlag fließen lassen, du der Hingabe verfallener Mensch? Jedes Wort ist nämlich Feuer. Ich nehme die Wörter in meine Hand und streichele sie. Einige sind hart wie ein Diamant und bringen meine Hände zum Bluten; einige sind weich wie Samt und warm wie Tränen. Ich spreche all meine Schmerzen heilig. Ich habe immer noch nicht vor, eine Antwort zu schreiben. Die schönste Antwort für den Geduldigen ist Geduld'.

Einige Wochen später erreichte mich sein dritter Brief:

Was soll ich mit dem Duft der Rose, wenn sie nicht mit Schams erblüht. Was soll ich mit der Dunkelheit der Nacht, wenn sie die Trennung nicht zum Weinen bringt... Was soll ich mit dem gedeckten Tisch, Honig und andere Leckereien, ohne Schams. Was soll ich mit einem Schmerz, der mich nicht ausdörrt... Was soll ich mit den Tränen, die nicht brennen. Was soll ich mit dem Geliebten, der mir kein Schams in meiner Dunkelheit ist. Was soll ich mit dem Freund, der sein Leben nicht zum Teppich meiner Wege niederlegt. Was soll ich mit dem Auge, das nicht wie Schams sieht. Was soll ich mit dem Wort, welches keine Medizin für das Herz des Liebenden ist. Oh Schicksal, zerbreche meinen Stift! Was nützt mein Leben in Wohlstand, wenn Schams nicht da ist. Was soll ich mit einem Adam, der die Welt nicht im Atom und die Hingabe nicht im Atom leben kann?

Sich an deine Abwesenheit gewöhnen... Jegliches tröstende Wort ertönt in meinem Ohr wie Verrat. Wie seltsam, dass gerade die Zungen, die dich damals nur schlecht machten heute den Mevlana, der wegen deiner Trennung in Not geraten ist, versuchen zu trösten. Jegliches tröstende Wort ertönt in meinem Ohr wie Verrat. Meine Finger brennen lichterloh. Ich habe Angst, dass das Papier entflammt und der Brief verbrennt. Von dir getrennt zu sein ist schlimmer als das Höllenfeuer.

Du bist es, auf den ich vierzig Jahre gewartet habe. Du bist es, den ich zu spät gefunden habe. Du bist es, der jetzt nicht mehr da ist. Wie viele Jahre soll ich noch warten? Ich bin so durstig, wie der Wüstensand. Dein Wiederkehren soll wie der Aprilregen sein. Erinnerst du dich daran, dass du in den Hof unserer Schule einen Stein aus Kupfer niedergelegt hast, damit wir unsere Fastentage mit der Fruchtbarkeit des Aprilregens beenden, der sich darin füllte. Wirst du immer noch nicht die Rose aufblühen lassen, die ich mit dem Aprilregen meines Herzens gieße.

Deine Worte klingen immer noch frisch in meinen Ohren. Die Wörter, Stern für Stern. Die Sätze, der wunderbarste Mondschein aller Mondscheine. Dein Lächeln kommt mir vor Augen. Wie das Zusammentreffen, so schön ist dein morgensonniges Lächeln. Wir beide vertiefen ineinander, sind miteinander verknotet und verunendlichen wie eine Seele.

Komm Schams, lass deine Füße zur kleinen Trommel, deine Arme zur zweisaitigen Violine, deinen Atem zur Rohrflöte werden und spiele die freudige Nachricht der Wiedervereinigung während du kommst.

Was bist du für eine Quelle, Schams? Je mehr ich trinke, desto durstiger werde ich. Was bist du für ein Feuer? Je mehr ich verbrenne, desto kühler wird mir. Du bist, rein optisch ein Mensch, bestehend aus Haut und Knochen; jedoch trägst du die gesamte Menschheit in deinem Herzen.

Was bringt mir der Anblick von aberhunderten Welten, wenn ich dein Gesicht nicht erblicke?

Wen soll ich nach deiner Schönheit fragen. Sagen wir, ich hätte jeden gefragt, wer wird sie mir beschreiben? Was bringt es mir, wenn ich ewig im Paradies wäre, die Paradiesjungfrauen an meiner Seite, die Regierung meiner Geliebten, wenn ich mit dir nicht vereinigt bin?

Was bringt es mir, wenn die Wolke der Trennung, die dein Mondgesicht verdeckt hat, Perlen und Edelsteine auf mich herabregnen ließe. Welche Vorteile hätte ich dadurch?

Die Erde, die nichts anderes ist als eine erbärmliche Hexe, wird eines Tages untergehen. Stimme dem zu, dass sie mir ihren Thron, ihre Herzen, die Schätze der Welt schenken. Was kann denn schon passieren?

Es würde mich nicht in Angst versetzten, wenn die ganze Welt mich wegen der Liebe zu dir schlecht machen würde. Und auch wenn du dir vorstellst, dass über die Wahrheit hunderte Lügen erzählt würden, welche Wichtigkeit hat es schon?

Die Hingabe war mein Schweigen! Die Hingabe war mein Brand! Die Hingabe war mein Gewinn! Die Hingabe war meine Schrift! Die Hingabe war mein Verbot! Die Hingabe war mein Eingeständnis! Die Hingabe war meine Aufregung! Mein Ein und Alles… Meine Wunde und mein Heilmittel… Mein nicht Gewonnenes; aber immer Verlorenes. Ja genau, das war die Hingabe! Ich habe Sehnsucht Schams, Sehnsucht. Komm, um Allahs Willen komm!

Mittlerweile habe ich auch gelernt, dass die Hingabe den Menschen an Größe gewinnen lässt, ihn reifen lässt. Niemand lehrte mich, dass die Hingabe ohne Gegenleistung besteht. Dass nur der von Herzen Liebende in Schmerzen gärt. Und dass der Geliebte nichts von seinem geliebt zu werden wissen muss… Dank sei ‚Dir'! Du ließest mich empfinden, was mir im Leben nicht gelehrt wurde. Du ließest mich spüren, was ich noch nie für jemanden empfand. Ich tat Dinge, die ich für niemanden hätte tun können. Bereue ich es? Nein, ich habe es nie bereut und ich bin sogar glücklich darüber, dass ich die Hingabe in meiner Ewigkeit verstecke. Du ließest mich auf den letzten Stufen meines Lebens solch einer Hingabe verfallen. Ich danke dir, dass du mir erlaubt hast, dich zu lieben…

Der letzte Brief hat mich gebrandmarkt. Ich zögerte ein wenig mit der Entscheidung, ob ich ihm antworten sollte, oder nicht. Einerseits der Brand der Sehnsucht, andererseits die Aufopferung für Mevlana. Für die Hingabe im Namen der Hingabe. Um der Hingabe zu verfallen, müsste ich gehen. Seit es mich gibt, mag ich es nicht Schriften zu verfassen. Ich wollte nun zu Mevlana zurückkehren, jedoch nur unter einer Bedingung. Würde er wohl in der Lage sein, das Wort zu schreiben, welches mich dazu bewegen würde, zu gehen? Um das in Erfahrung zu bringen, schickte ich ihm eine Antwort.

Wenn du dich auf die Hingabe verstehst, dann sei kein Grünschnabel der Pein. Du schriebst in deinem Brief, dass du Sehnsucht hast. Schrieb dein brennendes Herz nur eine trockene Sehnsucht nieder? Verstehe Mevlana. Weine Mevlana. Diese Trennung war ein Denkzettel für den Verstehenden. Dieser Gram war Grund für dein Weinen. Sei nicht tö-

richt, es kommt ein Nest um deine Tränen zu trocknen. Weine nicht mein Mevlana.

Man muss die Liebe, die keine Gegenleistung erwartet, erleben. Ich wusste nicht, dass es bedeutete den Herbst zu erreichen, wenn man jemanden liebt, sich in Hingabe wie verrückt an jemanden bindet und diese Schönheit lebt. Was habe ich im Leben nur alles verpasst. Entweder bin ich zu früh gekommen oder du hast dich zum Zusammentreffen verspätet...

Erwarte von mir kein verrücktes Auflachen. Ich bin glücklich mit meinen Schmerzen. Das Glück hat eine gerunzelte Stirn und ist ernsten Wesens. Wir beide wurden von einem Sturm erfasst und man weiß nicht, wohin die Hingabe einen hinschleudert. Unsere Trennung ist von Zeit zu Zeit lang wie Jahrhunderte, von Zeit zu Zeit kurz wie ein Traum. Das Jahrhundert zu einem Zusammentreffen zu verwandeln, ist abhängig von einem geschriebenen Wort.

Schreibe mir solch ein Wort, dass ich es nicht mehr aushalten kann und beflügelt von Damaskus nach Konya zurückkehre. Führe mich in Verwirrung, verwandle mich in einen Nachtfalter, schreibe ein Wort... Ein derartiges Wort, welches in Wörterbüchern nicht zu finden ist. Ein derartiges Wort, welches noch niemand an niemanden adressiert hat. Ein derartiges Wort, welches das Höllenfeuer erlischt... Schreib, damit Schams kommt und sich als dein Staub vor deine Füße niederwirft.

Später wurde mir erzählt, dass Mevlana sich wie ein kleines Kind freute, als ihn mein Brief erreichte. Meine Worte stiegen in den Himmel auf, in den Himmel, also in sein Herz. Meine Worte gewannen für Mevlana an Melodie. Alle Düfte waren geschmacklos, alle Gedicht farblos, alle Lieder klanglos geworden für Mevlana. Er befand sich während des Lesens meines Briefes auf den Gipfeln, auf den Gipfeln, die von den großen leidenden Heiligen und Seelen beflogen wurden. Und er sprach während er den Brief aber male las: ‚ich schäme mich vor meiner Selbst, ich bin Erde und du der Himmel. Ich bin Haut und du das Herz. Ich bin Feuer, du das Licht'. Und er las… und er las… und roch… und roch das Papier. Anschließend steckte er den Brief in seine Brust und sagte: ‚Ach und Weh'. Und wieder holte er den Brief aus seinem Herzen heraus und las ihn wieder in Ohnmacht fallend, als würde er den Grenzlotus überschreiten. Vor Freude fällt er zu Boden… Er erwacht in einem weiteren Traum, im Traum eines Traumes. Es sieht, dass sich das Papier in eine schneeweiße Rose verwandelt, als er seine Hand über seine Brust streicht. Er riecht an dieser Rose. Vergießt Träne um Träne… Vorsichtig pflückt er ein Rosenblatt von der Rose ab, er berührt mit seiner Fingerspitze eine Träne und feuchtet sie an, berührt das Blatt und schreibt auf leeres Briefpapier das Wort: „HAMUSCH[20]".

Ich öffnete den Briefumschlag, den mir der Herbergen Besitzer brachte und las. Das Wort, welches ich wollte, war geschrieben, damit ich zurückkehren konnte; es machte nun keinen Sinn mehr fortzubleiben. Ich konnte es nicht übers Herz bringen, dass mein Hamusch unter den Rohen wieder zu Teig werden würde. Ich musste zurückkehren, komme was kommen möge. Entweder würde Hamusch zur ‚Hingabe' werden oder ich würde für die Hingabe sterben.

Ich hoffe den Geliebten ein wenig zu tadeln, wird mir nicht aberkannt. Ja, ich lebte, sah, lernte. Es ist durchaus möglich, dass die Liebe und die Hingabe einseitig erlebt wird. Es existiert keine Gegenleistung in der Hingabe. Einige Menschen können nur lieben, sie verschwenden keinen Gedanken daran, ob der von ihnen Geliebte, sie auch liebt oder nicht. Er liebt lediglich. Er wartet bemüht, ihm entgegenzukommen, um ihn nicht das Herz zu brechen, um ihn einen Gefallen zu tuen. Dabei hat jeder die Freiheit in seinen Gefühlen und niemand kann sich zwingen, jemanden zu lieben. In der Hingabe gibt es keine zerbrochenen Herzen. Wenn du liebst, wenn du tatsächlich die Liebe in deinem Herzen spürst, musst du deinen Geliebten in Ruhe lassen, er muss frei sein, sich frei entfalten. Lass ihn seine Flügel schlagen, wo auch immer und mit wem

20 Stille, Schweigsamkeit.

er auch immer glücklich ist. Soll er in vollen Zügen sein Glück erleben… Man muss auch lernen, ihn in seiner Glückseligkeit aus der Ferne zu beobachten und somit die eigenen Wunden verbinden…

Es war mein Wunsch, deinen Namen mit dem Pochen deiner Adern in deinem Herzen zu nennen. Ich erstrebte nicht, dich zum Weinen zu bringen. Dabei verfloss mit jedem Buchstaben eine Träne. Du zittertest am ganzen Leibe, auch wenn du direkt in der Sonne deinen Platz hattest. Oh Hingabe! Du warst es, die Hingabe, die mich in Brand gesetzt hat aber wieso friert dann meine linke Seite?

Was bist du nur für eine Quelle mein Mevlana,
Je mehr ich trinke desto durstiger werde ich.

Ich ließ Mevlana wissen, dass ich erschöpft war, dass ich die Rückreise zwar überstehen würde aber Zweifel daran hätte, ob es das Richtige sei. Um die Möglichkeit, mich umzuentscheiden gering zu halten, sollte er Sultan Veled nach Damaskus schicken, damit er mich abholte.

Sobald Mevlana meinen Brief erhalten hat, rief er Sultan Veled an seine Seite:

- „Zögere nicht. Begebe dich nach Damaskus, nimm unseren Scheich und bring ihn hierher."

Sultan Veled, machte sich mit Geschenken und um die zwanzig Schüler auf den Weg nach Damaskus. Sultan Veled, der mich genau so sehr liebte, wie sein Vater, war diese mühsame Reise mit größter Freude angetreten und hatte den Weg ohne Rast und Halt hinter sich gelassen. Um so schnell wie möglich Damaskus zu erreichen, mich zu finden und nach Konya zu bringen, gaben sich zwanzig Leute die größte Mühe. Fast ohne zu Rasten wurden Tag und Nacht, Berge und Täler durchschritten.

Endlich war Damaskus von den Abgesandten des Freundes zu sehen. Ich war Gast der Herberge in Damaskus, die sich Cebel-i Salihiyye nannte. Auf dem Zimmer hielt ich gerade eine Schachpartie mit einem jungen Christen. Drei Mal klopfte es an der Tür. Mein Herz ging auf. Mein Türschloss öffnete sich, Sultan Veled und einige junge Derwische waren gekommen. Vorsichtig traten sie ein. Sie waren erschreckt und aufgescheucht wie eine Hirschkuh, die ins Netz des Jägers gefangen war. Kein Mucks. Kein Gruß. Die Zeit blieb stehen, als wären die Gekommenen, durch die Fenster eingeschlichene Schatten. Sie warteten. Sie warteten auf eine Reaktion von mir. Ich verhielt mich so, als seien sie nicht im Zimmer. Sultan Veled nahm meine Opanken, die auf dem Teppich standen in die Hand und legte sie nieder, indem er sie in die Richtung Konyas richtete. Sein aufgeregtes Herz war verantwortlich für seine zitternden Hände. Ich schaute in seine Augen, sie waren voller Tränen, jeden Augenblick bereit auszubrechen. Ein anderer Derwisch nahm die Goldstücke aus dem Beutel in seine Hand und leerte seine Hand in die Opanken. Ich erhob mich vom Diwan. Sie traten zurück. Wie Sündiger, die etwas Unrechtes getan haben, traten sie immer mehr zurück. Die Gesichter zu Boden geneigt, ihre Rücken an der Tür. Aus Respekt kehrten sie mir nicht den Rücken zu.

Ich streute die Goldstücke zum Fenster hinaus. Das Volk versammelte sich am Eingang der Herberge. Die gesamten Geschenke, die Mevlana mir zukommen ließ, verteilte ich an die Armen des Volkes. Ich öffnete meine Arme, bis es nicht mehr ging und wir umarmten uns mit meinem Sohn. Minutenlang. Er weinte, ich weinte. Wir berochen uns. Ich wandte mich zu Sultan Veled:

- „ Kann es für mich ein wertvolleres Geschenk geben als Mevlana, nach jahrelangem Leiden, nachdem ich jahrelang die Wege voller Leid durchstreift hatte, belohnte mich mein Schöpfer mit deinem Vater. Welche wunderschöne Güte für den, der dies zu schätzen weiß." Die anderen Derwische im Zimmer und diejenigen, die mit den Pferden vor der Tür warteten, reichten mir respektvoll ihre Hände:

- „Vergib auch uns, mein Scheich. Wie viele Tränen wir jetzt auch vergießen mögen, nichts entschuldigt, dass wir mit unserem unachtsamen Augen nicht erkannt haben, welch Meister ihr seid." Einerseits kämpfen die Derwische gegeneinander um meine Hand zu küssen, andererseits weinen sie und klopfen vor Klage auf ihre Knie. Soll das Volk Damaskus weiter versuchen zu verstehen, was geschieht.

- „Los, machen wir uns auf den Weg. Der Weg ist lang, geliebte Menschen darf man nicht warten lassen."

Ich konnte mir schon vorstellen, was sich nach meinem Verlassen zugetragen hatte. Sultan Veled erzählte mir davon auf der Rückkehr, wenn wir uns zum Ausruhen zurückzogen. An jenem Morgen sollten die Derwische von einem beängstigenden Geräusch aus ihren Betten gesprungen sein. Ein lautes und einflussreiches Geräusch, schlimmer als Donner. Als sie in den Hof traten sahen sie Mevlana, wie er seine Haare rauft und seine Kleidung, sie zerreißend durch die Gegend schleuderte. Mevlana schrie „Wo ist mein Schams, was habt ihr mit ihm gemacht" er weinte. Er war barfuß, hatte seinen Derwischen- Wams zerrissen, war auf den Steinboden gekniet, halbohnmächtig, halb bei sich, schrie er aus aller Kraft: „Ihr brutalen Gewissenlosen! Ihr Nichtsnutzigen! Euer Wunsch ist nun in Erfüllung gegangen, ich verlor meinen Freund, wie soll ich nun weiterleben?" Sultan Veled umarmte seinen Vater und sie weinten gemeinsam. Als das sich versammelte Volk im Hof immer massenhafter wurde, half er seinem Vater vom Boden auf und brachte ihn auf sein Zimmer. Während er ihm die Tränen von den Wangen wischte, tröstete er ihn: „Sei nicht traurig, mein lieber Vater, mache dich nicht fertig, ich werde dir deinen Gefährten finden." Der mit großer Mühe auf sein Zimmer gebrachte Mevlana, verbrachte den ganzen Tag im halbohnmächtigen Zustand, im Schlaf. Nach jenem Tag trat er fast nur zum Freitagsgebet aus seinem Zimmer. Vor Trauer aß und trank er nicht mehr richtig. Er fand nur in den Unterhaltungen mit Selahaddin Zerkubi, dem Blaser der Rohrflöte, Trost. Wenn schon der Name Zerkubi gefallen ist, lasst uns auch ein wenig von ihm erzählen.

Selahaddin Freridun, war in einem Dorf Konyas geboren. Er wanderte nach Konya aus, er lernte dort den Beruf des Goldschmiedes, eröffnete einen Laden und arbeitete so für sein Brot. Er war eine religiöse, tugendhafte Persönlichkeit. Er war ein guter Freund und ein Ordensangehöriger, der von Mevlanas Vater das Recht der Unterweisung erhalten hatte. Er widmete sich dem Seyyid Burhaneddin. Selahaddin war mit seiner Moral und seinem vernarrt sein im Gebet bekannt und hatte somit auf dem Sufi Weg große Fortschritte gemacht. Er erhielt von seinem Scheich Seyyid Burhaneddin ein Zeugnis, dass er die Stufe eines Scheiches erlangt hätte. Sein Scheich liebte diese reine Persönlichkeit und diesen der Hingabe zu Allah Verfallenden sehr. Selahaddin war, obwohl er Analphabet war, ein gottesfürchtiger, frommer, das Gebet liebende, mit Licht durchfluteter Gläubiger. Er widmete der Hingabe zu Allah sein Herz und hat viele Dimensionen durchlebt. Selahaddin-i Zerkubi, übersetzt der Goldschmied Selahaddin, kehrte in sein Dorf zurück, als sein Scheich Seyyid Burhaneddin nach Kayseri ging .Er heiratete dort und wurde nun Familienvater.

An einem Freitag, kehrte er nach Konya zurück. Um das Freitagsgebet zu verrichten, ging er in die Ebu'l Fazl Moschee. Nach dem Gebet begann Mevlana eine Predigt. Mevlana sprach sehr lebendig, aufgeregt und sehr schön. Der Inhalt der Predigt dieses Tages war der Scheich Seyyid Burhaneddin. Er erzählte von seiner Heiligkeit, seiner schätzenswerten ethischen Qualitäten und von seiner Beziehung zur Hingabe. Der Goldschmied hörte Mevlana mit intensiver Aufmerksamkeit zu, als er ganz plötzlich in der Gestalt von Mevlana, wie ein großes, helles Licht, das Spiegelbild vom Scheich Seyyid Burhaneddin erkannte. Als wäre Mevlana nun gegangen und als würde an seiner Stelle Seyyid Burhaneddin dort sitzen und aufregende, schöne Worte von sich geben. Der ehrenwerte Selahaddin konnte sich nicht halten, stand auf und schrie wie ein Verrückter während er mit schnellen Schritten zu Mevlana eilte. Am Pult angekommen umschlang er Mevlanas Füße. Diese Informationen erteilten mir die Derwische.

Selahaddin-i Zerkubi liebte Mevlana sehr. Er hatte großen Respekt vor Mevlana. Denn beide hatten vom Scheich Burhaneddin-i Tirmizi großen Nutzen gezogen. Mevlana liebte Scheich Selahaddin auch sehr. Er ließ ihm auch viele Freundlichkeiten zukommen. Als ich jedoch zurückkehrte, stand ich nun im Mittelpunkt von Mevlana und Selahaddin stand nun ein wenig abseits. Wegen dieses Gefühls, wegen mir im Abseits zu stehen, mochte er mich nicht besonders. Ich war für ihn ein Bündel von Fragezeichen.

Mevlana sagte zu den Menschen, die ihn mochten: „Verliert in Gegenwart von Selahaddin kein Wort über Schams und in Gegenwart von Hüsamettin kein Wort über Selahaddin. Auch wenn sie sich nicht voneinander unterscheiden, es schickt sich einfach nicht. Die Heiligen verfügen über etwas, was sich göttliche Eifersucht nennt." Auch der ehrenwerte Selahaddin war Mevlana unendlich stark verbunden. Eines Tages sagte er zu Mevlana: „Ich wusste nichts von der Quelle des Lichtes, welches in mir steckt. Du hast sie gefunden und entfacht."

Nach meinem plötzlichen Verschwinden hat der aufgelöste Mevlana ein wenig Trost bei Selahaddin gefunden. Mit ihm gingen sie spazieren und unterhielten sich. Er trat nur aus, um das Freitagsgebet in der Iplikci Moschee zu verrichten. Als er an dem Laden von Selahaddin vorbeikam wurde er durch die harmonischen Hammerschläge in Aufregung versetzt. Er nahm einen Zustand der Begeisterung an und begann auf der Stelle mit dem Sema. Selahaddin wurde Zeuge Mevlanas Sema und schlug weiter ohne überhaupt einen Gedanken daran zu verschwenden, dass das Gold unter dem Hammer wertlos geschlagen wurde. Als Selahaddin später vor seinen Laden trat und den vor Glückseligkeit aufgehenden Mevlana im Sema Zustand sah, sagte er:

- „Allah sei Dank. Unser Meister ist in seine glücklichen Tage zurückgekehrt. Oh Volk, meine Läden und den kompletten Inhalt dieser, schenke ich euch. Bittet mich um was ihr mögt. Alles für das Leben meines Meisters." Nachdem er das ausrief, gesellte er sich zu

Mevlana und schloss sich dem Sema an. Als das Sema beendet war, sagte die Nachbarschaft seines Ladens:

- „Was hast du getan Selahaddin? Das Volk hat deine Läden ausgeraubt, du hast dich in den Bankrott getrieben."

- „Soll das weltliche Hab und Gut denjenigen gehören, die Diener der Welt sind. Diese Augen haben Mevlana glücklich gesehen, für diese freudige Nachricht soll mein gesamtes Hab und Gut ihr Trinkgeld, ihre Belohnung sein."

Das Volk Konyas konnte es auch nicht ertragen, wie sehr Mevlana den Goldschmied Selahaddin liebte und ihm Respekt entgegen brachte. Diejenigen, denen die Hingabe Allahs nicht zugeteilt worden ist, diejenigen, die nicht in der Lage waren ihre Gelüste mit Gebeten und Litaneien zu bereinigen, können nun, wie sie mich nicht ausstehen konnten auch den Goldschmied Selahaddin nicht ausstehen. Die Leugner sagten:

- „Von einem wurden wir befreit, (also von Schams) und nun stellt sich uns ein noch Schlimmerer in den Weg. Der Vorherige war Licht und der Jetzige ist Glut. Schams Worten konnte man zuhören. Er war rhetorisch begabt. Er war ein tugendreicher Mann, der viel wusste. Er ließ viele bedeutsame Worte niederschreiben. Wäre er doch der Freund von Mevlana geblieben."

Mevlana mochte es, mit seinen Freunden, die er mochte, eine Verwandtschaft einzugehen um die liebliche Verbundenheit zu stärken. Er verheiratete zum Beispiel seinen Sohn Sultan Veled mit Selahaddins Tochter Fatma.

Auf dem Rückweg erzählte mir Sultan Veled weiterhin vom Echo meines Verschwindens, was zu einem Geheimnis wurde. Je mehr ich ihm zuhörte, desto mehr entfloss etwas in mir, etwas was ich selber nicht benennen konnte.

Es waren sehr wenige, die wegen meines Verschwindens so traurig und verletzt wie Mevlana waren. Selahaddin, Hüsameddin, der Feuerspucker, Sultan Veled und die Dame Kimya, die ich zwar nie zu Gesicht bekam, welche mich aber vom Weiten immer beobachtete.

Die jungen Derwische, die Vorbeter der Moscheen, die Scheiche Konyas, die Mollas, die sich vor der Hingabe fürchteten waren wegen meines Verschwindens von Festtagsfreude eingenommen. Wie seltsam, dass Konya sowohl von Festtagsfreude als auch von Trauer beherrscht wurde. Ich wusste gar nicht, dass ich so einen Einfluss auf Konya hatte.

- „Das Volk interessiert mich nicht, erzähle mir weiterhin von der Schule mein Sultan Veled!"

- „Nach eurem geheimnisvollen Verschwinden war die Schule in Totenstille vergraben. Vor Schmerz hatte mein Vater nicht mal mehr Augen für meine Mutter. Meine Mutter war sowohl verlegen als auch traurig.

Mein Vater wurde zum Narr, der mit niemandem mehr sprach und sich von allem und jedem distanzierte. Von Zeit zu Zeit suchte er euch auf den Straßen, von Zeit zu Zeit spazierte er in der Hoffnung, dass ihr zurückkommt im Hof umher. Barfuß, im zerrissenem Hemd. Schüler, die ihn in diesem Zustand sahen, trauten sich wegen ihrer Reue, die sie verspürten nicht, in Blickkontakt zu treten. Sie hatten Schulgefühle und machten sich selbst dafür verantwortlich. ‚Er ist nicht wegen Schams in diesem Zustand, sondern wegen uns, da wir Schams verletzten und somit vertrieben', sagten sie.

Als er Tage später keine Hoffnung mehr hatte, dass ihr zurückkehrt, hat mein Vater keinen Fuß mehr vor die Tür gesetzt. Seine Tür hat er für das Volk verschlossen. Er isolierte sich von Allem. Er tanzte den Sema bis seine Fersen bluteten und verrichtete Gebete bis seine Beine ihn nicht mehr tragen konnten und fiel zu Boden. Manche Nächte schrie er: „Ach! Könnte doch auch ich, wie Schams aus diesem Hause flüchten."

- „Das reicht Sultan Veled! Das reicht!"

Schrie ich und brachte ihn zum Schweigen. Ich entfernte mich ein ganzes Stück von der Raststätte. Ich grub mit meinen Händen in der Erde und fragte sie „Sprich, oh Erde, ist Mevlana hier vorbeigekommen?" Und ich weinte, und weinte…

Konya war beunruhigt… Mit schmerzerfüllten Flügeln bedeckte Konya die Straßen in der Nacht. Das Volk war von Unbehagen heimgesucht… Die Reue qualmte in allen Häusern. Mevlana im Hungerstreik. Er steigerte die Visal- Fastentage von drei auf sieben. Das bedeutete, dass er nicht alle drei Tage zu Abend aß, sondern nur alle sieben Tage. Sein Körper war ruiniert, er war krank und ans Bett gebunden. Nur mit dem Beharren Sultan Veleds, ließ er sich dazu überreden einen Arzt zu empfangen. Was der Feuerspucker auch zubereitete, er aß es nicht. Er wollte sterben, nur sterben. Seiner Not mit dem Atem des Todes ein Ende bereiten. Selahaddin vorm Fenster, Hüsameddin vor der Tür. Sie konnten reden, soviel sie wollten, es brachte nichts. Er wolle niemanden mehr sehen hieß es. Das einzige, was er die ganze Woche lang zu sich nahm, waren ein paar Scheiben Brot und gesäuerter Joghurt, und das auch nur, weil Sultan Veled es ihm selber anreichte.

Das Volk war beunruhigt und sie konnten ersehen, dass Mevlana nicht mehr lange unter ihnen weilen würde, da sagten sie sich: „Na, haben wir eine andere Möglichkeit, als für unserem Mevlana, Schams zu finden oder finden zu lassen?“ Sie wählten Hüsameddin als Vermittler aus, und entschlossen sich, mit Mevlana zu sprechen. Alle, die gegen mich waren, alle, die mich beleidigten und mir nur unschöne Wörter an den Kopf schmissen, all die Mollas die mich der Ketzerei und Gottesverleumdung beschuldigten kamen nun zu Mevlana: „Wir haben Schams missverstanden, vergebt uns, um euch wieder zu vereinen werden wir alles menschenmögliche tun, alles was in unserer Macht steht, Hauptsache ihr seid wieder bei uns. Es würde uns schon reichen, wenn ihr euch ab und zu in der Stadt oder auf dem Basar blicken ließet. Vergebet uns Mevlana.“ Diese Entschuldigungen und dieser Antrag haben Mevlana wieder ein wenig Kraft gegeben und zum Aufstehen gebracht. So ist er nach Damaskus gereist und wieder zurückgekehrt und hat dann nach seinem Traum angefangen, die Briefe zu verfassen

Weil Sultan Veled wusste, dass die Hoffnung auf die Rückkehr seinen Vater auf die Beine hielt, ließ er seinen Vater Nachrichten zukommen wie „Wir haben Schams gefunden, wir sind kurz davor, wir kehren gemeinsam um", obwohl sie noch auf dem Hinweg nach Damaskus waren, nur damit Mevlana es aushalten konnte.

Auf der Rückreise sehnte ich mich so sehr nach ihm, den Lebensfrühling der Steppe, dem Licht des weißen Schnees von Konya.

Wo ich auch hinging, ich war einsam. Ich war ohne Schatten. Die Nächte war ich schlaflos. Tagsüber war ich den überfüllten Straßen gegenüber verschlossen. Entweder saß ich im Blutzimmer auf den Knien und gedachte Allah oder ich saß bis zum Sonnenuntergang, bis alle Menschen die Straßen räumten unter einem Baum und war wieder in Gedenken Allahs. Ich war einsam. So einsam, dass ich mich nicht in Erinnerungen fallen lassen konnte. Leid führt bei Menschen dazu, dass seine Empfindlichkeiten eine harte Schale gewinnen. Schmerz wird nach einer bestimmten Zeitspanne zur Angewohnheit. Schöner als der süßeste Traum ist es im Schmerz der Einsamkeit, inmitten von Schmerzen zu weilen. Nun lebte ich nicht mehr als Anbrennender sondern als Verbrennender, oder wenn überhaupt als Qualmender mein Leben. Ich war nun eine achtundsechzig jährige Platane, meine Wurzeln in der ganzen Wüste festsitzend, mein Stamm ist abgebröckelt, ein Ende meiner Äste reichte nach Konya und ein Ende nach Damaskus, eine Platane die im Inneren schon am Verfaulen war. Das Schweigen, welches ich Jahrelang in mir großzog nahm nun Dimensionen einer Schlucht an.

Es kümmerte mich nicht, was hinter meinem Rücken über mich gedacht wurde. Die Menschen meiner Epoche haben mich genauso wenig verstanden, wie die Federn der Epoche. Ich flüchtete nicht aus Konya. Ich bin kein eingeschnappter Mensch. Ich bin auch auf niemandem sauer und beleidigt bin ich schon gar nicht.

Es gab Herzen, die mir gegenüber Hass empfanden. Mich beleidigende Zungen. Die jungen Derwische, auch ‚Fetiyan' genannt, wurden gegen mich aufgehetzt. Die Jugend, in der das Blut seinen

Fluss schnell hält. Die Jugendlichen besitzen eine verrückt gewordene Aufregung. Mit Slogans machen sie ihre Runde. Diese jungen Derwische sollen mir ruhig weiterhin ihre Zähne zeigen. Um sich mir gegenüber zu stellen, fehlt ihnen jeder Mut. Sie fürchteten sich vor meinen Blicken. Am Tage schäumten sie auf. In der Nacht war ihre Luft wieder abgedrosselt.

Unser Weg geht am Ufer der Tigris entlang. Ich sprach zum Zug:

- „Lasst uns ein wenig hier bleiben … Lasset uns sein wenig dem Geräusch des fließenden Wassers zuhören. Lasst uns unter dem blauen Himmel rennen und einen Baum umarmen. Allah anflehen. Damit uns alle unsere Fehler vergeben werden. Weinen für die Hingabe. Weinen der Hingabe. Weinen mit Hingabe. Dass die Erde mit unseren Tränen gewässert wird."

Ich verfrachtete meine Tasche, die ich auf dem Rücken trug, auf den Rücken des Pferdes. Ich beugte mich zur Erde, nahm ein wenig Erde in die Hand und roch daran und roch … In meinem Inneren begann ich meine längste Reise. Der Boden ist unfruchtbar … In der Ferne ein einzelner Berg, dessen Gipfel mit Schnee bedeckt ist …

Ich tauchte in meine Jugend … Ich erinnerte mich an das einzige Lebewesen an meiner Seite, einen Esel. Und an den Sarg unter der Eiche. Nachts schlief ich in diesem Sarg. In dem Moment des Schlafes, still wie der Tod. In meinem Schlaf spürte ich die vollkommene Harmonie des Gedenkens meiner Natur und des Gedenkens der Natur an Allah. Als ich wach wurde dachte ich, dieser Moment sei das gesamte Leben …

- „Mein Herr, geht es euch gut? Wenn ihr wollt, können wir hier rasten und uns erholen?"

Mit der ertönten Stimme Sultan Veleds erhob ich mein Haupt von der Erde, näherte mich ihm und hielt seine rechte Hand.

- „Junge! Gib mir deine Finger und lege sie auf meine linke Seite."

Schweigen … Schweigen …

- „Schweigen ist die schönste Art um auszuruhen. Ich bin der Worte leid. Ich bin erschöpft. Wenn die Wörter zu Atem werden, den Mund nicht verlassen, dann schweigst du. Du erwartest in der endlosen Natur nur ein Wort, um zu einem erlebten Moment zurückzukehren. Endlich nähert sich dir ein Wort, welches dich verstanden hat. Dieses einzige Wort, mit den schönen Namen Allahs bringt das Herz wieder zum Schlagen. Die Buchstaben der Schriften sind der Atem der Menschen. Deswegen atmet der Mensch, wenn er aus dem Koran rezitiert. Wollen wir unter diesem Baum ein wenig aus dem Koran rezitieren?"

- „Ja, mein Herr."

Still neigte ich meinen Kopf nach vorne. Ich umarmte die Bäume und begann zu weinen. Danach habe ich die rituelle Waschung mit dem kühlen Wasser des Flusses durchgeführt. Immer noch weinend, mischten sich meine Tränen mit dem Wasser des Flusses. Es war unklar ob der Fluss von mir nass gemacht wurde oder ob ich vom Fluss nassgemacht wurde. ‚Mevlana' sagte ich schluchzend, ‚mein Mevlana'...

Während der langen Reise unterhielten wir uns oft und intensiv mit Sultan Veled. Manchmal auf den Pferden reitend, manchmal in den Gärten, in denen wir für das Gebet Rast hielten. Wir erreichten Aleppo. Es war grün, soweit das Auge reichte. Die Weinberge und die Gärten blühten in Frühlingsfreude. Ich hatte den Wunsch, sobald wie möglich Mevlana wieder zu treffen. Wieder hielten wir für das Gebet in einem Garten. Wir führten die rituelle Waschung durch und wollten gerade das Gebet verrichten. Ich wollte, dass Sultan Veled als unser Vorbeter agiert.

- „Oh mein Herr, wenn ich euch Vorbeter sein würde, würden meine Beine mich nicht tragen können und ich würde in Ohnmacht fallen."

- „Du bist der Sohn Mevlanas und die Zeit, dass du als Vorbeter agierst ist schon längst überfällig, es ist sogar schon zu spät. Los, den Gebetsruf spendiere ich dir."

Nach dem Gebet erklärte ich, dass ich alleine sein wollte und ging in den Gärten spazieren. Den ganzen Tag spazierte ich auf den Feldern. Es wurde bereits dunkel. Ich dachte daran, wie außergewöhnlich der Himmel war, während die Sonne die Gärten ihrer Strahlen beraubte, der Mond sein weiches Licht auf die Blumen verteilte und ich unter einem Baum, zwischen Sträuchern sitzend, die an silberne Pailletten erinnernden Sterne auf ihrem blauen Teppich beobachtete. Aus weiter Ferne hörte ich auch das Schnaufen eines Großgrundbesitzers, der versuchte sich einen Weg durch das Feld zu bearbeiten.

Ich nickte ein während ich die schlafende Natur beobachtete. Ich träumte von einem toten Vogel, der in einem Käfig eingesperrt war. Vor meinen Augen verwandelte sich der Käfig in ein menschliches Skelett. Der tote Vogel verwandelte sich zu einem Menschenherz, welches wegen einer tiefen Wunde, die den traurigen Lippen einer Frau ähnelte, blutete. Die Wunde sprach: ‚ich bin ein Menschenherz, welches gefangen in der Materie, das Opfer weltlicher Regeln ist'.

Ich bin, auf dem Feld, gefüllt mit Allahs Schönheit, am Rande des Lebensflusses in einem Käfig, welcher aus den von Menschen aufgestellten Regeln besteht, gefangen. Inmitten der Schönheiten der Schöpfung starb ich wegen Verwahrlosung. Ich wurde davon abgehalten die Großzügigkeit Allahs und die Unabhängigkeit zu genießen. Im Verhaltnis der Menschen ist alles Schöne, was mich in Hingabe und Leidenschaft versetzt, nichts anderes als niederträchtig, dem Menschen nach, ist alles Gute, was ich brennend begehre nutzlos.

Ich bin ein verlorenes Menschenherz, welches durch die von Menschen angewiesenen, widerwertigen Verließe eingesperrt ist. Ein totes Herz, welches an die weltliche Befugnis gekettet wurde und von Menschen, dessen Zunge gelähmt, dessen Augen von offensichtlichen Tränen beraubt sind und die ihre Herzen zurückhalten, vergessen wurde.

Ich erwachte mit der Stimme Sultan Veleds, die sagte: - „Mein Herr, es ist spät und kühl geworden, nicht dass ihr erkrankt."

- „Du hast Recht mein Junge, machen wir uns langsam wieder auf den Weg. Wieso habt ihr mich nicht schon früher geweckt?"

- „Ihr habt so schön geschlafen, ich brachte es nicht übers Herz, außerdem habe ich mich wegen der Lichtschatten über eurem Kopf nicht getraut."

- „Erzähle bitte niemandem davon, was du gesehen hast."

- „Natürlich mein Herr."

- „Weißt du was, mein Sohn? Der Mensch ist permanent mit jeglicher Art des Weltlichen beschäftigt. Aber ich gab mir immer große Mühe, die Fackeln der Hingabe zu umarmen, damit Er mich mit seinem Feuer reinigt und damit Er die Grausamkeit aus meinem Herzen löscht.

Ich füllte einst meine Hand mit Nebel. Später öffnete ich meine Hand und der Nebel war zum Wurm geworden. Ich schloss meine Hand wieder und als ich sie zum zweiten Mal öffnete, saß ein Vogel in ihr. Nochmal schloss und öffnete ich meine Hand, da befand sich ein Mensch in ihr, mit Trauer im Gesicht. Und wieder verschloss und öffnete ich meine Hand, es war Nichts in ihr außer Nebel."

- „Ich würde gerne etwas wissen, mein Meister. Ihr habt Konya doch so plötzlich verlassen. Ist es schwieriger zu bleiben oder zu gehen?"

- „Konya sagt zu mir, ‚verlasse mich nicht, denn deine Vergangenheit beherbergt sich hier', und der Weg sagt zu mir: ‚Komm, folge mir, denn ich bin deine Zukunft'. Und ich antwortete beiden: ‚Ich besitze weder Vergangenheit noch Zukunft. Sollte ich mich hier weiter aufhalten, wird mein Bleiben ein Gehen bedeuten und mein Gehen ein Bleiben. Nur die Hingabe und der Tod sind in der Lage alles zu verändern."

Wir führen unseren Rückweg fort. Der schneebedeckte Gipfel des Erciyes Berges war zu sehen. Den größten Teil des Weges hatten wir hinter uns. Wir freuen uns über den Gedanken, dass Konya nicht mehr weit ist. Wir betraten eine Herberge in Kayseri. Wuschen uns in seinem Badehaus (Hamam). Wir machten uns auf den Weg in die Moschee um unser Gebet zu verrichten. Ich sagte zu den Derwischen:

- „Das Gebet werden wir nicht in der Moschee, sondern an der Instanz des Seyyid Burhaneddin, dem Lehrer meines Hamusch verrichten."

- „Mein Vater wird sehr glücklich darüber sein, dass wir das Grab seines Lehrers besuchen und dort auch Gebete für ihn aussprechen."

- „Ich liebe Seyyid Burhaneddin aus einem besonderen Grund, weniger weil er der Lehrer deines Vaters war, ferner weil er Sultanen gegenüber stand, im vollen Stolz. Wunderbar, wie er es deinem Vater gelehrt hat."

- „Das wusste ich nicht. Muss sich ein Scheich von Sultanen fernhalten?"

- „Ein Scheich darf niemals Gast eines Sultans sein. Selbst wenn er einen Sultan besuchte, ist der Sultan ein Gast. Der Scheich geht wenn überhaupt, nur zum Sultan, um ihn zu lehren und um ihn darüber zu unterrichten, was ihm Gewinn in beiden Welten bringen würde. Nicht um etwas von ihm zu verlangen oder um ihn um etwas zu bitten. Sogar ein Scheich muss sich von den Plagen des Geldes, des Ruhmes und der Macht schützen, damit sie ihm nicht den Kopf verdrehen. Lass mich dir diesbezüglich eine erlebte Geschichte erzählen:

Ein Sultan kam in eine Schule um ihr Besuch abzustatten. Ihm gefiel die Lebensweise der Derwische dort. Als er noch einige weitere Male zu Besuch war sagte er zum Scheich: ‚Anhand meiner Besuche kann ich sagen, dass mich das hiesige Leben sehr beeindruckt hat und ich habe Gefallen an euch und den Derwischen gefunden. Ich möchte euch in jeder Beziehung unterstützen, lasst mich wissen, wie ich behilflich sein kann. Und bitte verlangt etwas von mir'. Der Scheich antwortete: ‚Ja mein Sultan. Ihr könnt tatsächlich etwas für mich tun. Bitte kommt nicht wieder'. Der schockierte Sultan: ‚Habe ich einen Fehler begangen? Ich kenne nicht alle Feinheiten des Sufismus, wenn ich euch in irgendeiner Weise gekränkt haben sollte, entschuldige ich mich und bitte euch um Vergebung'. ‚Nein nein' antwortete der Scheich. ‚Ihr habt uns keinesfalls gekränkt. Es liegt nicht an euch, sondern an meinen Derwischen. Bevor ihr gekommen seid, gedachten sie den schönen Namen Allahs nur um Sein Wohlgefallen zu erringen. Jetzt denken sie auch an euch, wenn sie Allah gedenken und Litaneien durchführen. Nein, mein Sultan. Es liegt nicht an euch sondern an uns. Ich befürchte, dass wir nicht über die seelische Reife verfügen, die notwendig wäre, um euch hier als Gast empfangen zu können. Aus diesem Grund bin ich gezwungen, euch darum zu bitten, nicht wieder herzukommen'."

Wir kamen an das Grab von Seyyid Burhaneddin an. Verrichteten unser Gebet und sprachen Gebete aus. Ich erteilte ihnen die Anweisung, mich am Grab alleine zu lassen. Ich hätte mich gerne mit dem, der der Hingabe zu Allah Verfallenen unterhalten, der sich größte Mühe gab Celaleddin in Frömmigkeit zu erziehen.

Es wird erzählt, dass Burhaneddin gerade an einer wissenschaftlichen Veranstaltung in Chorasan beteiligt war, als der Vater von Mevlana Bahaeddin Veled starb. Inmitten der Veranstaltung soll er plötzlich aufgesprungen sein und in der Menge geschrien haben: ‚Oh Weh, mein Scheich hat sich von der Welt der Erde verabschiedet und ist in die reine Welt übergesiedelt'. Seyyid Burahenddin erklärte, dass er unter diesen Umständen nicht in Chorasan verbleiben könne. Er müsse dem Erbe seines Scheiches, nämlich Mevlana, Loyalität in geistiger und ethischer Führung erweisen und deswegen hätte er sich entschieden, nach Anatolien auszusiedeln.

Seyyid Burhaneddin prüfte Mevlana in sämtlichen Wissensgebieten und stellte fest, dass er des ‚Kaal'(wörtlichen) Wissens mächtig war. Er sagte zu Mevlana: ‚Du hast deinen Vater um hundert Stufen im Gebiet des theoretischen Wissens überholt. Jedoch hatte dein Vater in der Wissenschaft des Wortes an Reife gewonnen und er war der Wissenschaft des Praktizierens mächtig. Ich möchte, dass du neben der Stufe des theoretischen Wissens, auch die höchste Stufe des Wissens, nämlich die Wahre Gewissheit der Wirklichkeit und die Stufe der Essenz der Gewissheit erreichst... Ich wünschte mir, dass du diese Stufen nur mit dem Weg des Sufismus beginnst, und dass du von mir bekommen kannst, was ich von meinem Scheich erhielt'. Somit hat Burhaneddin Mevlana das Angebot ausgebreitet, sein Lehrer zu sein. Mevlana nahm das Angebot an und wurde zum Schüler des Burhaneddin.

Der Scheich Burhaneddin ermutigte Mevlana dazu, durch Zurückgezogenheit seinem Ego den Krieg zu erklären. Mevlana vertraute sich Burhaneddin an, um von der Enge des Seins, vom Gram, vom Rost, welches aller Übel Quelle darstellt, befreit zu werden. Und um die Quelle der Freude, die Welt Zufriedenstellung, das unendliche Leben zu erreichen. Seyyid Burhaneddin war während der rohen Zeit von Mevlana, sein Scheich. Unter der Führung des vollkommenen Kenners Burhaneddin war Mevlana von Kopf bis Fuß in Licht und in Allahs Segen getaucht.

Nachdem Seyyid Burhaneddin eine ganze Weile nun schon in Konya war, entschloss er sich, nach Kayseri zurückzukehren. Des Öfteren brachte er das auch in Gegenwart Mevlanas zur Sprache. Jedoch sagte Mevlana zu ihm:

‚Ich kann ohne dich, den Geschmack des Lebens nicht schmecken. Wenn mein Scheich sich von mir trennt, ist das Leben nicht weiter lebenswert...'

Obwohl Seyyid Burhaneddin seinen Wunsch des Öfteren äußerte, antwortete Mevlana immer wie oben aufgeführt und hielt ihn somit davon ab, nach Kayseri zurückzukehren.

Zu guter Letzt nimmt der Wunsch nach Kayseri zurückzukehren die Gestalt von Sehnsucht an. Als er eines Tages mit den Freunden von Mevlana durch die Täler spazieren ging, machte er sich, ohne jemanden auch nur ein Wort zu sagen, auf den Weg nach Kayseri.

Als er sich von Konya entfernte wurde sein eigentlich fügsames Reittier, was ihn zu den Tälern brachte sehr bockig und ließ Burhaneddin zu guter Letzt von seinem Rücken stürzen, nachdem er vollkommen die Kontrolle über das Tier verloren hatte.

Durch den Sturz brach sich Burhaneddin die Fußzehen und verletzte sich am Bein. Seine Freunde kamen herangeeilt, fingen das Tier ein und halfen Burhaneddin wieder auf seinen Rücken. Auch wenn sich Seyyid noch so sehr dagegen wehrte auf den Rücken des Tieres gesetzt zu werden, setzen sie ihn trotzdem auf das Tier, da sie nicht wussten was geschah. Das Tier, welches eben noch nach Kayseri gewandt war und Burhaneddin von seinem Rücken stürzen ließ und Grund dafür war, dass er sich verletzte, war nun nach Konya gewandt wieder das fügsame, friedliche Tier. Die Freunde halfen Burhaneddin in einem Garten von Bekannten vom Reittier, verpflegen dort seinen Fuß und kehrten nach Konya zurück.

Als Seyyid Burhaneddin wieder bei Mevlana war, beschwerte er sich und klagte: ‚Bravo, welch guter Schüler! Verursacht Brüche am Fuß seines Scheiches'.

Mevlana war traurig darüber, was Seyyid Burhaneddin geschah. Sofort legte er seine Hand auf die gebrochenen Zehen und betete und trug somit dazu bei, dass die Schmerzen des Seyyid Burhaneddin schwanden und sein Fuß in kurzer Zeit geheilt war. Dieses Mal gestattete er Burhaneddin, nach Kayseri zurückzukehren.

Somit bereitete Seyyid Burhaneddin sein Reiseproviant vor, nahm sein Reittier, verabschiedete sich und ging fort von Konya um nach Kayseri zurückzukehren.

Ja, momentan befinde ich mich am Grab des schönen Menschen, der meinen geliebten Mevlana auf mein Kommen vorbereitete. Mit Gebeten grüßte ich ihn und nahm ein wenig Erde seines Grabes in die Hand und roch und roch und küsste sie.

- „Oh du der Hingabe verfallender Seyyid. Nun bin ich Geliebter deines damaligen Schülers, deines Werkes und ich bin der Gefangene seiner Hingabe. Welch wunderbaren Schüler du gelehrt hast." Nachdem ich das sagte, trennte ich mich von dort.

Die Menschen sind nicht auf der Suche nach einem Geliebten, sie sind auf der Suche nach einem Diener für ihre egoistischen Gefühle. Diener finden sie, aber keine Hingabe.

In Nevsehir hielten wir auf einem Weinberg Rast. Sultan Veled führte die aufgeregte Fragerei fort, um seinen Hunger etwas von mir zu erfahren, zu stillen.

- „Mein Meister, wie empfindet ihr den Sufismus?"

- „Der Sufismus ist eine Richtung der Hingabe. Sufismus bedeutet in der Gegenwart Allahs armselig zu sein. Wenn wir Ihm gegenüber unsere Armseligkeit und Schwäche eingestehen, bedeutet es, dass wir dem zustimmen, dass wir Ihn brauchen. Und je nachdem, wie aufrichtig wir in unserer Zustimmung sind, wird unser innerer Zwang, den Geliebten zu erreichen an Stärke gewinnen."

- „Wer ist der Scheich und wer der Derwisch?"

- „Die Beziehung zwischen dem Scheich und seinem Derwisch ist der Beziehung zwischen Trauben und seinem Ast zu vergleichen. Der Scheich bindet die Trauben an die Dolde, den Baum an den Stamm und an die Wurzeln. Augen sind der Spiegel der Seele. Ein Scheich schaut in die Augen seiner Derwische und kann so sehen, was in ihnen vorgeht. Die Blicke eines Scheiches sind höchstmächtig. Nicht jeder, der einen Umhang trägt, ist ein Scheich. Jedoch wenn ihr einem Scheich begegnet, müsst ihr euch in der Richtung von Allahs Befehlen, ihm widmen und euch an ihn binden. Lasst die Derwische kommen, ich möchte euch eine Geschichte erzählen:

Ein Scheich, der vor dem Nachmittagsgebet in den Hof geht verlangt von einem Derwisch eine Schnabelkanne mit Wasser gefüllt, um die rituelle Waschung durchzuführen. Der Derwisch bringt sie. Der Scheich, der geduckt anfängt sich zu waschen, dreht sich nach links und nach rechts um die Derwische in der Umgebung zu beobachten. Der Derwisch, der dem Scheich das Wasser gießt bemerkt, dass der Scheich einige Stellen seiner Hand nicht richtig wäscht, sie auslässt und somit diese Stellen trocken bleiben. Innerlich sagt sich der Derwisch: ‚Und der will unser Lehrer sein. Er ist noch nicht mal in der Lage, die Waschung ordentlich durchzuführen'. Seine Blicke waren sich lustig machende und Argwohn und misstrauen beinhaltende Blicke. Der Scheich erhob seinen Kopf zum Derwisch hin. Erwischt die Blicke des Derwisches und liest seine Gedanken.

- „Junge, du bist uns nicht von Nutzen. Vor Einbruch des Abends noch verlasse unsere Schule". Der Derwisch bereut seine fehlerhaften Gedanken über seinen Scheich; aber es half alles nichts. Er war bereits zum Gehen aufgefordert worden. Am Abend verabschiedet er sich von seinen Freunden und verlässt die Schule, die an einem einsamen Bergabhang gelegen war. Wo sollte er bloß hingehen? Er hat weder Familie noch eine Heimat, in die er zurückkehren könnte. Er läuft über Bach und Tal als hätte er den Verstand verloren. Er ist erschöpft, er ist hungrig. Es ist die dunkle Nacht eingebrochen. Als er sich panisch Gedanken darüber macht, wo er denn hingehen solle, erblickt er aus der Ferne ein Licht. Er läuft in die Richtung des Lichtes. Ein Ziegenhirt sitzt unter einem Baum und bereitet sich etwas zu Essen vor.

- „Selamun alaykum"
- „Alaykum salam."
- „Hast du etwas zu Essen, ein Stück Brot für einen Gast?"
- „Ja, habe ich, setz dich nur hin."

Der Ziegenhirt betrachtet den Fremden von Kopf bis Fuß. Wer mag er wohl sein? Mitten in der Nacht alleine im Wald spazierend. Er ist kein Händler und kein Soldat. Er hat Derwischen Kleidung an. Was spaziert aber ein Derwisch zu dieser Zeit um den Berg herum. Derwische treten nach Einbruch der Dunkelheit doch nicht mehr aus ihrer Schule.

Der Derwisch erzählt dem Hirten von dem was ihm widerfahren war. Daraufhin hat der Hirte Mitleid mit dem Derwisch.

- „Hinter dem Berg dort befindet sich eine Stadt. Diese Stadt heißt ‚Vergelte es Gott Stadt'. Geh dort hin. Kaufe dir was du willst und bezahle mit den Worten ‚Vergelt's Gott'. Dann ist alles kostenlos, umsonst."

- „Wie jetzt, wird denn kein Geld verlangt?"

- „Für den, der ‚Vergelte es Gott' sagt, ist alles umsonst."

Der Derwisch denkt, dass er auf den Arm genommen wird. Der Ziegenhirt setzt fort:

- „Die ‚Vergelte es Gott Stadt' verfügt nur über drei Regeln. Wenn du dich diesen Regeln nicht fügst, wirst du aus der Stadt verbannt!"

- „Was beinhalten die Regeln?"

- „Erstens: du darfst dich nicht in die Angelegenheiten eines Dieners mischen. Zweitens: du darfst dich nicht in die Angelegenheiten Allahs mischen. Und drittens: du darfst niemals lügen."

- „Das ist doch einfach. Ich wurde sowieso in der Schule diesbezüglich ausgebildet. Das sind mit Leichtigkeit einzuhaltende Regeln, denen ich mich durchaus fügen kann."

Am nächsten Morgen macht sich der Derwisch stutzend auf den Weg zu dieser Stadt. Dort angekommen will er wissen, ob er vom Hirten belogen wurde oder nicht. Er geht in ein Bad. Wäscht sich. Nähert sich der Kasse. Legt seine rechte Hand auf die linke Seite seiner Brust und sagt ‚Vergelte es Gott'. Der Besitzer des Bades antwortet ihm mit ‚Vergelte es Gott'.

- „Was bin ich euch schuldig?"

- „‚Vergelte es Gott' mein Freund, ihr schuldet mir nichts. Ihr sagtet ja ‚Vergelte es Gott'."

Der Derwisch ist einerseits verwirrt, andererseits freudig. Er geht in die Bäckerei, wieder dasselbe Verhalten, es wird kein Geld genommen von dem, der ‚Vergelte es Gott' sagt. Der Derwisch denkt sich: ‚Gut dass ich aus der Schule verbannt wurde, in dieser Stadt ist alles kostenlos. Da kann ich ja leben, wie ein König'.

Ein Monat war verstrichen. Unser Derwisch ist glücklich in seiner Situation. Er kommt zu einem seiner Freunde

- „Ich möchte gerne eine Familie gründen. Was muss ich machen, um mit einer Frau heiraten zu können?"

- „Sag ‚Vergelte es Gott'."

- „Auch das funktioniert mit ‚Vergelte es Gott'?"

- „Natürlich. Morgen findet ein Sklavenbasar statt. Geh früh zum Basar. Dort gibt es Frauen jeglicher Abstammung: persische, arabische, indische, griechische, alles was du möchtest. Wähle eine unter ihnen aus, sag zum Sklavenhalter ‚Vergelte es Gott' und sie gehört dir."

Der Derwisch macht es so wie ihm geraten wurde. Er heiratet. Eine Woche später geht der Derwisch in die Stadt. Es kommen ihm zwei Frauen entgegen, eine ist jung und die andere alt. Die junge Frau ist knapp bekleidet, die alte hingegen so verschleiert, dass nur ihre Augen zu sehen sind. Der Derwisch schrie: ‚Schaut euch das an… Diejenige, die sich eigentlich verschleiern muss ist fast nackt. Die alte Frau, die sich ihres Alters wegen gar nicht mehr verschleiern bräuchte, ist eingemummt'!

- „Was ist das nur für ein Fehlverhalten? Wieso bist du so knapp bekleidet, du Frau?"

- „Hilfe, Gendarmerie." ruft die junge Frau und die Gendarmerie kommt an den Ort des Geschehens.

- „Was ist?"

- „Dieser Mann hat sich in die Angelegenheit eines Dieners gemischt."

Unser Derwisch wird auf der Wache verprügelt. Als er aus der Wache kommt, denkt er sich wegen des Schmerzes der Prügel, dass ja eigentlich an seiner Stelle der fehlerhafte Diener in der Wache verprügelt werden müsse. Und so steht er im Hof er Wache, erhebt seine Hände zum Flehen und spricht mit lauter Stimme:

- „Mein Allah, was ist das für ein Geschehen? Ich machte deine Diener auf ihre Fehler aufmerksam und habe obendrauf noch Prügel einstecken müssen. Oh mein Schöpfer, welch konfuses Ereignis ist dieses?"

Jemand, der das Flehen des Derwisches hört:

- „Gendarmerie! Gendarmerie!"

Die antreffende Gendarmerie:

- „Was ist geschehen?"

- „Dieser Derwisch hat sich in Allahs Angelegenheiten eingemischt."

Und wieder zur Wache. Und wieder eine Tracht Prügel. Mit großer Mühe erreicht er völlig erschöpft sein Heim. Tritt ein und legt sich ins Bett. Eine halbe Stunde später klopft es an der Tür. Seine Frau öffnet. Seine Jagdfreunde sind an der Tür. Sie fragen seine Frau, ob ihr Mann zu Hause sei und ob er mit ihnen auf die Jagd gehen wolle oder nicht. Seine Frau kommt ins Zimmer.

- „Deine Freunde sind gekommen, ihr wolltet gemeinsam auf dem Berg jagen gehen."

- „ Sag, mein Mann ist nicht zu Hause, sag, er ist nicht da."

- „Gendarmerie! Gendarmerie!"

- „Was ist los?"

- „Mein Mann verlangt von mir, dass ich lüge. Er lügt."

Der Derwisch wird von der Gendarmerie aus dem Dorf verbannt. Von Kopf bis Fuß ist er verstaub. Er schaut zur Stadt hinüber, klopft sich klagend auf die Knie

- „Welch Gram denen, die die Dosis des ‚Vergelte es Gott' nicht Kennenden, welch Gram" wimmerte er nur."

Kennende sind sowohl rein als auch rein machend.

In Aksaray angekommen, waren wir alle erschöpft. Wir begaben uns in eine Herberge. Sultan Veled beauftragte einen Derwisch als Boten und schickte diesen nach Konya, damit er die freudige Nachricht übermittelte, dass wir nicht mehr weit entfernt waren. Auf dem Balkon der Herberge sitzend, knieten sich einige Derwische um mich herum. Es war offensichtlich, dass ihnen einige Fragen auf der Seele brannten, sie trauten sich aber nicht zu fragen. Sie informierten sich vorerst bei Sultan Veled, ob ich ihnen wohl Antworten auf einige Fragen geben würde. Sultan Veled:

- „Ihr braucht unserem Meister aus Täbris nicht in Verlegenheit gegenüber zu sitzen. Habt ihr während unserer Reise noch nicht erkannt, was für ein erhabener Mensch er ist? Geniert euch nicht. Ihr könnt ruhig alles fragen, was ihr wissen wollt."

- „Mein Herr, was ist es für ein Gefühl, sich nach Allah zu sehnen?"

- „Wenn die Menschen in der Lage sind Sehnsucht nach Allah zu haben, müssen sie sich vorerst von Allem trennen, was zwischen ihnen und Allah steht. Der Schlüssel für die menschliche Hingabe und der Vollkommenheit ist ein klar blickendes Herz, welches Allah inmitten all seiner Erschaffungen erkennt. Adam ist das große Beispiel für alle diejenigen, die der Hingabe verfallen sind.

In Wirklichkeit hat die Hingabe den Glanz beider Welten verschwinden lassen. In der Welt der Diener, trägt sowohl das Paradies als auch die Hölle einen hohen Stellenwert. Jedoch in der Welt der

Hingabe, hat all dies nicht mal den Wert eines Staubkorns. Dem auserkorenen Adam wurden sieben Paradiese überreicht. Er verkaufte alle für einen Weizenkorn. Er bepackte das Schicksalskamel mit all der Sehnsucht und stieg herab in die Welt der Sorgen.

‚Oh Adam, was ist deiner Meinung nach der Eintritt ins Paradies wert'?

‚Für jemanden, der die Hölle fürchtet' antwortete Adam ‚ist das Paradies tausend Leben wert; aber für jemanden, der Dich fürchtet, ist das Paradies kein Weizenkorn wert'. Demzufolge wurde Adam zu einem bestimmten Zweck aus dem Paradies verbannt: Um seine Sehnsucht an den Tag zu legen.

Was Adam so groß macht ist die Tatsache, dass er die aufgebürdete schwere Last auf seinen Schultern tragen konnte. Die schwere Last war die Liebe Allahs. Nur er kannte das Geheimnis der Liebe; da auch der Grund für seine Erschaffung nichts anderes war, als Liebe. Er war sich dessen bewusst, dass die Liebe nur zu wachsen im Stande war, wenn sie dem Trennungsschmerz ausgesetzt sein würde. Deswegen aß er von der verbotenen Frucht.

Die offene Hand der Großzügigkeit schickte Adam in das Paradies; und wurde dort auf den Sitz der Wertschätzung gesetzt. Das gesamte Paradies war ihm untergeben. Er betrachtete ganz genau das Paradies; jedoch konnte er weder die Hingabe noch den Staub vom Schmerz entdecken und sagte ‚Wasser und Öl vermischen sich nicht'."

- „In Ordnung mein Herr. Und wie verlief die Vergebung unseres Vaters Adam?"

- „Oh Derwisch! Nicht dass du denkst, Adam sei aus dem Paradies genommen worden, weil er einen Weizenkorn aß. Allah wollte ihn rausnehmen. Er hat keinen Befehl übergangen. Die Befehle Allahs sind davon weit entfernt übergangen zu werden. Morgen wird Allah tausende von Menschen, die große Sünden begangen haben, ins Paradies nehmen. Würde Er wegen eines Zustands der Ungehorsamkeit, Adam aus dem Paradies verbannen? Der Fall Adams ist der Schleier vor dem Gesicht der Hingabe. Die Welt als solche ist ein Schleier; deswegen ist alles, was sich auf ihr befindet genauso.

Der Kern des Weges, der zur Vergebung führt ist die Hingabe und Sufismus ist ein Weg der Hingabe. Die Hingabe mit Wörtern zu beschreiben ist sehr schwer. Es ist, wie wenn man versuchte jemandem, der noch nie Honig gegessen oder gesehen hat zu beschreiben was Honig ist bzw. wie Honig schmeckt. Die Person wird es nicht verstehen.

Hingabe ist, in Allem das Gute und das Schöne zu sehen. Alles so zu betrachten, um sich eine Lehre daraus zu ziehen. Die Güte und die Großzügigkeit Allahs überall wiederzuerkennen. Allah dankbar zu sein, für alles, was Er uns zukommen lässt."

- „Was sollen wir tun, wenn uns die Schmerzen auf dem Weg der Hingabe dazu führen zu rebellieren?"

- „Die Hingabe, ist ein besonderer Schmerz, der einen grandiosen Geschmack hat. Diesen Schmerz kennen nur diejenigen, die ihn auch in ihrem Herzen tragen. Diejenigen, die diesen Schmerz empfinden, erkennen in Allem Allah und erkennen, dass alles zu Ihm führt. Sie wissen auch, dass nichts anderes außer Allah wirklich existiert. Im Verständnis dieser Wahrheit verschmelzen die der Hingabe Verfallenen in Allah und entwerden in Allah. Sie tauchen in den Ozean. Ganz gleich was ihr von der Hingabe empfindet, in welcher Form und in welcher Stufe auch immer, es kann, wenn überhaupt, nur ein mickriger Teil der Hingabe zu Allah sein. Auch die Hingabe zwischen Frau und Mann ist nur ein kleiner Teil der eigentlichen Hingabe, nämlich der zu Allah. Jedoch ist die weltliche Liebe manchmal ein Schleier. Er verschleiert die Hingabe und die Mittel, die zu ihr führen. Gewiss eines Tages wird dieser Schleier entfacht und das wahre Ziel, nämlich der wahre Geliebte wird in all seiner Pracht zu sehen sein.

Wichtig ist nur, diese Hingabe im Herzen zu tragen, in welcher Art auch immer. Jedoch ist es auch wichtig, dass wir geliebt werden. Zu lieben ist viel einfacher als geliebt zu werden. Wenn ihr verliebt seid, einer Hingabe verfallen seid, werdet ihr eines Tages auf jeden Fall den wahren Geliebten entdecken."

- „Wer ist denn dann in der Zusammenkunft der Hingabe der Wein und wer das Weinglas?"

- „Die Lehrer sind die Mundschenke der Hingabe und die Derwische die Weingläser. Die Hingabe selbst, ist der Wein. Die Weingläser, also die Bewerber (sie bewerben sich um die Hingabe), werden mit der Hand des Mundschenken gefüllt. Jedoch ist dies eine Abkürzung. Denn die Hingabe kann dem Menschen auch durch andere Umstände angeboten werden. Wie gesagt, dies ist der kürzeste Weg.

Einst fragte mich einer meiner Derwische, ob die Liebe, die vom Derwisch seinem Lehrer entgegengebracht wird, als Beispiel für die weltliche Liebe dienen könnte oder nicht. Um die Verbindung zwischen einem Derwisch und seinem Lehrer zu verstehen, reicht es nicht aus, nur von der Perspektive dieser Welt zu schauen, man muss sich auch den Faktor des Jenseits vor Augen halten.

Die Frau von Potiphar (Süleyha) opferte aus Hingabe zu Joseph alles; ihr Geld, ihren Ruhm und ihre soziale Position. Sie verlor in dieser Hingabe, ihr Selbst und steigerte sich so sehr hinein, dass sie ihre wertvollsten Edelsteine denen schenkte, die ihn gesehen hatten oder ihr berichteten was er machte. Dieses Ereignis war der größte Skandal der ägyptischen Aristokratie: Eine Frau, die so unverschämt war, sodass sie sich in den Sklaven ihres Mannes verliebte.

Hier ist eine große Wahrheit versteckt. Es war keine gewöhnliche Hingabe. Diese Hingabe verbarg etwas Geheimnisvolles in sich. Solch eine Hingabe kann den Menschen seine Identität vergessen lassen. Sie schützt euch vor den Traditionen und Kritiken der Gesellschaft in der ihr lebt.

Jahre später hat sich das Blatt gewendet und Joseph war nun der Freund und Berater des Pharao. Er war der zweitmächtigste Mann im Land. Und die Frau des Potiphar verdiente ihren Lebensunterhalt indem sie teils bettelte und teils schwere Arbeiten verrichtete.

In seiner seidigen Kleidung auf dem Rücken seiner schönen Pferdestute, um sich seine Berater und Soldaten begegnete er eines Tages auf der Straße die Frau des Potiphar. Sie befand sich in einem verwahrlosten, heruntergekommenen Zustand. Die vorübergezogenen Jahre beraubten sie um ihre Schönheit. Joseph sagte zu ihr: „Als du mich zu deinem Mann nehmen wolltest, war es mir unmöglich, schließlich warst du die Frau meines Herren. Nun bist du frei und ich bin kein Sklave mehr. Wenn du möchtest, können wir heiraten."

Sie schaute ihn mit einem seltsamen Glänzen in ihren Augen an: „Nein Joseph, die Hingabe zu dir war lediglich ein Schleier zwischen meinem wahren Geliebten. Allah sei Dank, diesen Schleier habe ich zerrissen. Da ich nun die wahre Hingabe gefunden habe, brauche ich die Hingabe zu dir nicht weiter."

Sie hat wegen der großen Liebe zu Joseph die wahre Hingabe gefunden, welche wir alle suchen."

- „Mein Herr, welche Eigenschaften bringen die Herzen dazu, zu verderben? Wir diskutieren manchmal untereinander. Jedoch werden wir uns nie einig, was die Eigenschaften betrifft. Wir wären sehr glücklich darüber, eure Auswertungen dazu kennenzulernen."

- „Wegen zehn schlechten Eigenschaften sind eure Herzen tot. ‚Allah erhört nicht das Flehen derer, dessen Herzen tot sind'. Diese zehn schlechten Eigenschaften sind folgende:

1. Ihr behauptet, Allah zu kennen; jedoch zahlt ihr nicht eure Schulden an ihm. Zahlt diese Schulden ab, indem ihr die Armen und Bedürftigen versorgt.
2. Ihr rezitiert aus dem Koran, jedoch seid ihr euch über seine Regeln und Urteile im Unbewussten. Handelt nach eurem Erlesenen.
3. Ihr behauptet, dass der Teufel euer Feind sei, jedoch gehorcht ihr ihm. Wendet euch von seinen Vorschlägen ab.

4. Ihr zählt euch selbst den Anhängern Mohammeds zugehörig; jedoch versucht ihr nicht nach den Richtlinien der Sunna[21] zu leben.
5. Ihr sagt, dass ihr ins Paradies eintreten wollt; jedoch handelt ihr nicht nach den Grundsätzen, die erforderlich sind.
6. Ihr möchtet vom Feuer bewahrt werden; jedoch robbt ihr permanent ohne Unterbrechung, indem ihr von euren Sünden und schlechten Taten nicht ablasst, in seine Richtung.
7. Ihr seid euch dessen bewusst, dass der Tod jeden von euch treffen wird; jedoch bereitet ihr euch darauf kein bisschen vor.
8. Ihr bemerkt alle Fehler eurer Glaubensgeschwister; jedoch bemerkt ihr nie eure eigenen Fehler.
9. Ihr trinkt, esst und verwendet alle Gaben, die euch von Allah gesandt werden, ohne dankbar zu sein; jedoch zeigt ihr eure Dankbarkeit nicht, indem ihr die Gaben mit Bedürftigen teilt.
10. Ihr begrabt die Toden, ohne darüber nachzudenken, dass euch dasselbe Schicksal erwartet und ohne euch eine Lehre daraus zu ziehen."

Die Propheten, die Heiligen sind wie Spiegel; wie auch der Spiegel uns vorhandenes Dreck auf unserem Gesicht zeigt; so zeigen sie euch auch eure Fehler."

- „Wie uns zu Ohren gekommen ist, habt ihr euren Namen, dem Vers ‚die Sonne' entnommen. ‚Diejenigen die sich aus der Knechtschaft ihres Egos befreien; sind in der Tat gerettet'. Würdet ihr diesen Teil des Verses aus dem Koran erörtern?"

- „Die Seele ist nicht dieser Welt angehörig. Sie ist vom Thron Allahs gekommen. Wenn die Seele im Körper steht ist es so als sei sie in einem Käfig gesperrt. Dort lebt sie im Gefängnis. Es befinden sich Organe in unserem Körper mit denen wir die Möglichkeit erhalten, viele Veränderungen in unserem Körper durchzuführen; z.B. das Herz ist eines dieser Organe. Aber weil der Körper allein

21 Lebensweise des Propheten Mohammeds zu folgen.

nicht die Kraft besitzt diese Reflexe eigenständig in Bewegung zu bringen, holt er sich die Hilfe der Seele. Die Kraft liegt in der Seele; die Mittel besitzt der Körper.

Wenn die Seele diese Mittel für ungewollte Handlungen verwendet, dann kommen die Eigenschaften der Seele ins Spiel. Allah hat nichts erschaffen, was schlecht oder hässlich ist. Alles was schlecht oder hässlich ist, ist nichts anderes als der Missbrauch unseres eigenen kleinen, freien Willens.

Wenn dem nun so ist, wer ist dann verantwortlich für unserer schlechten Taten, unser Körper oder unsere Seele? Am Jüngsten Tag wird der Körper die Seele mit dem Satz: ‚Ich besaß nicht die Kraft um diese Untaten zu begehen', beschuldigen. Und die Seele den Körper mit dem Satz: ‚Ich besaß nicht die Mittel um die Untaten zu begehen'. Ihre gegenseitigen Beschuldigungen werden eine Antwort erhalten: ‚Ihr seid Gelähmte und Blinde, die sich gegenseitig behilflich waren, um Untaten zu begehen. Der Gelähmte konnte sehen und fällte die Entscheidungen; jedoch der Blinde verfügte über die Kraft, den Körper Schlechtes machen zu lassen. Beide hatten Schuld.

Das innere Ego ist an sich nichts Schlechtes. Beschuldigt niemals eure Egos. Ein wichtiges Ziel der Sufisten Lehre ist auch, den Rang des Egos zu erhöhen. Der niederste Rang des Egos ist jener, der vollkommen mit körperlichen Gelüsten umzingelt ist. Wurde der zweite Rang erreicht, bedeutet dies, dass ihr euch dessen bewusst seid, etwas Unrechtes begangen zu haben und euch deswegen selber ausschimpft und versucht alles zu machen um den Wohlgefallen Allahs zu erreichen. Habt ihr den darauffolgenden Rang erreicht, so findet ihr an Allem Wohlgefallen, ob Wohl ob Übel, an Allem was von Allah kommt.

Allah sagte: ‚Wir pusteten Adam von unserer eigenen Seele'. Genau diese Seele ist jene, die während des Sterbens bis zum Befehl ‚Kehre zu deinem Schöpfer zurück', im Körper eingesperrt ist. Die Seele mit niederem Rang möchte ihren Körper nicht verlassen. Weil sie mittlerweile zu einem Stück des Körpers geworden ist, rebelliert sie, um den Körper nicht verlassen zu müssen."

- „Und wie sind die Seelen der Propheten und der Heiligen?"

- „Ihre Seelen unterscheiden sich von Grund auf von unseren. Sie sind viel reiner. Die Körper dieser vollkommenen Menschen erhielten ihren Ton von den heiligsten und reinsten Orten der Welt. Die Seele wird in keiner Art und Weise beschmutzt, wenn sie in einen Körper eintritt, der keine Untaten begangen hat und von Grund auf rein ist. Jeder kennt da Sprichwort: ‚Wer seinen Ego kennt, kennt auch seinen Schöpfer'. Dieses Sprichwort ist zweideutig.

Erstens: Wir glauben an Allah, den endlos Mächtigen und kennen unsere Bedürfnisse, Begierden und Schwächen. Demnach wissen wir, dass wir einen Beschützer brauchen, der uns ernährt, ankleidet und uns Unterschlupf gewährt.

Die zweite Bedeutung ist geheimnisvoller. Allah teilt uns folgendes mit: ‚Ich bin euch näher als eure Hauptschlagader'. Auf dem Weg uns selber kennenzulernen, beginnen wir die starke Verbundenheit zu Allah zu entdecken. Wir erreichen Allah, wenn wir es schaffen dieses Bündnis zu verwenden. Zu Allah zurückzukehren, ohne gestorben zu sein, ist einzig und allein durch die Einhaltung und das Gehorchen seiner Anweisungen möglich. Diejenigen, die sich nicht Allah sondern dem Teufel fügen, werden getrennt.

Stellt euch einen Weinstock vor. Jede Traube, die dem Weinstock entnommen wird fängt sofort an zu schimmeln; jedoch die Trauben, die nicht abgezupft werden, leben lange. Die einzelne Traube wird nur so lange genährt, wie sie am Weinstock hängt. Alles ist gleich und wie sie als solches schön. Das Hässliche besteht nur aus äußerlichen Eigenschaften."

- „Besteht unsere Seele aus den Visionen, die durch die Reise unserer Seelen entstehen?"

- „Wie das Licht, das aus der Öllampe herauskommt, verlässt unsere Seele im Schlaf den Körper, ohne die Bindung zu durchtrennen. Dieses Licht erstreckt sich bis zur Tafel der Vorbestimmungen Allahs, die bis zum Jüngsten Tag aufbewahrt wird. Dieses Licht ‚liest' dann darin die Stellen, in denen es sich um ihn selbst handelt. Wenn der Mensch aus dem Schlaf erwacht, ist es wie als hätte man den Knopf der Taschenlampe gedrückt, damit sie ausgeht. So kehrt die Seele in den Körper zurück. Während die Seele sich auf diese Art und Weise ins Weite, Ferne erstreckt, ist es uns möglich Dinge zu erfahren, die wir normalerweise nicht wissen können. Jedoch ist all das Erfahrene nur ein winzig kleiner Teil des Wissens Allahs.

Es existieren die Gegenstände und Zeichen im Traum; nur die wirklich Wissenden können diese interpretieren; Jedoch variieren die Bedeutungen der Zeichen je nach Rang und Mensch und Seele."

- „Sind auch die Seelen so verschieden wie wir es sind?"

- „Jeder beherbergt in sich sieben Seelen. Die mineralische Seele, die botanische Seele, die tierische Seele, die menschliche Seele, die engelhafte Seele, die geheimnisvolle Selle, die Geheimnisse verstehende geheimnisvolle Seele. Die Symbole im Traum variieren wieder je nach Rang der Seele, nach dem Verständnis der Seele und nach dem Menschen, der diesen Traum hat. Der Sultan kann denselben Traum wie ein Sklave haben, jedoch sind diese unterschiedlich zu deuten.

Es ist ein wichtiger Faktor in welchem seelischen Rang sich die Seele des Träumers befindet. Die Träume der Menschen, die eine pflanzliche und tierische Seele haben, spiegeln eher die Reflexe und egoorientierten Begierden wieder. Wenn ihr zum Beispiel hungrig zu Bett geht, werdet ihr wohlmöglich davon träumen, dass ihr essen zu euch nehmt. Die menschliche Seele träumt von Symbolen, zum Beispiel kann die Schlange als Hab und Gut gedeutet werden; Jedoch wenn ein Derwisch von einer Schlange träumt, kann sie als Seele eines niederen Ranges gedeutet werden."

- „Ist es besser, ein Heiliger zu sein oder ein Theologe?"

- „Wenn die seelische Verfassung (das Wissen um die göttliche Darstellung) mit Diskussionen und Bildung zu erlernen wäre, müsste es im Beisein von Fahrettin Razi wegen Trauer, all die existierende Erde auf die Köpfe von Beyazid und Cüneyt regnen. Beyazid und Cüneyt müssten mindestens hundert Jahre als Schüler von Fahrettin Razi agieren. Es wird gesagt, dass Fahrettin Razi an die tausend Seiten Koran Interpretationen verfasst hätte. Jedoch können hunderttausend Razis nicht mal einem Staubkorn von Beyazids betretenden Straßen das Wasser reichen. Er ist derjenige, der an die äußere Tür klopft, er kann aber nicht die innere Tür erreichen um an ihr anzuklopfen. Denn diese Tür öffnet sich nur besonderen Freunden. Diejenigen, welche sich Draußen aufhalten, können nicht eintreten.

Die Wundertaten einiger Heiligen sind versteckt. Weil sie versteckt sind, erläutern sie nicht jedem ihre Geheimnisse. Diesbezüglich erzähle ich euch jetzt mal eine Geschichte.

Beyazid ging immer zu Fuß zur Pilgerfahrt. Siebzig Mal erfüllte er die Auflage, die Wallfahrt nach Mekka zu verrichten. Eines Tages wurde er Zeuge dessen, dass die Menschen unterwegs wegen Wassermangels verwahrlost und zu Grunde gegangen waren. Neben dem Brunnen hielt sich ein Hund auf, dem es wegen der Menschenmenge, die den Brunnen umzingelten, nicht möglich war, ans Wasser zu gelangen. Als der Hund ihn anstarrte, bekam er eine Art Eingebung, die ihm befiehl, dem Hund Wasser zu besorgen. Er machte lautstark folgende offenkundige Aussage: ‚Wer möchte einen Teller, gefüllt mit Wasser, gegen eine reine, von Allah anerkannte Pilgerfahrt tauschen‘? Niemand kümmerte sich. Beyazit vervielfachte sein Angebot: ‚sechs, sieben zu Fuß verrichtete Pilgerfahrten‘? Als sich immer noch niemand dazu bereit erklärte ‚na gut, ich gebe meine siebzig Pilgerfahrten her‘. Dieses Angebot wurde angenommen. Danach ging Beyazit folgendes durch den Kopf: ‚Ich kann mich glücklich schätzen, welch guter Mensch ich doch bin. Für einen Hund habe ich all meine Pilgerfahrten verkauft. ‘Er füllte das Wasser in einen Teller und stellte diesen vor den Hund. Der Hund drehte seinen Kopf in eine andere Richtung. Danach warf sich Beyazit nieder und tat Buße, als ihm eine weitere Eingebung kam: ‚wie lange wirst du noch so weiter machen, indem du behauptest, für Allah dies oder jenes getan zu haben. Siehst du nicht? Nicht mal der Hund kehrt sich zufrieden deinem Wasser zu'. Weinend sagte er: ‚Ich tat Buße, ich werde nie wieder solch Gedanken hegen'. Im Anschluss an diesem Versprechen kehrte sich der Hund dem Wasser zu und begann es zu trinken."

- „Mein Herr, manchmal kommen in uns Todesängste auf. Wir finden, dass dies nicht zu unserem Derwisch Dasein passt und wir schämen uns dafür vor uns selbst. Wie können wir unsere Todesängste besiegen?"

- „Unser Prophet sagte: ‚Gläubige sterben nicht, sie werden lediglich weitergeleitet'. Sterben ist etwas anderes und weitergeleitet zu werden wieder etwas anderes. Als Beispiel: Du befindest dich in einem engen und dunkeln Haus und kannst dort nicht umherlaufen; du kannst nicht einmal deine Beine austrecken aber wenn du von dort aus in eine Villa mit riesigem Garten weitergeleitet würdest, könntest du dies als Sterben benennen? Diese meine Worte sind hell erleuchtet, wie ein Spiegel. Wenn du in dir ein Leuchten und Lust verspürst, so wünschst du dir den Tod. Fürchte dich nicht. Möge Allah dir helfen! Wir beglückwünschen dich und lass mich in deinen fehlenden Gebeten nicht aus. Wenn du aber solch Lust nicht verspürst, musst du die Lust produzieren. Suche nach ihr und bemühe dich; im Koran ist angegeben, wie du es machst: ‚Wenn ihr ehrliche Gläubige seid, sehnt ihr euch nach dem Tod (Die Kuh:94). Es gibt sicherlich Männer und Frauen unter den Gläubigen, die einen solch ehrlichen Glauben besitzen. Diese Worte sollen euch Spiegel sein, dass ihr euren Zustand in ihm betrachten könnt. So lange ihr dem Tod keinen Hass entgegenbringt, habt ihr gute Karten, ganz gleich was ihr tut und ganz gleich in welchem Zustand ihr euch befinden möget. Wenn ihr euch in einem Zustand befindet, welcher Zweifel aufkommen lässt oder eine Tat begeht, welche Zweifel aufkommen lässt, so schaut in diesen Spiegel und entscheidet euch. Sitze im glänzenden Licht und bereite dich auf den Tod vor und warte oder bemühe dich darum, wie sich auch andere bemühen und erlange den Zustand.

Eine heldenhafte Person ist diejenige, die im Moment des Bedrückens erleichtert und im Moment der Trauer glücklich sein kann; denn Wünsche sind in Verwünschungen versteckt. Es gibt so viel Hoffnung in deiner Hoffnungslosigkeit aber die eigentliche Hoffnungslosigkeit ist das sofortige beängstigt sein. Als ich Fieber hatte und krank war, war ich glücklich; denn ich wusste, dass ich morgen meine Gesundheit wieder erlangen würde und als ich bei Gesundheit war, hatte ich Ängste, krank zu werden. Manchmal wird ja gesagt: ‚Hätte ich diese Mahlzeit nicht zu mir genommen, wäre ich heute nicht krank'. Sie suchen nach Trost in diesen Worten. Die heldenhafte Person ist aber diese, welche jeglichen unschönen Befindlichkeiten standhalten kann. Darin liegt seine Erhabenheit. Er wurde mit dieser Methode zum vollkommenen Menschen."

- „Ist es einfacher Allah kennenzulernen oder das Volk?"

- „Diese Menschen zu verstehen ist schwieriger, als Allah zu verstehen. Allah kannst du anhand der Beweise finden. Zum Beispiel kannst du dir den Schreiner vorstellen, wenn du dir ein künstlerisch verziertes Holzstück ansiehst; denn das Holzstück kann nicht von alleine diese Form angenommen haben. Wenn du dir diese Menschen anschaust, kannst du erkennen, dass sie dir äußerlich ähnlich sind; jedoch kannst du nicht wissen, was sich in ihrem Inneren zuträgt. Sie können von deinen Gedanken und von deinen Illusionen sehr weit entfernt sein. Anhand des künstlerisch verzierten Holzstückes kannst du die Meisterhand des Künstlers verstehen; jedoch kann die weite Spanne der Kunst nur von Kennern verstanden werden. So ihr Derwische, ihr habt mir nun eine Menge Fragen gestellt.

Könnte ich euch nun auch etwas Fragen?"

- „Bitte mein Herr, fragt nur, aber es gibt wohl niemanden, der nicht gehört hätte, dass eure Fragen schlimmer seinen als die Fragen des Jenseits."

- „Wieso weint ihr denn?"

- „....."

- „Lasst mich euch das mit einer Derwischen Geschichte beantworten. Ein Sufi hat Jahrelang nach dem göttlichen Geheimnis gesucht und hat sich große Mühe gegeben es zu finden. Wo auch immer er einen Scheich oder einen Heiligen sah, gesellte er sich zu ihm und trat in seine Dienste. Jedoch erlangte er nicht an sein gewünschtes Ziel und die Türen der Bedeutungen öffneten sich ihm einfach nicht, da seine Zeit einfach noch nicht gekommen war.

> *Wenn die Zeit noch nicht reif ist, ganz gleich was du tust, es wird dir nichts nützen, möge dein Freund sein wer will.*

Eines Tages ging er zum Friedhof. Ihn kam seine Suche in den Sinn. Er weinte sehr lange, legte seinen Kopf auf einen Ziegel und schlief ein. In seinem Traum gingen all seine Wünsche in Erfüllung. Er stand auf, klemmte den Ziegelstein unter seinen Arm und nahm ihn von da an überall hin mit, wohin er auch ging, ins Bad, in die Moschee, auf die Toilette, zum Sema, in die Stadt, kurz gesagt überall hin. Er küsste diesen Ziegelstein und fuhr damit über sein Gesicht und manchmal trug er ihn auch auf seinem Kopf. Es fragte ihn jemand: ‚Wieso packst du diesen Ziegelstein nicht mal bei Seite'? ‚Ich werde ihn mit ins Grab nehmen. Er wird mein Kissen. Seit Langem habe ich eine meiner Eigenschaften verloren; mal ging ich in Hoffnung auf, mal zerrinn sie. Als ich zu guter Letzt meinen Kopf auf diesen Stein gelegt habe, ging mein Wunsch in Erfüllung. Unser Prophet sagte: ‚Wenn jemand durch irgendeinen Gegenstand, Allahs Güte erreichen sollte, so soll er Diesen ganz fest halten und sich daran binden'.

Ein Mann starb. Sie ließen den Trauerredner kommen. Der Trauerredner fragte die Angehörigen:

- ‚Was für Besonderheiten hatte dieser Mann? Besaß er gute Bildung'?

- ‚Nein' antworteten sie.

- ‚War er den Gebeten treu'?

- ‚Nein'

Der Trauerredner drehte sich in die Richtung der Kaaba und fragte erneut: ‚War er den Armen und Bedürftigen ein Helfer'? ‚Nein' antworteten sie wieder. Ganz gleich wonach er fragte, er bekam immer eine negative Antwort. Dann begann der Trauerredner zu weinen und sagte: ‚Oh du verwirrt gekommen und verwirrt gegangener; verwirrt geboren und verwirrt gestorbener Mann'!

Nun, seid ihr wie der Derwisch, der seine Lehre aus einem Ziegelstein zog oder seid ihr verwirrt, wie der Mann, für jenen der Trauerredner Tränen vergossen hat?"

Das Empfangsfestmahl

Es benötigt keiner Erklärung, meine Situation ist für dich offensichtlich…
Es benötigt keiner Sprache, meine Stille ist für dich gesprochen…
Es benötigt keiner Rede, mein Schweigen ist dir wie Worte…
Es benötigt keiner Worte, die Hingabe ist dir Geschrei.

Konya durchlebte den Frühling, jedoch war es ein verlogener Frühling. Um Mevlana eine Freude zu machen, waren viele Schatten von Menschen anwesend, wenn auch mit innerem Widerstreben. Ein stattlicher Empfang mit spektakulärem Andrang war geplant. Mevlana hielt sie davon ab:

- „Schams ist weder König noch Sultan, wir sind der Hingabe Allahs Verfallene, wie unser Prophet sind wir in der Fremde lebend, alleinstehend. Prunk und trockener Lärm wäre nichts als Folter für unsere Seelen."

Der Wärmeanstieg begann langsam, zuerst in der Luft, dann im Wasser und zuletzt im Boden. Jedoch gab es noch einen vierten Wärmeanstieg, nämlich die Flut der Hingabe, sie fiel in Mevlanas Herz und erwärmte es. Sein Gesicht lächelte, was es seit Monaten nicht tat. Es war ja auch seine ‚Sonne' unterwegs und müsste bald ankommen. Der Klatschmohn der Nacht hatte die Straßen der

Stadt eingenommen. Zwischen dem Klatschmohn streckten die kleinen gelben Feldblümchen ihre Köpfe zum Himmel empor und sie riechen so schön. Die Gesichter der Wartenden sind glücklich. Segensreich wie das Kommen des Erwarteten. Freudenbotschaften fliegen durch die Lüfte. Mevlana ist so aufgeregt wie ein Kind am Morgen eines Festes. Er kann nicht stillsitzen. Mal vom Hof aus zur Straße, mal von der Straße aus in den Hof. Dieses permanente Hin und Her raubte die Kraft seiner Beine. Zu seinem Schüler neben sich:

- „Ich werde ihn im Garten auf die Holzbank unter die Eiche setzen und wir werden seinen Sehnsuchtserinnerungen zuhören, in reinster Glückseligkeit." Während er das sagt, glänzen seine Augen ganz anders, seine Augen lächeln. Die Schüler sind noch glücklicher denn ihr Herr, der seit Monaten nicht gelacht hat ist nun glücklich.

Die Lehrer, die mich damals bei den Predigten und Unterhaltungen Mevlanas bis zum Geht nicht mehr beschimpften, mich als Parsen, als Übergeschnappten bezeichneten, einige Besserwisser überschritten sogar ihre Grenzen und bezeichneten mich als Gottesleugner, genau diese wollten mir einen stattlichen Empfang vorbereiten, um Mevlana eine Freude zu machen. Mevlana sagte zu ihnen:

- „Er ist kein König, wir sind der Hingabe Allahs verfallen. Wie unser Prophet sind wir in der Ferne lebende Alleinstehende. Wir wollen weder eure Geschenke, noch euren Applaus."

Danach kam er um mich zu empfangen mit seinen Freunden aus Konya zur Zincirli Herberge, die in der Umgebung Konyas ihren Sitz hatte und sie übernachteten dort. Währenddessen schickte Sultan Veled einen Boten nach Konya, um Mevlana auszurichten, dass wir in Kürze eintreffen würden.

Mevlana gab dem Boten, der diese freudige Nachricht überbrachte, alles, was er bei sich hatte und begann eine seiner schönsten Gasels vorzutragen:

Begießt die Wege mit Wasser.
Berichtet den Gärten freudige Nachrichten...

Es kommt der Duft des Frühlings,
Er kommt, er!
Unser Mondstück, unser Lebensstück, unser Geliebter kommt.
Macht den Weg frei, macht Platz, tretet zur Seite,
Bleibt fern, fern!
Sein Gesicht in Helligkeit strahlt, hell und rein
Schenkt Licht dem Weg über den er geht
Er kommt, er!

Aus aller Munde, im Einklang ertönt nur ein Satz: „er kommt!" Gelbliche Gesichter bekommen einen rosigen Schimmer im Gesicht, die öffentlichen Ausrufer sind auf den Straßen zerstreut und rufen: „Schams kommt!" Und Schams kam. Wie ein brüllender Löwe kommt Mevlana wieder zur Sprache...

Meine Freunde, er ist da,
Mein Mond, meine Sonne,
Verkörpert in Silber,
Mein Auge, mein Ohr, mein Lebenslicht,
Ich bin wie trunken,
Mein Inneres zufrieden heut...
Bis in die Morgenstund ich immer starb,
Mich wie ein Rosenstrauch auf diesem Weg begab,
Meine wandelnde Zypresse ist da.
Schau doch aus Liebe zu Allah!
Schau dir an, die Begeisterung des Frühlings...
Oh Sonne fließe und zerstreue dich in der Luftspiegelung!
Großzügig wie mein Geliebter,
Wird erspriesen wie ein Samen,
Die Kraft in meinem Körper,
Die richtige Zeit zum Brüllen,
Mein Löwe ist da.
Stück für Stück wurden die Sorgen vergessen, ließ der Schmerz nach,
Dieser Mann,
Das Ebenbild einer Rose!
Was weiß ich, dem Zucker und dem Honig ähnlich,
Mein Geliebter ist da.

Oh Schams aus Täbris!
Oh du Licht meiner Augen!
Heute bin ich außer mir,
Mögen Feste gehalten,
Mein Rehäugiger
Mein Silbernkörpiger
Meine Sprache, meine Entzückung ist da.

Der Trost ist die einzige Hoffnung. Wer es versteht zu hoffen, ist des Geheimnisses des Zusammentreffens auf den Grund gegangen. Vor Schams erreichte uns sein Duft. Wie Regen duftete er. Die Felder saugten den Duft in sich ein. Danach waren aus der Ferne Reisende zu erkennen. Die Zeit ist dem Abend nah, der Ort ist der Hingabe hungrig.

Am Rande der Stadt warteten Mevlana und die Elite Konyas, um uns zu empfangen. Sultan Veled zieht die Zügel meines Pferdes. Mein schwarzer Umhang flatterte und wellte sich im Wind, mein Kopf nach vorne geneigt, schreite ich langsam auf dem Rücken des Pferdes fort. Ich stieg vom Pferd ab. Meine Füße hätten zum Burak werden und fliegen müssen, da mein Freund mich seit Stunden stehend erwartet. Je mehr ich mich meinem Geliebten nähere, desto lauter wurden seine Herzschläge, die ich mittlerweile hören konnte. Die Sterne im Himmel wären beinahe aus Respekt dieses Bildes gegenüber, auf die Erde niedergekniet, mitten am Tage. Wir umarmten uns… Wir drückten uns so fest, während wir uns in den Armen lagen. Mevlana weinte, ich weinte. Wir versuchten uns gegenseitig die Tränen von unseren Wangen zu wischen. Ich hatte seinen Duft so sehr vermisst. Ich hörte ein lautes Seufzen, welches aus seinem tiefen Inneren kam. Er seufzte so stark, dass meine Lunge in ihrem eigenen Blut fast ertrunken wäre. Wir bekamen nicht genug davon uns zu umarmen. Seine Brust war heiß. Ich flüsterte ihm ins Ohr, dass seine Fata Morgana eine Lüge war und dass das Wasser nun in den Ozean der Geheimnisse fließe. Und er flüsterte mir zu, wie lange er schon auf die Erde der Rose wartete, wie er sich den Regen ausgemalt hätte und dass er seine Sonne wie verrückt vermisst hätte.

Vor Jahren hatte sich das gleiche Bild in den Straßen Konyas zugetragen. Ich schnitt Mevlana, den ich das erste Mal sah, den Weg ab und hielt die Zügel seines Pferdes. Nun war Mevlana derjenige, der die Zügel in der Hand hielt. Wieder trafen sich zwei Meere, das Treffen der Ozeane trug sich wieder zu.

Während sich diese glückliche Szene abspielte, rezitierten diejenigen, die den Koran auswendig konnten, aus dem Koran, Schüler vollbrachten den Sema. Die Rohrflöten und die Trommeln ließen ihre Stimmen zum Kapella aufsteigen. Mevlana half mir vom Pferd runter. Zwei Freunde, zwei Heilige Allahs waren nun beisammen, küssten sich die Hände und umarmten sich. Eine Zeitlang schwiegen wir und sprachen nur mit unserem Zustand miteinander.

Ich erzählte Mevlana von den Mühen und Diensten seines Sohnes Sultan Veled:

- „Ich besitze zwei Allah gegebene Zustände: Einer ist mein Haupt, der andere mein Geheimnis. Mein Haupt habe ich mit größter Ehrlichkeit deinem Weg gewidmet. Mein Geheimnis gab ich Sultan Veled. Hätte unser Sohn Sultan Veled so ein langes Leben wie der Prophet Noah und hätte er dieses lange Leben nur im Gebet und in Zurückgezogenheit verbracht, würde er nicht an die Geheimnisse erlangen, an welche er auf unserer Reise durch mich gelangte…

Auf der gesamten Reise, die ungefähr einen Monat dauerte, behütete mich Sultan Veled wie sein Augapfel und er tat alles, was in seiner Macht stand um mir die Reise so angenehm wie möglich zu gestalten. Während unserer Reise schmückte ich das Herz Sultan Veleds mit meinen Worten und ich offenbarte ihm tatsächlich meine Geheimnisse:

- „Mein Junge, der Augapfel Mevlanas ist meine Rose, du bist auch mein Sohn. Wenn die Zeit gekommen ist, werde ich gehen, wenn die Zeit gekommen ist, wird auch dein Vater fortgehen, schnitze dir meine Ratschläge, die ich dir jetzt geben werde, in dein Herz.

Bei einem Lügner lässt sich keine Treue finden. Wie standhaft ist die Buße eines Sittenlosen. Die Geizigen können nur wenig Treue an den Tag legen.

Wisse die Scheinheiligen als deine Feinde. Halte dich von ihnen als auch von ihren Angelegenheiten fern.

Damit dein Glaube, immer ohne Zusatzstoffe und rein wie Wasser bleibt, bitte nur um ehrlich erworbenes, erlaubtes Brot. Das Herz dessen, der hinter Verbotenes, unehrlich verdientes Brot her ist, ist unter seiner Haut des Todes. Die größte Mühsal, Plage ist die, nicht zu wissen, woher sie kommt.

Wie ich sehe, hast du den Wunsch, ein Buch zu verfassen. Schreibe keine einzige Zeile, solange ich noch am Leben bin. Nach mir nehme die Feder zur Hand und schreibe. Wann auch immer deine Eingebungen zu stoppen drohen und deine Feder sich sträubt zu schreiben, stecke dir diesen Ring an deinen Finger. Der Name dieses Achatringes lautet ‚Anfang', der Name deines Buches soll Anfangsbrief lauten. (Ibtidaname)"

- „Ja, mein Meister. Ich benötige eure Ratschläge als Glut für das Verfassen meines Buches."

- „Dann höre zu Sohn. Sollen dir diese Ratschläge Licht sein: Derwische zu lehren ist wie eine tugendhafte Tochter zu erziehen. Man muss darauf Acht geben, wo sie hingehen, mit wem sie sich treffen. Wenn sie mit den falschen Menschen Zeit verbringen, ist es so, als säte man schlechte Samen auf fruchtbaren Boden; man kann kein gutes Ergebnis erlangen.

Lass dich in Angelegenheiten des Herzens nicht gehen, wenn du dich gehen lässt, versinkst du in den Abgrund.

Erleuchtete Menschen werden nie zu Gefangenen der Führungskräfte. Wenn die Menschen entschlussbereit sind, können sie ihr Schicksal ändern; wenn sich der Wille intensiviert, kann er die Energie in Bewegung setzen. Die Erleuchteten Menschen lassen es nicht zu, sich wegen Bräuchen in Formen gießen zu lassen.

Wenn eine schlechte Tat begangen wurde, und die Angst verspürt wird, dass andere davon erfahren könnten, dann steckt etwas Gutes in diesem Schlechten. Wenn etwas Gutes getan wurde, und der Wunsch entfacht, dass andere davon informiert werden sollen, dann steckt in dem Guten etwas Schlechtes.

Die Augen und die Ohren sind äußerliche Plünderer des Sehens und des Hörens; Gefühle, Wünsche und Meinungen sind innerliche Plünderer; aber wenn der innerliche Verstand wach und auf den Beinen ist, inmitten Allem uneingeschränkt sitzt, dann verändern sich die Plünderer und werden zur Familie.

Wenn du auf schweigsame und unverständliche Menschen triffst, offenbare ihnen nicht deine Gedanken. Wenn du auf empfindliche und egoistische Menschen triffst, achte auf deine Worte.

Diejenigen, die anderen vertrauen werden entdecken, dass nicht alle ehrlich sind; jedoch bleiben sie selber ehrlich. Diejenigen die andere verdächtigen, werden entdecken, dass sie nicht von jedem betrogen werden, sie selber verbleiben jedoch im Betrug.

Wenn man Gutes vollbringt und keinen Nutzen davonträgt, ist das mit einer Zucchini, die innerhalb Blättern wächst, zu vergleichen; Sie wächst natürlich ohne Aufmerksamkeit auf sich zu ziehen. Wenn Schlechtes vollbracht wird ohne Schaden davon zu tragen, so ist es mit dem Frühlingsschnee in einem Garten zu vergleichen; er befindet sich in der Zwickmühle, entweder wird er schmelzen oder verdampfen.

Bemühung ist, in Sachen Tugend und Gerechtigkeit haarspalterisch zu sein; aber die weltlich gestimmten Menschen benutzen ihre Bemühungen nur, um ökonomische Probleme zu lösen. Einfachheit ist, materiellen Dingen keinen Wert anzurechnen; aber weltliche Menschen gebrauchen die Einfachheit, um ihren Geiz zu verdecken. Somit werden die Lebensweisheiten des erleuchteten

Menschen zum Werkzeug kleiner Menschen in eigener Sache. Wie traurig!

Die Widerspruch Erhebenden und die Verleumder sind wie Teile einer Wolke, die die Sonne vorübergehend verdecken; kurze Zeit später sind sie verflogen. Die würdelosen Schmeichler und die ehrenlosen Speichellecker sind wie Luftangriffe, die sich in die Haut schneiden; ohne ihre Opfer zu differenzieren, das Fazit: jeder trägt Schaden davon."

Wenn ihr schon das Rohe nicht garen könnt
Dann führt das Gegarte nicht dazu, wieder roh zu werden.

Wir traten mit Mevlana Arm in Arm in die Schule ein. Wir hatten uns gegenseitig so sehr vermisst, dass wir minutenlang kein Wort austauschten und uns berochen. Wir setzten dort an, wo wir aufgehört hatten. Wir schlugen unsere Flügel von Unterhaltung zu Unterhaltung.

Wenn ich nicht gekommen wäre, wäre Mevlana ein Licht, welches ausschließlich in Konya bekannt wäre, ein fließender Fluss, der nur durch diesen ausgetrockneten Boden fließt. Ich werde meinen Geliebten der ganzen Welt vorstellen. Ich werde diesen Fluss zum Ozean werden lassen.

Die Menschen waren mit Mevlana in seinem Zustand, in dem er sich befand zufrieden. Jedoch war es Allah bestimmt nicht.

- „Wieso predigst du eigentlich in der Moschee? Du streichelst nicht ihre Herzen sondern ihre Ohren."

- „Damit die Menschen an Wissen gelangen?"

- „Und welche Menschheit hat sich innerhalb der Jahre deiner Predigten verändert? Was ist das Ergebnis?"

- „Das können wir weder wissen noch beurteilen."

- „Wer soll es denn dann wissen? Du kennst die Menschen nicht. Ändere deine morgige Predigt ab. Unterlasse es, sanfte Anekdoten zu erzählen. Das Thema deiner morgigen Predigt soll die Hölle sein, verleihe deinen Worten Schmerz. Greife die Staatsführung an, dramatisiere deine Predigt. Deine Zunge soll spitz, deine Worte messerscharf sein. Du wirst sehen, dass die Gemeinde am darauffolgenden Tag nicht mehr in die Moschee passt. Diese Gesellschaft lässt sich durch Weinende und zu weinen Bringende verzücken. Aber sie schaffen es nicht, selber zu weinen.

Morgen musst du deine Predigt halten. Das ist eine schwierige Angelegenheit. Die Tür wurde nun einmal geöffnet, wenn du nicht erscheinst, werden die Menschen in Gebrüll ausbrechen. Würden die Menschen doch nur Nutzen aus deinen Predigten ziehen. Obwohl die Worte offen, direkt und klar anspielend ausgesprochen werden, ist es als wären sie nie gefallen. Sie verstehen nicht den Sinn, damit die Worte ihr Ziel der Belehrung erreichen können. Wenn sie Ratschläge und Ermahnungen beinhaltende Lehren nicht verstehen, wie sollen sie diese in die Tat umsetzen? Nicht mit vollstem Bewusstsein Umgesetztes führt zum Abirren vom richtigen Weg. Wie reagieren sie, wenn sie in Not geraten? ‚Es existiert kein Allah außer Allah‘ wird dann gesagt; jedoch diese Bekenntnis muss vom Herzen kommen. Wie viel ist ein Wort wert, welches lediglich mit der Zunge gesprochen wird?

Erzähle am dritten Tag deiner Predigt vom Paradies. Sprich unbesorgt und beruhigend. Du wirst sehen, dass sich die Gemeinde reduziert. Du wirst sehen, es gibt viele, die das Paradies betreten möchten, aber niemanden dessen starker Wunsch es ist. Das Volk wird deine Rede als lügnerische Luftblase interpretieren. Probiere es aus und sehe dir das Ergebnis an. Lass die Finger von dieser Predigt auf Zeit. Komm, ich werde dir die Predigt der Predigten Klang für Klang vorspielen und präsentieren.

Du wirst den Grenzlotus nicht passieren können, solange du nicht dein Herz liest. Ein Danach existiert nicht. Es existiert nur Allah. Wann hat es jemals etwas Anderes auf der Welt gegeben. Das Auge irrte sich immer nur… Der Verstand war der Auffassung, er könnte alles begreifen. Er konnte es nicht. Er konnte nicht Mal sich selber begreifen.

Würde nicht die Feder des Herzens schreiben, so bestünden die Worte nur aus Dekoration im Munde. Die leeren Worte werden von Einsamkeit gefüllt. Ist es möglich, die Hingabe zu erleben, ohne den Tod in Kauf zu nehmen? Sind die Hingabe und der Tod nicht eigentlich ein und derselbe Begriff? Was kann dann der erwartete Begriff denn nur sein? Hierin liegt das Geheimnis.

Das ‚Wort' ist beendet! Die ‚Handlung' hat nun begonnen. Wir stiegen in die Handlung ein. Wir treffen im Gedenken an Allahs schöne Namen auf unser Geheimnis des Menschseins. Wir haben uns doch gar nicht von Allah entfernt. Ob Paradies, ob Erde. Wir sind doch nie mit unseren Handlungen aus dem Zustand der Handlungen ausgetreten.

Nach mir, wirst du die Menschen anders betrachten. Dein gerade dieser Blick wird deinen Rang und dich in den Herzen erhöhen lassen. Vier Wände, vier Türen, dein Adressat ist nicht Konya."

Unwissen, welches dir nicht dein Bewusstsein raubt,
Ist hundert Mal mehr wert als Wissen.

Ich hatte das Morgengebet verrichtet. Während ich aus dem Koran rezitierte, trat Mevlana ein und fragte mich:

- „Was ist heute Morgen dein Angebot? Ich begann den Tag damals, indem ich aus dem ‚Esrarname' las."

- „Wieso sprichst du andauernd von Büchern? Du wiederholst permanent die Worte Anderer. Verfügst du nicht über eigene Sätze?"

- „Na gut Schams. Kennst du den Sultan der Wissenden?"

- „Wer soll das sein?"

- „Muhyiddin Ibnu'l Arabi."

- „Lass ihn gesagt haben, was er gesagt hat. Er entnimmt sein totes Wissen den Toten; aber ich entnehme mein Wissen dem, der niemals stirbt und ewig lebt."

- „Wissend ist die Person, die das Gedenken an den Freund nicht vernachlässigt und seiner Freundschaft nie satt ist. Am Tisch des Wohlgefallens kann es kein wohlschmeckenderes Gericht geben als das Gedenken des Freundes."

- „Geisteswissenschaften werden mit drei Faktoren erlernt. Die gedenkende Zunge, das dankbare Herz, der geduldige Körper. Ein Körper ohne Wissenschaften ist wie eine Stadt ohne Wasser. Zu guter Letzt ist es ein ausgetrocknetes Herz. Man muss den Körper mit Diäten, Tugend, erziehen des Egos und Willen gießen und verschönern."

- „Mache mich mit deinem Wissen vertraut, mein Schams."

- „Ich sage Licht, du verstehst Dreck, ich lade dich zur Hingabe ein, du lässt mich ins Feuer laufen. Wobei es ja mein Schicksal zu sein scheint, in deinem Feuer zu brennen; wieso sollte ich aber verbrennen, wenn du vorhaben solltest, dich dem Feuer zu entziehen, welches größer ist als das Feuer, welches du in Brand gesteckt hast? Ich sage Hingabe und du antwortest mir mit der Begrüßung der Derwische. Ich sage Herz und du begehst einen Weg in Verfolgung der Schatten. Komme zur Vernunft mein Herz, ich benötige ein Leid, welches ich nicht mit tausend Heilmitteln und Trost tauschen würde. Nun sprich! Bist du das Leid?"

Freundschaft bedeutet eine Rose zu sein,
mit ihrem Blatt, mit ihrem Dorn.

- „Mevlana, du bist eine Rose, für welche ich von Land zu Land reiste, um meinen Kopf auf deine Knie zu legen. Soll ich dir erklären, wieso du eine Rose bist?"

- „Ja, bitte."

- „Es gibt da eine Anekdote über einen Derwisch. Ein Derwisch kommt vom Chorasan nach Anatolien. Sein Ziel ist es, sich eine Schule zu finden. Im Umkreis von Sivas klopfte er an die Tür einer Schule. Klopf. Klopf. Klopf... Zu diesem Zeitpunkt befindet sich der Lehrer mit seinen Schülern in einer Diskussion. Er spricht zum Derwisch, der sich zur Tür begab um sie zu öffnen: ‚Warte einen Moment, mein Junge. Ein Derwisch steht vor der Tür, das erkennt man an der Art und Weise und am Geräusch seines Klopfens... Ich weiß, was sein Wunsch ist. Bringt mir ein Glas Wasser, damit ich ihm auf seine Frage antworten kann'. Der Lehrer füllt das gebrachte Glas mit Wasser. Er füllte so viel Wasser in das Glas, dass es überschwemmen würde, wenn man nur noch einen Tropfen hinzufügte. ‚Jetzt biete dem Derwisch vor der Tür das Glas an, er wird verstehen'.

Der Derwisch steht vor der Tür, der Schüler muss sich große Mühe geben, um das Wasser auf dem Weg zur Tür nicht zu verschütten. Er öffnet und streckt das Glas aus... Der Derwisch lächelt. Er hat die Nachricht verstanden. Die Nachricht ist Folgende:

‚Mein Junge, unsere Schule ist bis zum Rand mit Schülern gefüllt. Für dich ist kein Platz mehr. Wenn wir dich aufnehmen, sprengen wir unseren Rahmen, hier ist es eng. Wir sind so voll, dass nicht mal mehr für nur einen Schüler Platz wäre. Gehe und suche dir eine andere Tür'. Der Derwisch pflückt ein Rosenblatt aus dem Garten und legt es vorsichtig auf das Wasser. Doch was ist das; das Glas läuft nicht über. Der Derwisch sagt: ,Nun bringe das Glas zu meinem Lehrer, er wird verstehen'. Der Lehrer, der sieht, dass das Glas trotz eines obendrauf gelegten Rosenblattes nicht überläuft, versteht die Nachricht:

,Oh mein Meister, nehme mich in deiner Schule auf, ich bin ein Rosenblatt und eine Rose verursacht kein Leid, sie nimmt es höchstens auf; lass mich eintreten, nimm mich an deine Seite, ich werde niemals überlaufen und werde niemanden zum Überlaufen bringen. Lasse diese armeselige Seele an deinen Duft des Sinnes und an deinen Dienst des Wassers teilhaben'.

Der wahre Freund muss einem so nah sein, wie Allah. Man muss die Hässlichkeiten und die Handlungen des Freundes, die einem nicht gefallen, übersehen. Man darf durch seine Fehler nicht gekränkt sein. Man darf sich dem Freund nicht abwenden, ihm nicht widersprechen. Denn Allah kehrt seinen Dienern wegen ihrer Schande, Sünden und Schwächen, nicht den Rücken. Mit voller Gnade und Liebe überhäuft er sie mit seinen Gaben. Genau das ist Freundschaft, ohne Animosität, ohne Gegenleistung zu erwarten."

Einerseits fahre ich fort mit meiner geistigen und ethischen Führung, andererseits bringe ich Mevlana während unserer mittlerweile nur noch nächtlichen Zurückgezogenheit zum Reifen. Mevlana, der schon seitdem wir uns kennengelernt hatten, meinen Rang überschritten hat, war für diese Entwicklung bereit. In einer seiner Gasels heißt es wie folgt:

In der Epoche der Morgendämmerung war ein Mond zu sehen,

Er stieg herab vom Himmel, legte sein Auge auf uns und begann zu schäuen.

Einst schnappte dieser Mond wie ein Adler nach einem Vogel.

Der Mond packte mich und begab sich zurück in den Himmel.

Ich suchte nach mir jedoch erfolglos.

Denn durch die Gnade und Gunst des Mondes wurde mein Körper zu Leben.

Ich ging in die Welt des Lebens. Auch dort konnte ich nichts anderes außer den Mond entdecken.

Zu guter Letzt wurden die Geheimnisse, die sich in der unendlichen Vergangenheit ereigneten klar verständlich.

Wieder in einer Gasel Präsentiert Mevlana die Veränderung seines Selbst mit diesen Worten:

Deine Hingabe ließ mich trunken sein, ich versuchte meine Hände zu bewegen.

Ich bin trunken, bin außer mir. Weder weiß ich, noch weiß ich, was ich tat.

Ich war unreifes Obst, bin nun eine Weintraube. Von nun an kann ich mich doch nicht mehr mit verzogenem Gesicht präsentieren. Das Volk sagt: ‚So darf man nicht sein'. So bin ich auch nicht.

Er hat mich dazu gebracht, so zu werden.

Und wieder:

Ich war ein Frommer, der nicht in der Lage war über Müll auf seinem Weg zu springen. Wie ein Berg, war mein Fuß gestemmt. Aber welcher Berg kennt dich schon? Welcher Berg kann ihn wie einen Strohhalm schnappen und davonziehen. Dir zu schmeicheln ist in der Tat, als schmeichle man sein Eigen…

Ich bat Mevlana darum, dass er und seine Freunde all ihren Besitz spenden. Zur Liebe der Hingabe im Leben, zur Liebe des Lebens der Hingabe.

Mevlana war verwirrt.

- „Ich habe verstanden." Entgegnete er mir nur. Ich nahm das Wort:

- „Vom Propheten Abraham werde ich nun erzählen. Hör zu. Nachdem Allah Abraham vom Feuer des babylonischen Königs

Nimrod gerettet hatte, opferte er als Zeichen seiner Dankbarkeit tausend Widder, dreihundert Kühe und hundert Kamele. Davor kam niemandem solch eine Freigebigkeit je zu Ohren.

Als er danach gefragt wurde, wieso er das Bedürfnis gehabt hätte solch ein Vermögen aus den Händen zu lassen, beantwortete er diese Frage: ‚Ich würde sogar mein Leben opfern. Was ist schon mein Vermögen dagegen? Und wem opfern wir denn wessen Hab und Gut? Ich und auch alles, was in meinem Besitz liegt, ist doch Eigentum Allahs. Nichts habe ich geopfert. Für Allah würde ich mit Leichtigkeit auch das opfern, was mir am Wichtigsten ist. Wenn ich zum Beispiel einen Sohn hätte. Wenn es von Allah verlangt würde, würde ich auch den sehnlichst erwünschten Sohn opfern'.

Die Schüler des heiligen Beyazid-i Bestami, beschwerten sich bei ihm eines Tages über den Teufel. ‚Der Teufel beraubt uns um unseren Glauben'. Der Scheich ließ den Teufel kommen und stellte ihn zur Rede. Der Teufel:

‚Ich kann niemanden zwingen etwas Bestimmtes zu tun. Ich fürchte mich so sehr vor Allah, dass ich es nie wagen würde. Eigentlich schmeißen die Menschen ihren Glauben manchmal für Krims Krams aus dem Fenster. Das einzige, was ich dann lediglich mache ist, die Glauben aufzusammeln'.

Der Teufel verfügt über alle Eigenschaften und Fähigkeiten des Menschen, Eine ausgenommen; er kennt die Hingabe nicht. Die Fähigkeit, der Hingabe zu verfallen, wurde dem Teufel nicht gegeben. Mit der Fähigkeit über die Hingabe zu verfügen, wurden nur die Kinder Adams ausgestattet.

Allah fragte den Erzengel Gabriel, wie er Allah anbeten würde, wenn er als Mensch erschaffen worden wäre. ‚Oh mein Schöpfer, du bist des Wissens mächtig. Du weißt was geschah, was geschehen wird und was geschehen wäre. Nichts kann im Paradies oder auf Erden außerhalb Deines Wissens geschehen. Du weißt auch, wie ich dich anbeten würde'. Allah: ‚Oh Gabriel, meine Diener aber wissen es nicht. Sprich, damit sie hören und erfahren'!

Der Erzengel Gabriel: ‚Oh mein Allah, wäre ich ein Nachkomme Adams, würde ich dich auf drei Weisen anbeten. Erstens würde ich die Ausgetrockneten mit Wasser versorgen, zweitens würde ich das Benehmen der Menschen, die sich schändlich benehmen, bedecken. Drittens würde ich den Armen helfen'. Daraufhin sprach Allah: ‚Weil ich weiß, dass du so handeln würdest, habe ich dich auch als Träger meiner Worte beauftragt und schicke dich somit zu meinen Propheten'.

Der Teufel verfügt über alle Fähigkeiten, über welche auch der Mensch verfügt.
Die einzige Gabe, die ihm fehlt, ist die Hingabe.
Der Teufel kann den Menschen wegen seiner eigenen Unfähigkeit zur Hingabe, nicht ausstehen.

Der Teufel hat niemals das Paradies gesehen. Die Schlange im Paradies war etwas sehr Schönes. Sie hatte vier Beine; jedoch nach dem, was Adam wiederfahren war, nahm Allah ihr die Beine weg und befahl ihr von dem Zeitpunkt an, sich nur noch kriechend fortzubewegen. Aus ihrem Leder werden den Frauen Taschen und Schuhe angefertigt. Diese Schlange war nicht die Personifizierung des Teufels. Aber dieses Ereignis hat geschehen müssen. Adam hat das Obst vom verbotenen Baum essen müssen; aus diesem Grund hat Allah den Teufel für einen kurzen Augenblick auf die Spitze der Schlangenzunge gesetzt.

Eine feine Weisheit steckt dahinter: Der Teufel war das Gift; nicht etwa die Schlange. Der Teufel war nicht einmal die Zunge. Er war lediglich das Gift an der Spitze der Zunge. Das ist ein Zeichen dafür, dass wir wegen des Teufels auf der Spitze unserer Zunge, vom Weg abkommen.

Allah sprach folgendes als er Adam aus dem Paradies nahm: ‚Lästert übereinander, verflucht euch gegenseitig, fallt herab und seid euch gegenseitiger Feind'.

Der Teufel weilte einst unter den Engeln. Sein Name war Haris, was so viel bedeutet wie der Ehrgeizige, der Unersättliche. Er war ehrgeizig und unersättlich im Gebet zu Allah. Es existiert keine Stelle sogar kein Fleck im Universum, wo er sich nicht niedergeworfen hätte. Als jedoch Allah Adam erschuf, dachte sich der Teufel, er hätte nun das Recht auf seine eigenen Gebete. Er wurde diesbezüglich überheblich, daraufhin befahl Allah ihn, sich vor Adam niederzuwerfen, womit er nicht einverstanden war. Seine Überheblichkeit bezog sich auf seine Dienerschaft zu Allah und auf seine in der Vergangenheit liegenden Gebete. Deswegen wurde er von der Güte und Gnade Allahs ausgeschlossen und aus dem Paradies verbannt.

Als Allah ihm vom Paradies in die Hölle schickte, entgegnete er, dass er ihm lange Zeit gedient hätte und deswegen eine Galgenfrist in Anspruch nehmen wollte. Allah schenkte ihm diese Galgenfrist, die bis zum Jüngsten Tage dauern sollte. Der Teufel sagte dann, dass er es sich bis dahin zur Aufgabe machen würde, zu versuchen, alle Menschen vom Weg abzubringen. ‚Ich werde vor ihnen, hinter ihnen, an ihrer rechten und an ihrer linken Seite sein', sagte er.

Allah genehmigte ihm das; sprach jedoch: ‚deine gesamten Anhänger werde ich in die Hölle stecken und ich werde meinen Dienern von Oben und von Unten in Erscheinung treten'.

Wie ihr seht, nahm sich der Teufel vier Richtungen und überließ gezwungenermaßen unser Oben und Unten Allah. Gerade deswegen öffnen wir unsere Hände im Flehen nach oben und legen unsere Stirn beim Niederwerfen auf den Boden.

Eines Tages während einer Diskussion Mevlanas, interpretierten der Scheich Ahi Muhammed Divane aus Sivas und sein Meister Eseddin Mütekellim den Vers: ‚Wo auch immer ihr seid, Er ist mit euch'. (Das Eisen; 4) Ich hielt es nicht mehr aus, erhob mich und fragte den Gastlehrer in der Anwesenheit aller:

- „Wie ist Allah mit seinem Diener zusammen?"

- „Du aus Täbris, was bezweckst du mit dieser Frage?"

Wie ruhig er auch sprach, man konnte ihm ansehen, dass er wütend war.

- Ich halte mich hier auf und spaziere umher, was tut das zur Sache? In dieser Frage kann keine schlechte Absicht stecken. Du bist ein Hund, der mit seiner Zunge angebunden wurde und hast es dir zur Angewohnheit gemacht zu quälen, Allah ist mit euch sagst du. Wie ist denn Allah mit dem Diener?"

- „Ja, Allah ist mit seinem Wissen mit dem Diener", entgegnete er mir dann.

- „Die Wissenschaft ist nicht getrennt vom Wissenden. Keine Eigenschaft steht separat vom Eigentümer dieser."

- „Du stellst alte Fragen."

- „Was bedeutet alte Bedeutungen; um Gottes Willen, sie sind frisch geboren."

Nach dieser meiner Antwort gab er sich geschlagen, erhob sich und erwies mir Ehre.

- „Genau das ist ein Theologe." sagte er, das Volk und überhaupt die meisten Anwesenden stimmten ihm zu.

Die Frau, die meine Chemie auf den Kopf stellt

Den Geschmack der Hingabe lernte ich von Mevlana,
Ihr Überströmen hingegen von der Dame Kimya

Konya war so, wie ich es verlassen hatte. Es herrschte die Stille vor dem Sturm. Es schien, als wäre Ruhe eingekehrt, jedoch bestand der Frieden nur Mevlana zu Liebe. Im Inneren Widererstreben wurde förmlich gesagt, dass sie Schams noch eine Chance geben wollten. Das Volk und die Wissenschaftler verhielten sich mir gegenüber wie Sklaven, die in die Arena des Löwen gezwängt wurden. Ihre besonnene Haltung mir gegenüber und ihr Gedanke, ich wäre explosionsbereites Dynamit, störte mich nicht. Wenn Hingabe mit Dynamit im Mund Feuer zu küssen bedeutete, ob ich nun explodiere oder in tausend Einzelteile zerstreut würde, was für eine Relevanz hätte das schon. Ich kam für Mevlana, wegen Mevlana. Ich war nicht derjenige, der sich verändern würde. Ich hatte auch nicht das Bedürfnis, dass sie mich so akzeptieren sollten, wie ich war. Ich sagte zu Mevlana: ‚Ich bin Deinetwillen gekommen, nicht Konya zu Willen'. Würden sie mir sagen, dass ich nach Täbris zurückkommen solle, da mein Vater aus seinem Grab auferstanden sei, so würde ich kein Haar krümmen. Erwarte nicht von mir, dass ich ihnen Zugeständnisse mache, vielleicht werde ich jetzt sogar schlimmer als vorher. Es ist sehr schwierig mit mir zu leben. Das sagte ich dir bereits. Der Schams von gestern, von heute, von morgen, ist immer der gleiche Schams.

Diesmal hatte Mevlana vor, mich an Konya zu binden, damit ich nicht mehr fortgehen konnte. Er dachte an ein Haus in der Nachbarschaft, an eine Familiengründung. Mevlana kannte das Volk Konyas sehr genau. In nicht allzu langer Zeit würden sie wieder über mich lästern. Die Erde war gefüllt mit rohen Menschen. Sie waren nicht dazu geeignet göttliche Unterhaltungen zu verdauen, sich hineinzubegeben und zu garen. Sie waren lediglich Menschen, die alles vom Augenschein her beurteilten und ganz fest an Mevlana festhielten bzw. ihn besitzen wollten. Sie dachten alles würde wieder so sein wie früher, wenn ich nicht dort wäre. Dass Mevlana wieder mit ihnen ein Herz und eine Seele sein würde. Das entsprach jedoch nicht der Realität. Mevlana benötigte mich, wie sein Leben, seine Seele. Uns zu trennen, wäre wie die Seele vom Körper zu trennen. Jedoch wem könnte man das erklären? Parallel zu diesem Gedanken fürchtete sich Mevlana davor, dass wir uns wieder trennen müssten und suchte nach Möglichkeiten, mich an Konya zu binden. Er wusste nämlich, wenn ich noch einmal fortgehen würde, würde ich nie wieder zurückkehren.

Mevlana hatte eine Adoptivtochter namens ‚Kimya', die von ihm großgezogen, erzogen und gelehrt wurde. Eine schöne Dame mit engelhaften Eigenschaften, ihr Äußeres und Inneres war von Anstand und Sittlichkeit geschmückt. Außerdem besaß sie Reinheit, die zum Sufi Dasein passte. Mevlana nahm sie auf, als sie noch ein kleines Kind war und behandelte sie in keiner Weise anders, als seine leiblichen Kinder. Er hatte sich lange Zeit überlegt, uns zu verheiraten, damit ich mich in Konya ganz niederlasse. Er machte sich natürlich auch Sorgen, zum Beispiel darüber, ob ich mit der Heirat einverstanden wäre. Schams ist alt und Kimya jung, das war seine weitere Sorge. Und er wusste, dass Alaeddin im Geheimen in Kimya verliebt war. Sein jüngster Sohn könnte ihm deswegen Feindschaft entgegenbringen. Mevlana befand sich in einer Zwickmühle. Ein weiterer Punkt zu dem war außerdem, dass einige große Lehrer Konyas, im Begriff waren für ihre Söhne um die Hand von Kimya anzuhalten. Er hat alle Möglichkeiten durchdacht und selektiert… Im Endeffekt entschloss er sich dazu, die Angelegenheit mit seiner Frau Kerra und seinem Sohn Sultan Veled zu besprechen. Seit dem ersten Tag meiner Rückkehr, bis zum jetzigen Zeitpunkt verhielt sich die Frau Mevlanas mir gegenüber kalt. Niemand dachte, dass sie die Heirat gutheißen würde, was sie jedoch tat. Sultan Veled: ‚Lieber Vater, du weißt es besser. Wenn dich der Gedanke an Alaeddin beunruhigt, sei beruhigt, ich werde ihn überreden und eine negative Reaktion von ihm zu verhindern wissen. Man müsste vielleicht auch nach der Meinung Kimyas fragen, was sie denn davon hält'.

Als Gevher, die erste Ehefrau von Mevlana starb, wollte er lange Zeit nicht wieder heiraten; jedoch diejenigen, die ihn liebten, überredeten ihn zur Eheschließung mit Kerra, die vom Christentum zum Islam konvertierte und nach dem Tod ihres Mannes mit drei Kindern alleine war. Ihre Kinder behandelte er auch wie seine Eigenen, er war sogar vorsichtiger bei ihnen. Als Mevlana nun Kimya, die er wie seine leibliche Tochter liebte, mit seinem Gedanken konfrontierte, schwieg sie dazu und sagte nur: ‚Mein Vater kennt mich besser als ich'. Und damit zeigte sie ihr Einverständnis. In Gegenwart meiner Eingaben der Hingabe, wäre dieses Mädchen in kurzer Zeit viele Stufen übersprungen, jedoch war Alaeddin nicht der Einzige, der nicht einverstanden war mit der Heirat, auch ich wünschte es nicht besonders.

Nun war alles daran, mich zu dieser Eheschließung zu überzeugen. Mich, der nicht einmal im Leben mit dem Gedanken zu heiraten gespielt hatte. Ich war schon achtundsechzig Jahre alt. So viele Jahre hatte ich nie an eine Frau gedacht. Auch Mevlana war sich dessen bewusst, dass ich nie mit dem Gedanken gespielt hatte. Das war auch der Punkt, der ihn ins Schwitzen brachte. Während einer Konversation unterbreitete er mir das Thema.

-„Welch schöne Lebensgefährtin wäre doch Kimya, nicht wahr Schams?"

- „Für wen?"

- „Für dich."

- „Du kennst mich mehr oder weniger. Bis heute ist nicht der Funken einer Frau in meinen Gedanken gewesen, Allah sei Dank."

- „Hat Allah uns die Frau nicht als Lebensgefährtin erschaffen?"

- „Die Frau ist Lebensgefährtin mancher und mancher ist sie Kadaver. Schau, mein Lieber. Kimya ist ein junges Mädchen und ich bin ein Mann, der sich komplett des Sexuellen entzogen hat. Ich antworte dir, wie Jesus einer Frau antwortete: sie ist verliebt in Jesus und wartet in voller Hoffnung darauf, dass er um ihre Hand anhält. Jesus spürt in welch Erwartung sie sich befindet und sagt zu ihr: ‚Eine Heirat ist eine Sache des Körpers. Warte nicht umsonst, ich besitze keinen Körper'.

- „Ich möchte, dass du nicht alleine bist. Ich möchte, dass du eine Gesprächspartnerin hast. Ich möchte, dass dir jemand das Wasser für deine rituelle Waschung gießt. Allah hat uns die Schönheit der Frau geschenkt. Lebenspartnerschaft funktioniert nicht mit dem Körper. Auch die Unterhaltungen des Herzens sind Nahrung für die Seele. Mein Ziel ist, mein Schams, dass du auch meine Tochter Kimya mit deinen seelischen Köstlichkeiten nährst. Und meine Kimya soll meinem Freund verbunden sein."

Die Worte Mevlanas brachten mich dazu, darüber nachzudenken. Es bewegte mich nicht sein Gesagtes dazu, meine Zustimmung zu geben. Es war eher sein Nichtgesagtes, was mich dazu verleitet: Oh Schams, du bist für mich die überdimensionale Hingabe, mein Geliebter, in mir machen sich Ängste breit, dass du wieder gehen könntest. Wie kann ich eine weitere Trennung verkraften. Mein erschöpftes Herz würde zerplatzen, wenn du dich wieder in Verbannung begeben würdest. Kimya soll dir keine Last sein, mein Hunger nach dir, soll Kimya an dein Herz binden, soll Kimya dir eine starke Fessel sein, damit meine Ängste unbestätigt bleiben. Versteh mich, ich bin so hilflos und so verrückt, dass ich dir meine Tochter übergebe, damit sie dich hierher bindet. Lass nicht eintreffen, vor was ich mich so sehr fürchte. Um mich zu beruhigen, weil du mich liebst, willige dieser Heirat ein.

Ich habe die Worte im schmerzenden Herzen des Freundes lesen können. Ich wollte mich erst entscheiden, nachdem ich auch mit Kimya gesprochen hatte,

- „Wenn auch Kimya zustimmt, bin ich einverstanden. Wenn du schon dazu bereit bist die Stürme, welche wüten werden, entgegenzunehmen, dann lass deinen Willen geschehen."

Ich wollte mich mit Kimya von Angesicht zu Angesicht unterhalten. Obwohl ich schon seit Jahren hier lebte, würde ich sie nun das erste Mal zu Gesicht bekommen. Ich musste erfahren, was ihre Intentionen waren und ich musste ihre Gedanken über mich in Erfahrung bringen. Nur ihre Antworten könnten mich von meinen Zweifeln befreien.

- „Ich weiß, was dir über mich erzählt wurde, als hätte ich es mitgehört. Ich bin derjenige, der Augen und Herzen lesen kann."

- „Ich richte mich nicht nach dem Gesagten anderer. Mein Ohr ist taub für die Außenwelt."

- „Kompliment. Schöne Antwort. Frag ohne dich zu genieren, wenn du Fragen hast."

- „Wieso habt ihr bis jetzt nicht geheiratet? Hattet ihr nie Wünsche, hattet ihr nie den Wunsch nach Leidenschaft?"

- „Während meiner Jugend und jungen Jahre fastete ich ganz bewusst fast jeden Tag, um erst keine Begierde aufkommen zu lassen, die sich mit der Zeit in mir entwickeln würde. Ich hatte Erfolg.

Ich tötete die Begierden. Ich empfinde keiner Schöpfung gegenüber sexuelle Begierde. Die Hingabe klassifiziere ich nicht als

Begierde, und die Liebe würde ich nicht mit sexueller Begierde umschleiern. Deswegen blieb ich achtundsechzig Jahre lang unverheiratet."

- „Was denkt ihr über Frauen?"

- „Ich blieb nicht etwa unverheiratet, weil ich Frauen hasse oder weil ich denke, sie seien Schuld an allem Schlechten. Ich gehöre nicht zu den Verrückten, die die Frauen als Teufel betrachten. Sie wurden uns von Allah anvertraut. Ich habe nichts mit Weltlichem zu tun. Weder mit Frauen noch mit Essen, Ruhm und Geld. Viele Frauen waren in Jesus verliebt, jedoch verzichtete er. In dieser Beziehung bin ich Jesus ähnlich."

- „Und was ist nun mit Jesus geschehen?"

- „Dein Vater hat mich zu einer Sunna unseres Propheten eingeladen: ‚Für drei Punkte wurde in mir Liebe gegeben: Das Gebet, schöner Duft, die Frau.'"

- „Welch schöne Einladung."

- „Wie schön ist die Einladung und der Einladende. Du bist jung und schön. Was hat Kimya dazu getrieben der Heirat mit Schams zuzustimmen, wobei sie doch dutzende Interessenten hat?"

- „Zur Aufopferung."

- „Welche Aufopferung, wofür?"

- „Nichts... Aufopferung... Reine Aufopferung für die Hingabe."

- „Wir beide gehören zu der Kategorie, die einwilligen, damit Mevlana glücklich ist, nicht wahr?"

Kimya sprach so schön als wäre sie eine kristallklare Quelle, die dem Berg entspringt, dessen Schnee am schmelzen ist. Man könnte ihr den ganzen Tag zuhören ohne genug zu bekommen. Mal ist ihre Stimme ein Rosenblatt, Mal der Morgennebel. Ihre Worte sind Brände, wie das Geräusch der Rohrflöte, weich wie Samt, warm wie Tränen. Die Sonne(Hurschid) aus indischen und asiatischen Sagen, ist im Vergleich zu Kimya nur eine Knospe, aber ich habe nichts von Dschemschid. Ich würde Kimya die Planeten vor die Füße legen; jedoch ist das Licht der Sonne kurz vorm Erlöschen. Es ist Jahre her, dass ich das Monster der Begierde in mir tötete. Ich bin nicht in einem Alter, in dem ich bei Frauen Trost suchen könnte. Ich floh immer vor Frauen. Seitdem ich mein Feuer zur Sonne geschickt habe, bin ich Asche. Asche, die so sehr auf dem Weg des Erlöschens ist, dass sie noch nicht mal ein Fingerspitzengroßes Papierstück in Brand setzen könnte. Ich opferte alles, was ich jemals hatte- Mevlana. Ich war mit meinen Gedanken, wie schneeweiße Kraniche im Himmel, davongeflogen während sie sprach. Ich schaute und sah ihre blauen Blicke auf meine Augen gerichtet.

- „Ich war ein brennendes und in Brand gestecktes Feuer, nun erlösche ich, langsam aber sicher, damit du es weißt."

- „Habt ihr euer ganzes Feuer für meinen Vater verbraucht?"

- „Nein, er brannte sowieso. Ich war nur sein Wind. Beschwerst auch du dich wie alle anderen darüber, dass ich deinen Vater verändert hätte?"

- „Mein Vater ist mit euch glücklich. Ich beschwere mich nicht, ganz im Gegenteil, ich bin euch zu tiefsten Dank verpflichtet und diesbezüglich sehr verbunden."

Soll sie sich mal weiter Gedanken über die Tiefe der Aufopferung machen. Ich bin nun inmitten der Stille mit meinen Gedanken bei Kimya. Die Dame Kimya ist blutjung, die Rose in der Knospe ihres Lebens. Sie hat viele Interessenten. Alaeddin und viele weitere junge Männer brennen für sie lichterloh. Sie ist so schön, dass sie bei einem Spaziergang im Garten, von allen Rosen so sehr beneidet wird, dass sie verwelken. Ihre Stirn, das Licht des Mondes. Ihr schönes Haar, was in ihr Rosengesicht fällt. Ihre Gleichaltrigen würden auch gerne so sein wie sie. Sie sind eifersüchtig. Ein Garten des Paradieses, welchen man von bösen Blicken schützen muss. Ein Beispiel für die Aufopferung für die Hingabe. Als Mevlana Kimya an seinem Gedanken, uns zu verheiraten, teilhaben ließ, gab sie ihm ohne gezögert zu haben, ohne Zweifel aufgewiesen zu haben die Antwort an der man erkennen konnte, wie adelig sie war: ‚Mein lieber Vater, ich weiß welcher Hingabe du verfallen bist. Wenn ich ein Opfer eurer Hingabe sein soll, dann musst du wissen, dass ich für dich und Schams, tausend Kimyas opfern würde. Mit der Unterwerfung und Ergebung Ismails gebe ich Schams mein weltliches Dasein. Und ich tue es nicht nur deinetwillen, ich erkläre mich dazu bereit, weil es mir eine Ehre ist, eure Hingabe, die sogar von den Engeln bewundert wird, zu erlangen. Ich verzichte auf alles Weltliche, wenn ich nur an eurer Hingabe teilhaben kann. Ich möchte zur Frau des Potiphar werden.

Obwohl ich mit Kimya die Heiratsangelegenheit von Angesicht zu Angesicht besprochen hatte, hatte ich immer noch kein gutes Gefühl gehabt. Ich war beunruhigt. Dass ich Mevlana traurig machen könnte. Meine Angst galt nicht der Möglichkeit, auf dem Weg der Hingabe, welchen ich seit Jahren im Herzen trage, eventuell zu stolpern. Ich hatte Angst davor Mevlana traurig zu machen, der für die Hingabe sein Alles in einem Atemzug verlassen hatte, der für die Hingabe dazu bereit war, alle gegen sich zu haben, der für seinen Geliebten Alles opferte. Das erste Mal in meinem Leben verspürte ich solch eine Angst. Der Tapfere, mutige Schams war nun ein erschrockenes Reh. Was wenn ich Kimya unglücklich machte und Mevlana deswegen am Boden zerstört wäre. Eine arrangierte Ehe, die mit innerem Widerstreben eingegangen wird, erwartet wohl kaum glamouröse Glückseligkeit. Ich hatte niemals außer Mevlana einen Menschen an meiner Seite, den ich als Geliebten bezeichnen würde. Eine glänzende Ehe auf Bestellung, zeigt uns ob bewusst oder unbewusst, ein Modell einer Geliebten, wie wir sie uns in unserem Inneren vorgestellt haben. Lange Zeit ist nun verstrichen, dass ich den Frauen meine Türen geschlossen habe. Ich habe eine Tür zwischen meiner Sprache und meines Herzens aufgestellt. Kimya könnte nicht der Schlüssel für die Hingabe sein, für die ich vor

Jahren mein Versprechen abgegeben habe. Dem kommt noch hinzu, dass sie sich mit ihren achtzehn Jahren in wilder Begeisterung befindet und ich im Alter von achtundsechzig zwischen Durst und Liebe, hin und her pendelnd, Gefahr laufe in diesen Wellen zu ertrinken. Sie ist die einzige Frau in meinem Leben, in dem Leben, welches kurz vorm Verfaulen steht. Die einzige Frau meines alten Lebens, der einzige Trost meines Herzens. Der Mensch erkennt, dass er von jemandem geführt wird, auch wenn er selber als Führer anderer agiert.

Was ist, wenn sie mich herabsetzt; wenn sie mich kraftlos findet oder gar nicht liebt? Jedoch die Liebe benötigt keine Maske. Ich war der einzige und sie liebte mich, wie ich war. Sie musste mich lieben. Sie liebte nur mich und würde mich immer lieben. Dies war deine erste und letzte Liebe Kimya. Wie sinnreich sie sprach. Klar, wie das Geräusch einer Quelle, rein wie das Zwitschern eines Vogels. Die Hingabe lässt im Menschen tatsächlich das Kind aufblühen. Lässt ihn zu einem Menschen machen, der aussieht, als täte er es glauben.

Kimya ist wie das Siebengestirn am Himmel; es ist zu sehen aber nicht zu erreichen, eine Quelle des Paradieses auf Erden, man bewunderte sie, konnte sie aber nicht erleben… Kimya sind die Bedeutungen bewusst, das Geheimnis ist von ihr verstanden. Jahrelanges Schwimmen im Meer des Übernatürlichen versetzte sie in die Offenheit der Hingabe. Sie durstete nach ihr. Sie ist schweigsam in ihrem Durst. Als wäre ich derjenige, auf den sie gewartet hätte. Sie fand Trost im Gebet und in Erinnerungen. Wie Maria trat sie in den Zustand des Schweigegelübdes.

Kimya ist ein Schatz, den sie verborgen hat. Unrechte Blicke blieben ihr fremd. Sie war so verlegen und schüchtern, dass sie sich sogar vor ihren Gleichgesinnten schämte und hütete. Sie hielt sich sogar vom Spiegel fern, aus Angst Stolz und Arroganz wegen ihrer Schönheit entwickeln zu können. Welche grässliche Krankheit. Kimya ist schlicht. Sie ist ruhig und unbesorgt. In ihrer Frommheit ist sie die persönliche Erscheinung Fatimas, (der Tochter des Propheten). Ihre Türen sind dem Weltlichen verschlossen. Wo auch immer sie ein Waisen Herz sieht, lässt sie schönste Worte regnen, um es zu streicheln. Während sich ihre Gleichaltrigen um die Vorbereitungen ihrer Aussteuer bemühten, sagte sie nur: ‚Existiert eine schönere Aussteuer als Sittsamkeit, Tugend und Anstand'.

KImya ist die Hager[22], die sich in der Wüste in Einsamkeit, ihrem Schöpfer anvertraut. Kimya ist die Hager, die Dem an welchem sie glaubt vertraut, Dem sie vertraut sagt sie in Beständigkeit ‚ich opfere alles Dir, Deinem Weg'. Kimya ist eine Rabia, die weltlichem Spielzeug gegenüber keine Habgier empfindet, die den eigentlichen Reichtum als innere Schönheit definiert. Die adlige Heldin Kimya, bat in ihren Gebeten niemals um Weltliches und nicht einmal betete sie für sich selber.

22 Ehefrau Abrahams

Welche Kimya könnte das Geheimnis des Schams lüften?
Welche Kimya würde nicht in der Sonne zerschmelzen?

Es war Winter, der Korridor der Schule wurde durch eine Gardine getrennt und somit zu einem Raum umstrukturiert. Nach einer einfachen Trauung wurde dieser Raum dem frischgebackenen Paar zur Verfügung gestellt. Das Gebet unserer Trauung sprach Mevlana, als Zeugen agierten Sultan Veled und Hüsameddin Celebi. Das Thema der Brautgabe wurde nicht angesprochen daraufhin nahm ich das Wort:

- „Meine Dame Kimya, ich besitze nicht mal ein Strohhälmchen, welchen ich dir als Brautgabe überlassen könnte. Mein einziger Besitz ist meine Dienerschaft und die übergab ich schon Allah. Ich überreiche dir mein Haupt würde ich sagen, wenn ich diesen nicht schon deinem Vater geopfert hätte. Als Brautgabe, kann ich dir in deiner Einsamkeit meine Konversationen anbieten. Ich besitze nichts anderes mehr, als meine Worte." Kimya lächelte und öffnete und schloss ihre Augen als Zustimmung.

Die erste Nacht in der ich das Zimmer betrat:

Kimya ging aus Angst vor der ersten Nacht, zitternd wie ein ängstliches Kaninchen im Zimmer auf und ab. Wegen des Lichtes der Öllampe bedeckte der Schatten ihres kleinen, zierlichen Körpers, die Zimmerdecke. Sie war wegen der schlechten Suggestionen, die ihr die Frauen in der Schule darüber machten, was in der ersten Nacht geschehen würde, beunruhigt. Sie knackte mit ihren Fingergelenken, rieb ihre Handflächen, lief im Zimmer auf und ab, sie wusste nicht, wie sie sich verhalten sollte. Sie war wie ein erschrockenes Reh, welches versucht, aus den Fittichen des Jägers zu entfliehen.

- „Du bist sicherlich erschöpft, setz dich hin, wenn du magst."

- „..."

- „Hast du eine rituelle Gebetswaschung vorgenommen? Die jetzt noch gültig ist?"

- „Ja."

- „Verdammt seien die Bräuche. So etwas wie ein Gebet für die Hochzeitsnacht existiert nicht. Außerdem wird unter uns keine Hochzeitsnacht stattfinden. Lass uns nun das Nachtgebet gemeinsam verrichten und du schläfst dann im Bett."

- „Und ihr?"

- „Ich werde aus dem Koran rezitieren. Wenn mich die Müdigkeit überkommt, sind die Sitzkissen unter der Türschwelle für mich ausreichend. „

- „Würde mein Vater nicht traurig darüber werden, wenn er hörte, dass ihr nicht im Bett schläft."

- „Wenn wir ihm nichts davon sagen, wird er auch nicht traurig." Nachdem wir das Gebet verrichtet hatten, sagte ich: „Möge Allah dir einen erholsamen Schlaf schenken." Ich löschte die Öllampe, setzte mich neben das Fenster und rezitierte im Licht des Mondes aus dem Koran.

Der Korridor, in dem wir mit Kimya lebten, schaute in den Hof. Diese kleine Schule, in der die gesamte Familie Mevlanas lebte, schenkte auch uns Unterkunft.

Kimya schwieg wenn sie schweigen musste, sie sprach, wenn sie sprechen musste. Ihr verwendetes Vokabular selektierte sie mit größter Vorsicht aus. Mit ihrer Höflichkeit, ihrem Streben, mir Ehre zu erweisen und ihrer Tugendhaftigkeit, nahm sie in meinem Herzen jeden Tag immer mehr an Größe an. Sie liebte es, sich mit mir zu unterhalten. Als wäre sie ein jahrelang im Käfig eingesperrter Vogel gewesen, der nun den Hunger auf das Reden und auf das Zugehört werden, stillen möchte. Die Frauen in der Schule und auch ihre Mutter, flößten ihr immer ein, dass es sich so gehöre, dass Frauen wenig redeten bzw. gar nicht redeten.

Mit jedem Tag wurde Kimya immer mehr zur Kennerin der Hingabe zu Allah. Eines Tages sagte sie:

- „Spielt der Blick bei der Hingabe eine Rolle?"

- „Natürlich."

- „Demnach werden wir innerhalb dieser Hingabe zu Allah, das Antlitz Allahs zu Gesicht bekommen, nicht wahr?"

- „Die Hingabe fängt mit dem Blick Feuer, nicht das Sehen an sich, sondern der Blick ist es, der das Geheimnis entschlüsselt. Die Frauen, die Joseph zu Gesicht bekommen haben, haben sich in die Hände geschnitten, nachdem sie ihn nur kurz gesehen hatten. Wenn sie einen richtigen Blick auf ihn geworfen hätten und die Hingabe zu Joseph in ihre Herzen getreten wäre, würden sie sich dann nicht komplett zerschneiden?"

- „Wir haben Allahs Antlitz zu Gesicht bekommen, nachdem er unsere Seelen erschaffen hat. Befinden sich unsere Seelen von dieser Hingabe zum Antlitz Allahs auf dieser Welt in Ahnungslosigkeit?"

- „Nicht jede Seele ist ahnungslos. Wer das Geheimnis in Unachtsamkeit vergräbt, wird es nicht erkennen. Wer das Geheimnis lüftet hingegen, wird es erkennen."

- „Also das Geheimnis der Rose und der Knospe."

- „Angeblich: ‚wird jede Knospe im Rosenbeet zur Rose' und ‚jede Knospe wird zum Dorn der Rose'..."

- „Jetzt verstehe ich, wie sehr mein Vater verrückt nach euch ist."

Die traurige, erschreckte Kimya der ersten Tage ist fortgegangen und an ihrer Stelle kam eine völlig andere, gesprächige, lächelnde, kindliches Verhalten an den Tag legende Kimya. Die Frauen in der Schule waren über die Veränderungen Kimyas verblüfft. Untereinander fragten sie sich, ob Kimya es in dieser Ehe aushalten würde, sie schlossen sogar Wetten ab, ob sie Selbstmord begehen würde oder nicht. Ganz gegen ihre Erwartungen, ließ die glückliche Kimya sie verblüffen. Sie konnten dem keine Bedeutung zuordnen. Wochen später hatte sich Kimya in ihrem Zustand so sehr weitergebildet, ihre wissenschaftliches Wissen unterstreichende Reden, verwunderten alle Frauen in der Schule. Das Volk und die Frauen unter ihnen, denen das zu Ohren kam, hegten ihr gegenüber Eifersucht. Vor allem wenn Kimya folgendes erzählte, veränderten sich ihre Gestalten und ihre Hautfarben: ‚Ihr kennt Schams nicht. Niemand von uns hat ihn wirklich verstanden. Ich ziehe so viel Nutzen von ihm, dass ich möchte, dass er den ganzen Tag bei mir ist. Wenn er anfängt das Gebet zu verrichten, wünsche ich mir im Heimlichen, dass es so bald wie möglich beendet wird und erwarte ungeduldig, dass er weiterredet'.

Der mittlere Sohn Mevlanas Alaeddin Celebi, der nur ein paar Jahre jünger war als Sultan Veled war, war zu dieser Zeit ein junger Mann. Der ungezwungene Sohn des Hauses betrat manchmal mit seinen Freunden die Schule und ging wieder. Dieser Zustand machte mich sehr traurig. Eines Tages, ging Alaeddin wieder an dem Korridor der Schule, der auf den Hof schaute, vorbei. Ich machte Alaeddin Celebi auf folgendes Aufmerksam:

- „Oh du, mein Augenlicht... Du verfügst über allen Anstand, jedoch wenn du vor meinem Fenster hinweggehst, musst du etwas vorsichtiger sein."

Der junge Alaeddin Celebi war durch meine Worte gekränkt und antwortete nur ein wenig hart:

- „Mein Scheich, in wessen Haus bist du auf wen eifersüchtig."

Diese Antwort war Grund dafür, dass die sowieso schon bestehende Kälte zwischen uns zu Eis formierte. Ich war gekränkt. Wegen seines ungehörigen Benehmens wollte ich ihn anschreien. Wäre nicht Mevlana am Ende der Leidtragende, hätte ich ihn dort mit einem Blitzblick niedergestreckt.

Die Menschen Konyas, die mich einst dazu gebracht hatten fortzugehen, hatten sich nicht wirklich beruhigt. Obwohl sie sich nach meiner Rückkehr bei mir entschuldigt hatten, lauerten sie förmlich auf eine Gelegenheit. Dieses Mal hatten sie auch einige in Konya hoch angesehene Studenten in ihre Gemeinde aufgenommen. Doch den Gauner Alaeddin nahmen sie in ihrer Mitte auf. Die Front gegen mich nahm permanent an Masse zu.

Eines Tages unterhielt ich mich im Hof der Schule mit den Derwischen. Alaeddin unterbrach mich, ohne um Erlaubnis zu bitten:

- „Die Pole dieser Welt sind mein Großvater und mein Vater. Ihr erwartet Hilfe von der Flamme der Kerze?“ Es war ein Provokationsversuch.

- „Im Wissen um die göttliche Vorsehung verfügt Mevlana über Perlen. Wenn er redet, macht er sich keine Gedanken darüber, ob jemand Nutzen daraus ziehen kann oder nicht, aber mein Gesagtes besteht seit meiner Kindheit aus Eingebungen Allahs. Mit meinen Worten versetzte ich die Menschen in Verzückung, ich bringe sie zu Verstand und erziehe sie. Betrachtet nicht meine wildschäumende Art, mein Wort ist eine Peitsche, die den Ungezogenen erzieht.“

- „Du bist zerstörend, wie ein Sturm, schneidend wie ein Messer. Was beinhalten deine Worte, abgesehen von Plage?“

- „Wenn Mevlana spricht, seid ihr wie eine artige Katze, ganz Ohr. Wenn ich spreche werdet ihr zum wilden Tiger und wartet nur auf die Gelegenheit, über mich herzufallen. Dabei sagt Mevlana das Gleiche, was ich sage. Er spricht es leise aus und ich laut. Es besteht kein Unterschied zwischen uns, er ist ein mich nachahmender Imitator. Welch schönes Imitat er doch ist.“ Alaeddin begann vor sich her zu brummen und zu knurren. Ohne Rücksicht fuhr ich fort. „Ein Schwatzmaul unter uns beginnt seltsame Geräusche aus seinem Hals kommen zu lassen. Junge, bewahre Ruhe. Jeder liest aus seinem Buch des Herzens. Dein Inneres ist blutüberströmt, wie ein Opferaltar. Deine Augen spucken Lava. Tauch in mein Meer ein, damit ich dir Ruhe geben kann.“

Plötzlich sprang Alaeddin auf, als er auf mich zulief, stand ich auf und nahm meinen Gehstock zur Hand, um ihn nach ihm zu werfen.

Die Derwische packten ihn und brachten ihn raus. Kaum war das Ereignis dem Volk zu Ohren gekommen, nahmen die Rebellen, die mich nicht ausstehen konnten, Alaeddin auch schon beiseite:

- „Welch Wagemut. Da kommt ein Fremder und verursacht, dass einem Sohn der Eintritt des vierzigjährigen Vaterhauses versagt wird. Ist denn das möglich?“ Sie redeten ihm all dies ein, um von seiner Unreife Nutzen ziehen zu können. Ich bemitleide zwei Sorten von Menschen. Einmal diejenigen, die ohne Hingabe leben und einmal diejenigen, die dumm sind und sich somit von anderen beeinflussen lassen. Wie machtlos diese Geschöpfe nur sind. Auch Alaeddin gehörte zu diesen Bedauernswerten. Er liebte es mit den Worten anderer zu reden. Er war nichts anderes als ein schlampiger, nerviger, unscheinbarer junger Mann. Lasst euch nicht dadurch beirren, dass er später auch unter denjenigen sein wird, die mich zum Märtyrer machen. Er ist ein Angsthase, der nicht mal den Mut hat ein Hähnchen zu schlachten. Ein plötzlich aufsässig werdender Strohhalm, sonst nichts.

Einerseits bekam er solch Zustand an, weil er von seiner Umgebung vollgequatscht wurde und andrerseits, weil ich Kimya geheiratet hatte. Wie ein tollwütiger Hund würde er mir am liebsten an die Kehle springen. Seine Augen blitzten. Jedoch heißt es ja so schön: Bellende Hunde beißen nicht.

Ohne Erlaubnis betritt er Räume, in denen ich mich aufhalte, mischt sich in meine Unterhaltungen, er versucht wirklich alles um mich zu provozieren. Die Unruhe stiftenden Hetzer lachten sich ins Fäustchen. Ich sprach Mevlana darauf an. Auch wenn ich wusste, dass es ihn traurig machen würde. Ich hatte schon genug Geduld aufgebracht. Ich wollte, dass er es von mir hört. Ohne etwas dazu zu sagen, ging er aus dem Zimmer. Er ging direkt zu Sultan Veled:

- „Jetzt verstehe ich unseren Vater Adam. Der rebellische Kain auf einer Seite, der ruhige Abel auf der anderen Seite. Das Spitze und das Weiche. Ich hatte Verständnis für den Schmerz Adams. Mein Wissender, mein Sultan Veled und mein gaunerischer Alaeddin. Sag Sohn, was soll ich tun?“

- „La tahzen Vater: Allah existiert, Unbehagen nicht. Alaeddin, befindet sich in einem Alter, in dem das Blut kocht, er ist unwissend, er liebt dich und ist dir ein gehorsamer Sohn. Für seine wildschäumende Art ist seine aufmischende Umgebung verantwortlich. Ich werde mit ihm reden. Mit der Zeit wird er sich bessern, mache dir keine Sorgen, mein lieber Vater."

Sultan Veled ist ein liebenswerter, nicht störrischer Jüngling, der wie sein Vater ganz vernarrt in Wissenschaften ist. Früher mochte ich ihn auch schon. Ich mochte ihn wirklich sehr. Er war ganz anders. Er war Mevlana wirklich ein gerechter Sohn. Ob nun seine Dienste, die er mir hier in der Schule erwies, ob seine Höflichkeit, die er an den Tag legte, als er mich von Damaskus abholen kam, ich war begeistert von ihm. Hätte ich einen Sohn, würde ich mir wünschen, dass er so ware wie Sultan Veled. Egal wo wir uns über den Weg liefen, überall fragte er mich nach meiner Befindlichkeit und wollte wissen, ob ich einen Wunsch hätte. Er bat immer um Erlaubnis, um an meinen Unterhaltungen teil zu nehmen und horchte mir mit offenem Munde zu. Später erfuhr ich, dass er sich immer Notizen machte. Als er davon erfuhr, dass ich davon gehört hatte, gesellte er sich zu mir und bat um Entschuldigung. Ich sagte ihm, dass es in Ordnung sei, dass er mitschreibe und wenn ich wollte, dass jedes meiner gefallenen Worte unter dem Himmelszelt mitgeschrieben werden solle, dass ich ihm diese Aufgabe erteilt hätte. Daraufhin war er so glücklich und küsste mich so, wie ein Welpe das Gesicht seiner Mutter schleckt.

- „Das reicht mein Junge, du hast mein Gesicht ja so nass gemacht, als wäre es gewaschen."

Mit Freude lachte er, bat diesbezüglich um Vergebung und entfernte sich.

Wie Sultan Veled seinem Vater versprochen hatte, machte er sich nun auf die Suche nach seinem Bruder, den er auch schnell in einem Kaffeehaus beim Rauchen einer Wasserpfeife antraf. Als er alle im Kaffeehaus Sitzenden unter die Lupe nahm, fiel ihm auf, dass fast alle zu den Unruhestiftern gehörten.

- „Was hast du in der Gesellschaft dieser Leute zu suchen. Dein Platz ist an der Seite derjenigen, dessen Herzen sich wohlfühlen, mein Bruder."

- „Zwei Gelehrte in einer Familie sind ausreichend. Ich bin da überflüssig."

- „Wie kannst du so etwas nur sagen. Vergiss nicht, du bist der Sohn Mevlanas."

- „Was findet Vater nur an diesem Verrückten namens Schams?"

- „Ach mein Bruder, wie trüb nur deine Augen sind. Schams verfügt über solch Flammen, dessen Helligkeit und Klarheit nicht in den Himmeln unterzubringen sind. Ach mein Bruder, wie rostig sind nur deine Worte. Schams verfügt über solch Zunge, dass man denkt, das Paradies kommt zur Sprache und spricht."

- „Euer Himmel und eure Sonne kann mir gestohlen bleiben. Ich möchte ein wenig an der Dunkelheit des tiefsten Höllenschlunds riechen."

- „Rauchst du gerade Opium? Wie leichtfertig du das so sagen kannst. Ich bin älter als du. Wie ich sehe sind dir diese Leute hier mehr wert als ich."

- „Ihr seid trunken von Schams und ich bin trunken von der Pflanze, was soll's?"

- „Schämst du dich denn gar nicht. Ich dachte du wärest ein Mann, bemühe mich zu dir hin und schau was du von dir gibst. Bis zum heutigen Tage habe ich dich immer beschützt und zu dir gestanden. Wehe dir, du bereitest meinem Vater oder Schams noch einmal Kummer, glaube mir, dann wirst du es mit mir zu tun bekommen."

- „Lasst mir mein Hab und Gut zukommen lassen, ich werde nicht mehr in die Schule kommen. Sollt ihr doch mit eurem Schams glücklich werden."

- „Verschwendest du nicht einen Gedanken an unseren Vater?"

- „Er sieht doch außer Schams niemanden mehr, der sich in seiner Umgebung befindet. Immer nur Schams. Dieser Kerl aus Täbris hat euch alle in seinen Bann gezogen. Er hat euch verhext. Was mich am meisten getroffen hat war, dass auch Kimya in seinen Bann gezogen wurde. Sie hat sich für einen alten Mann entschlossen und das obwohl sie wusste, dass ich sie liebte. Ich verabscheue alle Frauen."

- „Wie redest du nur über unsere Schwester. Schäme dich vor der Hingabe, schäme dich vor Geliebten."

- „Das Herz befindet sich in den Händen Allahs."

- „Auch auf den rechten Weg zu gelangen, befindet sich in den Händen Allahs. Möge Allah dich rechtleiten. Du bist vom Weg abgekommen. Mir bleibt nun nichts anderes übrig, als für dich zu beten. Deine Sachen kannst du selber abholen."

KImya liebte Geschichten und persische Gedichte. Sie verlangte permanent von mir, ihr Geschichten zu erzählen oder Gedichte vorzutragen. Wenn ich ihr Derwisch Geschichten oder morgenländische Anekdoten erzählte, hörte sie mit einer süßen Aufregung und offenem Mund zu. Manchmal erzählte ich ihr eine Geschichte von Dschemschid und Hurschid. Sie lachte so herzig und so laut, dass man ihr Lachen im Hof hören konnte. Kerra und die anderen Frauen waren erstaunt.

Eines Abends schaute ich sie während unserer Unterhaltungen an und lächelte. Sie fragte:

- „Mein Herr, wieso habt ihr gelächelt?"

- „Wenn ich dich anschaue, führe ich mir die weibliche Löwin des Sufismus vor die Augen."

- „Wer ist diese Löwin?"

- „Die heilige Rabia Adeviyye. Möge Allah Wohlgefallen an ihr haben"

- „Mein Vater hat mir in meiner Kindheit viel von dieser Heiligen erzählt. Eines Tages ging er in die Stadt. Auf dem Nachhauseweg sah er eine christliche Frau und sprach sie dreimal mit ‚Rabia, Rabia, Rabia' an. Die Frau war verwirrt darüber, und fragte sich, wieso der Mann sie so angesprochen hätte. Sie war neugierig und stellte Nachforschungen an. Ihr wurde gesagt: ‚Mevlana wird wohl Ähnlichkeiten zwischen dir und der islamischen heiligen Rabia gesehen habe.“ Daraufhin wurde sie noch neugieriger und verbrachte ihre Zeit sofort damit, das Leben der Rabia Adeviyye zu studieren. Am darauffolgenden Tag kam sie in die Schule. Wir alle fragten uns, was eine Frau aus diesem verpönten Beruf von meinem Vater denn wollen könnte. Wir versammelten uns alle im Hof und warteten darauf zu erfahren, was sich Drinnen ereignete. Wenig später kam diese christliche Frau mit einem Koran in der Hand und ihr Haar bedeckt heraus. Von den Derwischen haben wir erfahren, dass sie bei dem Erforschen des Lebens der heiligen Rabia, mit dem Licht des rechten Weges in Berührung kam und sich entschloss zum Islam zu konvertieren. Sie legte im Zeugnis Mevlanas das Glaubensbekenntnis ab und ließ ihn wissen, dass sie seine Schülerin sein wollte. Nach diesem Ereignis waren alle Frauen neugierig auf das Leben der Rabia und wollten, dass mein Vater ihnen von ihr erzählt. Mein Vater: ‚Rabia zu sein ist kein Ergebnis des Wunsches, es ist Ergebnis der Hingabe. Nicht jedes Herz kann es verkraften Rabia ähnlich zu sein‘. Als ich versuchte ihr Leben in der Bücherei aus den Büchern zu studieren, kam mein Vater. Er nahm mich auf seinen Schoß und erzählte mir von der heiligen Rabia.“

- „Weil ich bei dir Rabia ähnliches entdeckt habe, habe ich gelächelt. Du bist wie sie, kräftig und beherzt, eine Heldin.“

- „Ich würde die Heldin auch gerne aus eurem Mund erzählt bekommen.“

- „Rabia- i Adeviyye, kam in Basra als arme Tochter eines frommen Vaters zur Welt. Noch bevor sie in die Pubertät kam, wurde sie zum Waisenkind. Von nun an war sie gezwungen, ihr Leben in Armut unter der Mühe des Waisendaseins, einsam und allein fortzuführen.

Allah ist gerecht. Nimmt Er von einer Seite, so gibt Er von der anderen Seite. Innerhalb dieses Mangels widmet sie sich Allah. Das war Grund für überdimensionale Zustände bei Rabia; Rabia, die sich nun nach innen dreht, erreicht in kurzer Zeit einen Zustand, der von den damaligen großen gelehrten Heiligen wie Süfya-i Sevri und Hasan-i Basri bewundert wird.

Sie war mit ihrer kleinen Hütte, die nur eine Strohmatte und in einer Ecke ein Sitzkissen, gefüllt mit Dattelblättern als Inneneinrichtung beinhaltete, vollkommen zufrieden. Diese bescheidene Räumlichkeit schenkte ihr Wohlbefinden und ließ sie in Begeisterung außer sich kommen.

Eines Tages stattete Süfyan-i Sevri ihr Besuch ab und sagte: ‚Oh Rabia, wenn ihr wünscht, können euch eure Bekannten helfen. Der bescheidene Inhalt eurer Hütte kann ausgetauscht werden, sodass es euch möglich ist, euch ein wenig besser zu fühlen'. Das versteckte Angebot, welches er ihr unterbreitete, wurde von Rabia mit entschlossener Antwort abgelehnt: ‚Ich beschwere mich nicht über meine Lebenslage, sodass ich das Bedürfnis hätte jemanden um Hilfe zu bitten. Ich habe nicht mal Den darum gebeten, Der die ganze Welt in seinem Besitz hat. Da bitte ich doch erst recht nicht machtlose Menschen, die nicht mal einen Atom dieser Welt besitzen'. Rabia hatte nur ein Maßstab. Und zwar dieses vergängliche Leben so gut wie möglich im Rahmen der islamischen Regeln zu leben. Wenn ein Leben die Vorgaben der Religion im Einklang bringen konnte, dann ist es ein Leben, welches sein Ziel erreicht hat. Und wenn das Leben auch auf einer Strohmatte durchlebt wird oder noch nicht mal auf einer Strohmatte, sondern auf der nackten Erde, was hätte dies schon für eine Bedeutung…

Einer der Wohlhabendsten in Basra, Süleyman Haschimi, ließ ihr einen Brief zukommen. Nachdem er seinen Reichtum und das ständige Wachstum seines Reichtums beschrieben hatte, setzte er fort: ‚All dies soll euer sein. Hauptsache ihr nehmt mein Angebot, euch zur Frau nehmen zu dürfen an'. Die Antwort der Rabia war hart: ‚Vertraue nicht auf dein Hab und Gut und versinke deswegen nicht im Stolz. Kümmere dich lieber um die Dinge, die dir im Jenseits von Gebrauch sein werden und finde darin Trost. Und spiele bloß nicht mit dem Gedanken, in deinem Testament anzugeben, dass Alles für einen guten Zweck gespendet werden soll. Sei dein eigener Vollzieher deines Testamentes und spende deinen Reichtum mit eigenen Händen für islamische Dienste. Löse dein eigenes Testament noch zu Lebtagen aus. Und vergiss nicht, mir den Reichtum zu schenken, wie du in deinem Brief angegeben hast, wäre nur eine Last und Dunkelheit für mein Herz. Dies ist für mich schon lange keiner Verzückung mehr wert'...

Die Frauen kamen sie besuchen, um Ratschläge von ihr zu bekommen. Einer ihrer Ratschläge lautete folgendermaßen: ‚Verheimlicht, was ihr an Gutes getan habt genauso wie ihr verheimlicht, was ihr an Schlechtes getan habt. Andere über seine guten Taten in Kenntnis zu setzen, ist wie Mehl im Wind zu streuen. Er nimmt ihn euch weg und ihr geht mit leeren Händen aus'.

Rabia hat ihre gesamte Existenz an den Glauben und an die Hingabe zu Allah gewidmet. Das ist einer der Gründe, wieso sie niemals an eine Heirat dachte. Eines Tages wurde sie gefragt, wieso sie nicht heirate. ‚Es existieren drei Dinge, die meine ganze Welt ausfüllen. Sie lassen mir keine Zeit, um an eine Heirat zu denken'. ‚Welche drei Dinge' wurde sie gefragt, woraufhin sie antwortete: ‚werde ich im Glauben davonstreichen, wenn ich meinen letzten Atemzug tue? Wird mir am Jüngsten Tag mein Tatenbuch von der Rechten oder der linken Seite angereicht? Wenn sich die Wege des Volkes trennen, zur Hölle und zum Paradies, auf welchem Weg werde ich gehen'?"

- „Mein Herr, verfügt ihr nicht auch über eine Anekdote aus ihrem Leben?"

- „Aber natürlich, ich weiß du liebst Geschichten, so werde ich dir eine erzählen.

Eines Tages trat ein Einbrecher in die Hütte der Rabia, während sie gerade das Gebet verrichtete. Der Dieb durchsuchte jede Ecke und war kurz davor, die Hütte mit leeren Händen zu verlassen, als Rabia ihr Gebet beendete und ihn ansprach: ‚Oh du bedürftiger Mann. Nehme mit dem Wasser in der Schnabelkanne dort wenigstens die rituelle Waschung vor und verrichte ein kurzes Gebet, damit du nicht völlig mit leeren Händen wieder gehst und sich dein Aufwand hier einzubrechen wenigstens gelohnt hat'...

Der Dieb war verblüfft und befand sich in einem gemischten, auch mit Angst zentrierten seelischen Zustand. Er führte sofort die rituelle Waschung durch und verrichtete das Gebet. Im Anschluss öffnete Rabia ihre Hände zum Gebet: ‚Oh mein Schöpfer, dieser Bedürftige hat in meinem Heim nichts finden können, was er mitnehmen könnte, ich habe ihn an Deine Tür verwiesen. Du bist natürlich nicht wie ich. Du würdest ihn nie mit leeren Händen fortschicken'.

Als sie hörte wie der Dieb nach dem Gebet Buße tat, flehte sie nun so: ‚Oh Schöpfer, dieser Mann stand einige Minuten vor Deiner Tür und Du hast ihn sofort angenommen; aber die arme Machtlose, steht schon ihr ganzes Leben lang vor Deiner Tür und wurde so noch immer nicht angenommen'! Die Stimme, die ihr Herz füllte sprach: ‚Sei nicht traurig, wir haben ihn deinetwillen angenommen'."

- „Von dieser Anekdote hatte ich noch nie gehört, vielen Dank mein Herr."

- „Wofür?"

- „Weil ihr der Meinung seid, dass ich solch einem der Hingabe Verfallenem Menschen ähnlich sei. Ihr habt mir damit Ehre erwiesen."

- „Es war kein Kompliment meine Kimya, es ist Tatsache. Tatsache. Los, du bist erschöpft und kraftlos, schlaf ein wenig."

- „Mein Herr, wenn ihr es mir gestattet, würde ich gerne auf euren Knien schlafen. Bis zum Gebet wäre ich keine Last, nicht wahr?"

- „Nein, wärest du nicht. Schlaf nur. Möge dir Allah einen guten Schlaf schenken."

Kimya ist die Frau, die die Engel für alle Ewigkeit wetteifern lässt. Sie wurde ja auch von Mevlana erzogen. Sie war keine gewöhnliche Frau. Sie war ein Schatz, weit entfernt von jeglichen schlechten Charakterzügen. Es brachte mich manchmal in Verlegenheit, dass sie mir so viel Ehre erwies. Einmal konnte ich nicht einschlafen und begab mich in den Garten. Als Kimya aufwachte und mich nicht im Zimmer sah, rannte sie sofort zum Fenster und sah mich dabei, wie ich die Sterne beobachtete. Mit einer Tasse Lindenblütentee gesellte sie sich zu mir:

- „Mein Herr, ihr werdet euch erkälten, bitte trinkt eine Tasse Lindenblütentee…"

- „Ich habe dir Mühe bereitet."

- „Nein. Doch keine Mühe, euch zu dienen ist Gnade und Güte für mich, mein Herr."

- „Geh du hinein. Ich werde auch gleich kommen."

- „Das Zimmer ist mir ein Kerker, wenn Schams nicht da ist, wisst ihr das nicht?"

- „Derjenige, der dir den Namen Kimya verlieh, hat es genau getroffen."

- „Wieso?"

- „Deine Höflichkeit, Freundlichkeit, dein Anstand bringt die Chemie eines Menschen durcheinander, deswegen." Lachend gingen wir beide gemeinsam wieder hinein.

Unsre Ehe mit Kimya machte die Glückseligkeit der Schule noch glücklicher, als sie schon war. Kimya machte mich mit ihrer verbundenen Freundschaft glücklich, mein glücklich sein brachte mich dazu in Konya zu bleiben und das machte Mevlana glücklich und Kimya machte es glücklich, dass Mevlana glücklich war. Weil Kimya glücklich war, machte es die Dame Kerra glücklich und Mevlana war der Glücklichste von uns allen. Die Rechnung der Unruhestifter war nicht aufgegangen, dass die Ehe den Bach runtergeht. Soll die Unruhe ruhig in ihrem Kessel kochen, Alaeddin soll vor

Wut ruhig auch kochen und die Schule erlebte einen harmonischen Frühling. Der einzige Faktor, der den Frühling zum Herbst übergehen ließ, war die plötzliche Erkrankung Kimyas.

Meine Dame Kimya fragte mich einst während einer unserer Konversationen nach dem Tod:

- „Wie ist wohl der Tod?"

- „Deine Frage ist sehr lang und die Antwort ist sehr kurz."

- „Das habe ich nicht verstanden."

- „Der Tod ist die Hingabe."

- „Ich habe es wieder nicht verstanden. Gehen der Tod und die Hingabe ineinander über?"

- „Jede Seele ist mit der Hingabe verheiratet. Das Sterben ist nicht die Trennung, sondern die Brautgabe der Wahrheit."

- „Wie ist das Geben zwischen Hingabe und Tod? Woraus besteht das Geschenkte?"

Ich stand auf, hielt die Hand von Kimya und half ihr so auf die Beine.

- „Öffne deine rechte Hand in die Richtung des Himmels und deine Linke in die Richtung der Erde. Schließe deine Augen, wir beginnen uns gemeinsam mit der Welt zu drehen. Öffne bloß nicht deine Augen. Du darfst nicht sehen, was vom Himmel in deine rechte Hand regnet. Sehe auch nicht die Leben, die aus der linken Hand auf die Erde fallen. Drehe dich nur im Sema."

Als der Sema beendet war, verlangte ich von ihr, ihre Augen zu öffnen. Als sie ihre Augen öffnete, wurde sie kreidebleich. Ihr Herzschlag schallte im Zimmer zum Echo.

- „Du fragtest nach dem Tod, hast du jetzt verstanden?"

Ihre Stimme war voller Freude, ihre Buchstaben kindlich aufgeregt:

- „Ich habe verstanden." sagte sie.

- „Für den, welcher der Hingabe verfallen ist, ist es lediglich ein Schließen und ein Wiederaufschlagen der Augen. Dabei sind währenddessen Frühlinge und Sommer vorbeigestrichen. Trauer gefüllte Herbste und Qualen durchdrungene Winter wurden erlebt. Die Hingabe und der Tod bestehen aus einem Augenblick. Der Augenblick des Augenblicks. Die Hingabe ist, im Tod wieder aufzuerstehen, der Tod ist dabei sich bei der Hingabe zu finden. Es ist das Zusammentreffen meine Kimya."

- „Wer ist eurer Meinung nach der Hingabe verfallen?"

- „Meiner Meinung nach müsste jemand, der der Hingabe verfallen ist, lichterloh brennen, wenn er mal eben aufsteht. Er muss umzingelt sein von Feuer; überall muss ein lärmendes Durcheinander entstehen! ..."

- „Ich wünschte, ich hätte euch schon vor Jahren kennengelernt, mein Herr." sagte sie und küsste meine Hand. Mit so einem schönen Duft wurde meine Hand noch nie konfrontiert. Kimya gefielen unsere Unterhaltungen so sehr, als würden die Worte in ihrer Seele Trennungsschmerz erleiden und mit meinen Unterhaltungen das Zusammentreffen erleben.

Oh meine Kimya, kaum war die Hingabe gelernt,
Schon zum Tod am Rennen, schickt sich das?

Der kalte Frost des Winters ließ sich vor dem Schnee auf die Bäume nieder. Wie der Tau, Tropfen für Tropfen überkamen mein Inneres Schmerzen. Meine Kimya erkrankte ganz plötzlich. Hoher Fieber verfolgt vom nächtlichen Phantasieren bis hin zur Kraftlosigkeit, die mit starken Schmerzen verbunden war. Einige Tage später bekam sie große Furunkel auf ihrem Hals und Rücken. Wir brachten sie zu Ärzten. Aber es half nichts. Die Furunkel verteilten sich auf ihren gesamten Körper. Was mich traurig stimmte, waren ihre nächtlichen Aufrufe vor Schmerzen. Ich sprach Gebete, während ihr Kopf auf meinen Knien lag. Mit meinem Atem wurden ihre Schmerzen erleichtert und sie konnte einschlafen. Ich verrichtete das Morgengebet in diesem Zustand, mit ihrem Kopf auf meinen Knien, ohne aufzustehen, damit sie nicht wach wurde, da sie doch mit Mühe und Not eingeschlafen war. Ich war wegen ihrer Krankheit und den daraus resultierenden Schmerzen so am Boden zerstört, da sie mir doch in erster Linie von Allah dann von Mevlana anvertraut wurde. Ich hatte damals von einem Arzt in Chorasan gehört, dessen Spezialgebiet es war, Furunkel zu heilen. Ich spielte mit dem Gedanke, sie nach Chorasan zu bringen; jedoch wäre die Reise für sie zu anstrengend, das hätte sie nicht überlebt. Ich ließ dem Arzt eine Nachricht zukommen, damit er nach Konya komme. Als dieser Arzt unterwegs war, zog Kimya fort, zur Instanz des Barmherzigen Erbarmers. Kimya war gestorben.

Das erste Mal in meinem Leben war ich mit einem derartigen Schmerz konfrontiert, so einen tiefen Schmerz hatte ich noch nie empfunden. Der Schmetterling, der seinen Kokon durchtrennt hatte war fortgeflogen. Die Quelle, die dem Gestein entsprang, war ausgetrocknet. Der Tod schmiegte sich wie eine Krone an ihre Schönheit, als wäre sie vor uns zur Hingabe geflogen. Ohne sie war das Zimmer taub und die Wände blind. Ihr Duft war überall. Als wäre sie aus der Märchenwelt für einen kurzen Augenblick hier geblieben. So frisch haftete ihr Duft noch an meiner Kleidung. Es kam uns so vor, als hätten wir nicht Kimya sondern den Himmel begraben. Die Wolken befanden sich auf der Erde. Es regnete von der Erde zum Himmel hinauf. Hätte ich gewusst, dass Kimya so liebevoll ist, dass ihr Fortgehen solch Schluchten in mir aufreißen würde, hätte ich mich gegen diese Eheschließung mehr gewehrt und wäre hartnäckig geblieben. Es ist wohl der unbeschreiblichste Schmerz, das Paradies zu erleben und es dann zu verlieren.

KImya war mein Paradies auf Beinen. Während unserer sechsmonatigen Freundschaft, hat sie mir nicht ein einziges Mal das Herz gebrochen. Sie war so vorsichtig in ihrem Umgang mit mir. Mit ihrer Unschuld gab sie mir die Liebe, die ich sogar von meiner Mutter nicht bekommen habe. Sie erwies mir Ehre, wie ich es von keinem Derwisch erfahren habe. Sie hat mein Inneren Waisen Zustand und meinen Hunger abgedeckt. Damit ich nachts nicht fror, deckte sie mich zu, morgens war sie vor mir auf den Beinen und bereitete mir Wasser für die Waschung vor, das Handtuch wurde von ihr gehalten und sie trocknete mir das Gesicht. Die Reinheit ihrer Stimme war Musik in meinen Ohren. Ich habe nicht ein einziges Mal gesehen, dass sie mir gegenüber das Gesicht verzogen hätte. All dies tat sie nicht als Erfüllung ihrer Aufgaben sondern mit Hingabe, das war offensichtlich. Weil sie alles so ehrlich meinte genierte ich mich wegen ihrer Freundlichkeit und Höflichkeit. Während ihrer Krankheit rief sie nie bewusst Wehgeschrei aus, nur damit ich nicht traurig wurde, versuchte sie es sich zu verkneifen. Sie war eine Plage der

Munterkeit und Nettigkeit, die bevor sie an sich oder andere, erst an mich dachte. Sie war die Rose der Sonne. Sie war der Rosengarten, der die Sonne zum Lachen erweckte. Wie soll die Sonne nun ohne Kimya lachen.

In der Nacht, in der wir Kimya beisetzten, war der Himmel gestreift... Die Erde bewölkt... Ein Rätsel zwischen Existent und nicht Existent! Meine erste Nacht ohne Kimya: Ein totes Zimmer. Ich muss auf ihren Duft verzichten. Ich suche an den Wänden nach ihrer Stimme. Ich will mich an den Wänden mit meinen Fingernägeln hochziehen und die tauben Wände mit geballten Fäusten schlagen, damit sie mir die Stimme von Kimya wiedergeben. Die schmerzhafteste Nacht meines Lebens. Meine längste und tiefste Nacht. Ich bin auch nur ein Mensch. Ich bin nicht aus Stein. Ein Engel bin ich auch nicht. Natürlich gehört es zum Menschen zu weinen und zu trauern. Als wären alle Berge der Welt auf meiner Brust gestapelt. Ich war kurz vorm Ersticken. Kimya war mein Atem. Jetzt hatte ich verstanden, was Mevlana durchmachte, als ich Konya verließ. Wieso ich zu Hamusch wurde und mich an das Schweigen lehnte.

Ein streifenloses, hier und da mit Vogelmotiven besetzter weißer Kopfkissenbezug und am Kopfende des Bettes ein Andenken an Kimya, eine fliederfarbene Bluse. Ein von Kimya handgewebter Teppich auf dem Boden. Ich, auf einem Gebetsteppich in Gedanken versunken. Erschöpft mit gebrochenem Herzen. Weinend. Also ein alter Mann, dessen Gesicht kalt und still ist, wie ein Fluss, dessen Stille vom verschneiten Berg eingenommen wurde. Meine Hände sind blass. Meine Lippen sind ungewohnt lila angelaufen. Meine Augen matt... Ein totes Zimmer ohne Kimya und ich. Was soll ich tun. Die Schmerzen der Hingabe sind so tief und verrückt, dass ich sie mit ‚meine Liebsten' anspreche. Ich bin die Schlucht herabgefallen. Nach mir stürzten alle Berge herab und die Schlucht in die ich fiel, war immer noch nicht ausgefüllt.

Auf meiner Stirn sitzt das Geräusch fackelnden Feuers, welches sich wie Wasser anhört. Ich möchte mich in die Brust der Berge verstecken, in die Einsamkeit der Wüste. Was soll ich mit einem Rosengarten anfangen, der nicht nach Kimya duftet. Oh meine Freundlichkeit, meine liebevolle Kimya, wo bist du? Ihre Freundlichkeit und ihr liebevolles Dasein hatte auch etwas von einer Sonne. Niemands Geliebte ist liebevoll, es ist ein liebloses Zeitalter. Unsere Nächte vergehen lieblos. Also ohne Sonne. Wenn die Liebe nicht mehr liebvoll ist, suchen die Menschen nach der liebvollen Liebe und denken, der gute Geschmack, das Amüsieren, die Zeit zu vertreiben und Sexualität seien die Liebe. Wer die Chemie der Hingabe kennenlernen will, muss Mevlanas Kimya und meine liebevolle Ehefrau kennenlernen.

Ach Kimya aaaach… Du hast keine Kimya verbrennend zu Asche werden lassen. Ich habe dich in einer kurzen Zeitspanne, eines verloren gegangenen Lebens kennengelernt. Hätte ich dich vor deinem Vater gekannt, hätte ich nicht Celaleddin sondern dich zum Mevlana der Welt gemacht; jedoch es tut mir leid. In diesem Herzen ist nur eine Hingabe beherbergt und diese ist deinem Vater zuteil geworden. Nun sitze ich wegen deiner Abwesenheit im Schweigen, meine Kimya. Ich weine. Meine Tränen fließen mittlerweile in mein Gehirn. Sogar das Weinen weint, ach würde sie doch leben, was bedeutet es ohne Kimya zu sein.

Mein Fortgehen aus Konya hatte Mevlana zum Schweigen gebracht. Schweigen war etwas Schönes, wenn es derjenige für den man schweigt, es wert ist. Nun bin ich schweigsam, weil du nicht da bist, meine Kimya. Dass dein Schweigen meiner linken Seite so sehr zusetzen würde, hätte ich nicht erahnen können. Ich war so hilflos wie die Blumen, die in der Kälte auf den Boden geworfen wurden; ich fror, weil du in meinem Zimmer nicht anwesend warst. Vielleicht würde ich mich auch an deine Abwesenheit gewöhnen, das wäre die schlimmste Option. Alles was ich weiß ist, dass du nicht zurückkommen wirst. Ich werde nun jedem Atom in diesem Zimmer, welches mit der Erinnerung an dich qualmt, schweigend gegenüberstehen.

Mevlana und Sultan Veled strengten sich zwar an, um mich zu trösten, jedoch blieben ihre Anstrengungen ohne Erfolg. Mein Schmerz saß tief. Mein Schmerz brannte stärker in meinem Inneren, als es die Schlucht der Hölle könnte. Die Angst überkam Mevlana. Was wäre, wenn Schams nun Konya verlassen würde. Ich tröstete ihn.

- „Nur der Tod kann mich den Räumlichkeiten entreißen, die nach Kimya duften."

Die Unruhestifter, die mich nicht ausstehen konnten und vom Tod Kimyas hörten, nahmen die Möglichkeit wahr, Alaeddin wieder zu beeinflussen:

- „Das arme Mädchen ist aus Unglück gestorben. Wer kann es schon mit Schams aushalten?" Mit ähnlichen Sprüchen öffneten sie wieder die Türen der Gerüchte und des Hasses. Sultan Veled hatte von den Gerüchten gehört und kam zu mir um mir Trost zu spenden. Ich war todunglücklich:

- „Du siehst es ja Sultan Veled, in welch Zustand sie sich wieder befinden! Wie sie sich aufeinander abgestimmt haben, um mich von Mevlana zu trennen; aber dieses Mal werde ich so verschwinden, dass niemand meine Spur finden kann."

- „Mein Herr, auf dem Weg der Hingabe ist meinem Vater eure Anwesenheit wertvoller als eure Abwesenheit. Sagtet ihr nicht selber, dass man in der Hingabe sterben müsse und in ihr verenden, damit man wahrhaftig lebendig ist."

Nun zu Alaeddin, er hatte seine Sachen aus der Schule geholt und gesellte sich zu seinen ihn negativ beeinflussenden Freunden. Es sprach sich rum, dass er dem Alkoholgenuss verfiel und brüllend durch die Straßen Konyas spazierte. Als dies Mevlana zu Ohren kann, machte es ihn sehr traurig. Die Schule war nun förmlich zu einem Haus des Trostes umgewandelt. Wegen der schmerzenden Trauer durch Kimyas Tod, wurde ich von Vater und Sohn getröstet. Mevlana brannte wegen des Schmerzes, den ihn Alaeddin mit seiner groben Untaten zufügte. Sultan Veled und ich trösteten diesbezüglich Mevlana.

Ja, ich muss gestehen, dass mich das Volk von Konya zu Anfang nicht wirklich mochte; aber der Hass war nicht so groß, um mich töten zu wollen. Außer den zersprungenen Stimmen einiger Schakale, stand mir eigentlich niemand mehr im Widerstreit gegenüber. Das Volk hatte mich nach meiner Abreise wertschätzen gelernt und die Zahl der mich Hassenden hatte sich drastisch reduziert. Die Mollas, dessen Autorität und Ruhm in Zweifel gestellt wurde, verloren auch die Hoffnung an den jungen Derwischen, die der ‚Fethiye Gruppe' angehörten, nachdem sich die Sympathie des Volkes mir gegenüber häufte. Nur weil sie sich vor Mevlana fürchteten und die Reaktion des Volkes nicht abschätzen konnten, ließen sie über mich kein Todesurteil geltend machen. Einen Attentäter, einen nicht aus Konya stammenden Attentäter zu beauftragen, schien ihnen die einzige Lösung, wobei sie auch dabei keinen Erfolg hatten. Auch die Stimmen derjenigen, die Alaeddin gegen mich aufhetzten wurden leiser. Ich wusste, dass Alaeddin nicht dazu in der Lage war, mir gegenüber ein Mordkomplott zu organisieren. Um die Wahrheit zu sprechen, war Alaeddin ein junger Mann, dessen Bartwuchs noch nicht mal vollendet war. Er war zwar voller Energie und voller Aufregung jedoch erlosch seine schäumende Wut im Nullkomma Nichts dahin. Ich machte seine Jugend und seine Unwissenheit für sein Verhalten verantwortlich.

Auch wenn er es spät verstanden hat, dass er nur für die Gerüchteküche benutzt wurde, er hat es verstanden. Er verließ Konya um sich dem Ahi Evren anzuschließen, der sich nur kurze Zeit in Konya aufhielt und mit seinen rebellisch qualmenden Reden Alaeddin in seinen Bann zog. Ich habe ihm nach seiner Abreise alles verziehen. Monate nach meinem Tod wurde er während einer Aufruhr, die gegen den Sultan Kilicaslan seitens der Gemeinde der Handwerker, Gewerbetreibender und Bauern, die kollektive wirtschaftliche und kulturelle Ziele verfolgten, durchgeführt wurde, verletzt und erlag später seinen Verletzungen. Sein Leichnam wurde nach Konya gebracht. Das Totengebet wurde von Mevlana verrichtet, anschließend wurde er der Schule beigesetzt.

Das Glaubenbekenntnis der Hingabe

Wäre ich nicht in blinde Brunnen geworfen.
Wie könnte ich auch in der Lage gewesen sein, in dieser Dunkelheit, die Sonne zu sehen…
War es möglich Schams zu sein, ohne das Leben dem Geliebten überreicht zu haben?

Sieben Türen, sieben Zimmer, sieben Fragen, sieben Henker… Sieben Reiter durchritten die Dunkelheit der Nacht. Die Pferde der sieben Reiter, waren sieben reinrassige Arabische. Die sieben Reiter ließen den Staub zu Rauchwolken werden. Niemand verstand ihre Sprache. Wobei sie nicht viel redeten. Verschlüsselte Worte, verschlüsselte Blicke, verschlüsselte Mimik verliehen ihrem diskreten, schweigsamen Auftreten etwas Rätselhaftes, Geheimnisvolles. Diese sieben Reiter trafen im Anschluss einer siebentägigen und einer siebennächtigen Reise in Konya an.

Die Flügel der schwarzen Nacht und der schneeweiße Schnee verdeckten die Stadt und die Menschen verließen die Straßen und verschlossen sich in ihre Häuser, um sich zu erwärmen. Der Nordwind wehte, schnurstracks die Herberge, mit dem Hintergedanken die Gärten zu verwüsten, an. Die Mähnen der sieben Pferde ließen einen Wind wehen, der schlimmer war, als der Atem der Mongolen.

Sieben Gauner, sieben Messer, traten zum Trotz der trockenen und strengen Kälte, schweißgebadet in die Herberge ein. Sie traten wie das Lied vom Tod in jene Herberge ein, in welcher Schams einst wohnte, als er vor Jahren kam, um den Diamanten der Hingabe zum Glänzen zu verhelfen. Einer unter ihnen nahm mit gebrochenem Türkisch das Wort und fragte:

- „Ist der aus Täbris hier in Konya?"

- „Welcher aus Täbris? Konya hat Einwohner aus zweiundsiebzig Ländern und Städten. Es leben hier so viele aus Täbris. Nach welchem von ihnen sucht ihr?"

- „Den, der Scheich ist. Er besitzt nichts anderes außer seinen schwarzen Umhang."

- „Ach, die Sonne aus Täbris sucht ihr also. Er ist in der Schule."

- „Möge eure Sonne untergehen. Wird sie auch."

- „Seid ihr Fremden betrunken?"

- „Wir nicht; aber ihr seid betrunken, ohne Alkohol konsumiert zu haben."

- „Denselben Spruch sprach auch einst unser Schams."

- Das wissen wir. Über wie viele Zimmer verfügt diese Herberge?"

- „Für Gäste haben wir hier neun Zimmer und ein Zimmer gehört meiner Familie."

- „Wie viele Gäste befinden sich momentan in dieser Herberge?"

- „Wir haben Winter, alle Zimmer sind frei ..."

- „Schön, nimm deine Familie und bring sie weg. Leere die Herberge. Für zwei Tage schließen wir sie. Nimm so viel Gold aus diesem Beutel, wie viel du dafür haben willst. Du bist frei in deiner Entscheidung über den Preis. Jedoch wirst du diese Herberge zwei Tage nicht betreten."

- „Was ist mit der Reinigung und eurem Essen?"

- „Wir sind von Geburt an rein. Um das Essen kümmern wir uns selber."

Der Herbergsvater konnte dem Ereignis keine Bedeutung zuordnen. Mit zitternden Händen entnahm er dem Beutel eine Hand voll Gold und ging, ohne sich noch einmal umzudrehen...

Der Himmel ist mit Ruß geschwärzt, die Luft ist so dunkel und trüb, dass man kaum etwas sehen konnte. Mit dem schlafenden Morgen befinden sich nur Kinder auf den Straßen. Es wurde ein paarmal laut an der Außentür der Herberge geklopft. Die Tür öffnete sich. Der Milchjunge war gekommen.

- „Ist der Herbergen Opa nicht da?"

- „Für zwei Tage sind sie nicht da."

- „Was soll ich dann mit der Milch anfangen?"

- „Geh und schütte sie in den Fluss."

- „Wie bitte?"

- „Wie viel verdienst du, wenn du sieben Tage Milch verkaufst?"

- „Zwei Goldstücke."

- „Würdest du die Rolle eines Kuriers übernehmen und etwas zur Schule bringen, wenn du sowohl deine Milch behalten könntest als auch drei Goldstücke bekommen würdest?"

- „Es gibt viele Schulen in Konya. Welche Schule genau?"

- „Zur Schule, wo sich der Schams von Täbris aufhält, kennst du diese Schule?"

- „Wer kennt Schams nicht."

- „Dann warte eben."

Der Fremde bringt etwas in einem roten Tuch Eingewickeltes und machte ihm folgende genaue Angabe:

- „Dieses Tuch überreichst du Schams, verstanden? Du wirst dieses Tuch weder öffnen, noch jemandem davon erzählen, was sich heute zugetragen hat."

- „Verstanden. Meine drei Goldstücke bitte."

Ohne mich von der Not abzuwenden,
Habe ich mich nicht der Qualen ergeben, die von dir kommen oh Hingabe.
Meine Zunge spricht weder das Paradies, noch Beschwerden, in meinem Ablauf befindet sich weder Zusammenkunft noch Sehnsucht.
Ich gehe nicht zum Paradies, das Paradies kommt zu mir gelaufen.

Der Garten der Schule war wegen des Nebels und der Kälte ruhig. Einige Derwische unterhielten sich neben einem trockenen Baum. Der Milchjunge gesellte sich mit einem Eimer Milch in der Hand zu ihnen und grüßte sie. Einer der Derwische:

- „Die Küche ist dort drüben."

- „Ich möchte nicht zur Küche. Ich bin gekommen, um unseren Herrn Schams zu besuchen."

- „Gehe erst zum Feuerspucker, der wird dir sagen wo Schams sich aufhält."

Der Feuerspucker ist damit beschäftigt, den Inhalt eines großen Kessels mit einer großen Schöpfkelle umzurühren. Mal nach links mal nach rechtes schaukelnd spricht er gleichzeitig Verse aus dem Koran. Als der Milchjunge in die Küche eintritt, führte der Gelehrte Feuerspucker seinen Zeigefinger zu seinem Mund und macht somit ein Zeichen, dass er still sein sollte. Der Milchjunge wartete und wartete... Fast eine halbe Stunde lang steht der Milchjunge dort und wartet. Der Feuerspucker:

- „Sag nun, was möchtest du?"

- „Ich wollte meinen Onkel den Schams aus Täbris sehen."

- „Wieso, was möchtest du von meinem Herrn?"

- „Ich habe ihm etwas zu geben."

- „Was kannst du schon anderes geben wollen, außer Milch, obendrein mag mein Herr keine Milch. Allah Allah!"

- „Der Opa der Schekerci Herberge stellte mir eine Frage und forderte mich auf, den Schams aus Täbris zu fragen, da er es am besten wüsste!"

- „Hah! Jetzt passt es. Dein Gesuchter befindet sich unten im Keller. Es ist dunkel dort, sei vorsichtig, dass du nicht hinfällst."

Der Milchjunge tritt durch den kalten Korridor und steigt die Treppen herab. Je mehr er hinabsteigt, desto mehr beginnt seine Stirn zu schwitzen. Es ist so kalt, dass die Schweißperlen beinahe zu Eis frieren. Er öffnet die Tür des Kellers einen Spalt weit. Es ist dunkel, kalt, im vereisten Zimmer steht ein Korb mit Gemüse gefüllt. An der Decke hängen Weinstöcke, Wassermelonen und Honigmelonen… liegen auf dem Stroh. In einer Decke sitzt ein nachdenklicher Mann auf seinen Knien.

- „Was hast du hier zu suchen Junge?"

- „Hmm, dings…"

- „Sag und geh sofort wieder raus."

- „Ich habe euch etwas abzugeben." mit zitternden Händen holt er das rote Tuch aus seiner Brust und überreicht es Schams.

Schams öffnet das Tuch. In ihm ist ein Stein im weißen Papier eingewickelt. Es ist kein gewöhnlicher Stein. Es ist ein afghanischer Stein, der Glas schneiden kann und den Atem des Menschen abschneiden kann. Seine Farbe ist braun, seine Form dreieckig. Die Assassinen verschicken den Stein an diejenigen, die sie umbringen wollten, als Nachricht. Er nimmt das Blatt Papier in die Hand und begibt sich nach oben. Zum Feuerspucker sagt er:

- „Streiche mit deiner Handinnenfläche über das Papier."

Auf der Stelle, die mit der Handfläche des heiligen Feuerspuckers gestreichelt wurde, kam ein persisches Wort zum Vorschein: PARENDE. Mit einem in Milch getauchtem Stöckchen, wurde sieben Mal das Wort Parende geschrieben.

Der Feuerspucker ist wegen des Ereignisses verwirrt. Als Schams den Stein in den brennenden Ofen schmeißt, löscht der kleine braune Stein das Feuer. Schams tritt aus der Küche aus. Er ruft einen Derwisch aus dem Garten zu sich. Er flüstert ihm etwas ins Ohr. In Windeseile verlässt der Derwisch die Schule.

Es war nicht mehr lange bis zum Gebetsruf für das Mittagsgebet. Das Volk ist auf dem Weg in die Moschee… Der mit schnellen Schritten fortschreitende Derwisch grüßt die Leute, an die er vorbeigeht, indem er seine rechte Hand auf seine linke Brust legt und: ‚Hu Hamusch Hu…' sagt. Er erreicht die Herberge. Er klopft an, die Tür öffnet sich… Der Derwisch flüstert demjenigen, der die Tür öffnete ins Ohr, dass sie sieben Fragen in sieben Zimmern vorbereiten sollten und das derjenige, den sie erwarteten morgen nach dem Morgengebet kommen würde.…

Seit meiner Kindheit stellte ich jedem Derwisch, nachdem ich ihn begrüßte eine Frage. Manchmal während einer Konversation unter vier Augen, manchmal während einer Versammlung. Diejenigen, die meiner Frage zuhörten und versuchten sie zu beantworten, waren der Meinung, dass die Frage einem Verrückten entsprang. Dabei waren es Fragen eines Heiligen, die ich stellte. Die Antwort konnte auch nur jemand geben, der heilig war. Was kann ich denn dafür, wenn das Volk nicht den Unterschied zwischen Heiligen und Verrückten kennt?

Der Tag ist gekommen, meine Fragen waren zu mir zurückgekehrt. Meine Prüfungen sind wie ein Bumerang zu mir zurückgekommen. Ich hatte alle Prüfungen bestanden. Es verblieb mir nur noch Eine, die darin bestand, dass mein Kopf vom meinem Rumpf abgetrennt werden würde. Wenn die Zeit gekommen ist, werde ich für die Hingabe bezahlend mein Haupt hinhalten und zwar in Hingabe.

Ich wollte, dass sieben verschiedene Fragen gestellt werden. In jedem Zimmer sollte sich ein Derwisch aufhalten. Jeder sollte seine Frage stellen. Die siebentürigen Fragen, sollten den siebenköpfigen

Drachen darstellen. Der Derwisch, dem meine Antwort nicht gefällt, soll mich töten. Die Derwische, die mein Angebot bekommen hatten, diskutierten lange über mögliche Fragen und sie entschlossen sich dann ihrer Meinung nach, für Lebens beraubende Fragen und warteten nun.

Die erste Tür. Ich trat ein. Der Derwisch stellte seine Frage:

- „Beyazid Bestami hat sechzig Jahre keine Honigmelone gegessen. Sie fragten ihn nach dem Grund. ‚Weil ich nicht weiß, wie Mustafa Muhammed diese Honigmelone geschnitten hat, esse ich sie nicht'. Was hältst du von dieser Frage?"

- „Wie kann ein Bestami, wenn er nicht mal weiß, wie eine Honigmelone geschnitten wurde, in der Lage sein, über schwierige und geheime Wissenschaften zu verfügen und darüber Bescheid zu geben?"

Der Derwisch umschlang meine Füße, ging hinaus und sprang bekleidet in das Wasserbecken im Hof.

Die zweite Tür:

- „Wer ist der Satan?"

- „Du, denn wir sind zu diesem Zeitpunkt in Enoch ertrunken. Wenn du nicht der Satan bist, wieso bist du nicht in Enoch ertrunken? Wenn du etwas von Enoch in dir trägst, wieso fürchtest du dich dann vom Satan ..." Der Derwisch flüchtete schreiend und sich die Haare raufend in den Hof.

Die dritte Tür:

- „Welches ist deine islamische Rechtsschule? Wieso stehst du gegen deinem Selbst?"

- „Der Hingabe Verfallene besitzen weder eine islamische Rechtsschule noch ein Wesen. Der islamische Rechtswissenschaftler ist von wem oder was der Imam, darin mische ich mich ja auch nicht. Ich erkenne nur den Imam der Hingabe Mevlana, niemand anderen huldige ich. Mein Selbst ist es, für die Hingabe geopfert zu werden. Die eigentlichen beirrten seid ihr." Der Derwisch nahm den Koran von der Wand und ging ihn küssend aus dem Zimmer.

Das vierte Zimmer:

- „Was ist die existenzielle Einheitsbekenntnis, das Fundament des Islam?"

- „Einem Scheich solch Frage zu stellen ist Häresie, Unachtsamkeit. Wer seinen eigenen Körper als Qual empfindet, wer seinen eigenen Körper mit Qualen kennt, kennt Allah mit Beständigkeit, wer seinen Körper mit Fehlern kennt, kennt Allah mit Verschönerungen." Der Derwisch fiel an Ort und Stelle in Ohnmacht.

Das fünfte Zimmer:

- „Ist das Sema nicht verboten?"

- „Sema ist das Phänomen Allahs. Es ist die Reise von dieser Welt zur Welt der Stufen. Für diejenigen, die sich darauf verstehen, ist der Sema erlaubt, für diejenigen, die sich nicht darauf verstehen, ist er verboten. Den Kompetenten ist er gestattet, den Inkompetenten nicht. Du, geschweige denn den Sema auszuführen, du darfst ihn noch nicht mal als Begriff aussprechen, du Inkompetenter." Der Derwisch verließ blass und weinend das Zimmer.

Das sechste Zimmer:

- „Der Mensch ist das einzige Wesen auf dieser Welt, welches sich selber als Schöpfer behauptet. Gleichzeitig behauptet sich der Mensch auch als Diener. Was ist der Unterschied zwischen der Beiden?"

- „Allah sagt: ‚Ich habe nur den Menschen sowohl mit meiner Schönheit als auch mit meinem Zorn erschaffen'. Bei einigen Menschen kommt nur der Zorn zum Vorschein, er behauptet dann, er sei Gott, wie zum Beispiel der Pharao. Bei einigen Menschen tritt die Schönheit in Erscheinung und er sagt dann, ich bin Diener; wie der Prophet: ‚Ich habe dich nicht ausreichend gekannt mein Allah'. Dort hast du den Zorn und dort die Schönheit. Genau deshalb ist der Mensch auch so wichtig, weil sich beide, die Schönheit und der Zorn gleichzeitig in ihnen ausbreiten können. Allah möchte von den Menschen, dass sie gerade diesen Zorn mit der Schönheit verdecken, sowie Er es auch macht. Diese Menschen, die genau dieses schaffen, nennt Er die reifen Menschen. Er möchte reife, schöne Diener mit guten Charaktereigenschaften und Diener, dessen Güte ihren Zorn verdeckt."

Der Derwisch zog sein Schwert aus der Scheide. Er kam auf mich zu. Seine Hände zitterten. Sein Schwert hat meinen Bart gestreift. Er forderte mich auf, ihm in die Augen zu schauen. Als ich ihn anschaute, geriet er in zuckendes Weinen. Er schrie: ‚Allaaaaaaaaah', schlug das Schwert an die Wand und fiel ohnmächtig zu Boden. Das Klirren des Schwertes ertönte erst im Zimmer als Echo und dann war das Echo in der ganzen Herberge zu hören. Die Derwische stürzten allesamt zur Tür hinein und waren erleichtert als sie ihren Freund auf dem Boden sahen.

Und die letzte Tür, die letzte Frage… Als ich durch die siebte Tür trat, saß ein Derwisch, der einen stärkeren Körperbau als die anderen besaß, mit breiten Augenbrauen, Eselsaugen, in einer Ecke im Schneidersitz. Seinen langen, geraden, zweischneidigen Dolch verwendete er als Zahnstocher.

- „Komm nur her du aus Täbris. Da du alle meine Freunde mit deinen Antworten fast um den Verstand gebracht hättest, wird deutlich, dass du schon mal nicht schlecht bist. Du weißt woher wir gekommen sind und auch warum wir gekommen sind. Du hättest auch wie dein Großvater der Organisation dienen können, wieso lebst du hier in Erbärmlichkeit?"

- „Anstatt Räuber wie ihr zu sein, würde ich lieber Matsch auf den Straßen Konyas sein."

- „Du sagst zwar, dass du in Konya Matsch auf den Straßen sein möchtest, jedoch lieben dich die Füße Konyas überhaupt nicht. Uns ist zu Ohren gekommen, dass sie nach einem Attentäter für dich im Umkreis von Konya suchen. Gut, dass wir uns beeilt haben und es vor ihm geschafft haben einzutreffen."

- „Sie kennen nichts anderes als trockenen Lärm."

- „Ich möchte nun wissen, ob du dich an die Respektlosigkeit erinnern kannst, die du unserem Scheich erwiesen hast, als du dich von Konya trenntest und nach Täbris kamst?"

- „Nennt ihr den Samenkorn des Satans etwa Scheich?"

- „Na gut, wieso bist du von Täbris nach Damaskus geflüchtet?"

- „Ich flüchtete nicht, ich eilte zum Duft des Geliebten."

- „Wieso bist du dann aus Damaskus hierher zurückgekehrt?"

- „Um meinen Hamusch zur Sprache zu bringen."

- „Mevlana?"

- „Fragst du denjenigen, der der Hingabe verfallen ist nach der Hingabe?"

- „Was opferst du für deine Hingabe?"

- „Meinen Kopf."

- „Bist du bereit, ihn herzugeben?"

- „Natürlich."

- „Dann lass uns in den Hof gehen."

- „Ich habe noch einen Wunsch."

- „Was ist dein Wusch? Dass wir dir dein Leben schenken? Wenn du möchtest verschonen wir dich unter einer Bedingung. Es ist uns gleich, ob Mevlana oder du."

- „Niemals ... Nein, dass ihm eine Plage überkommt, möchte ich nicht. Ich kann es sogar nicht ausstehen, dass ein Staubkorn sein Haar verschmutzt. Ohne ihn in die Angelegenheit einzumischen, werdet ihr die Sache mit mir klären und anschließend haut ihr ab nach Täbris."

- Was möchtest du dann?"

- „Ich möchte die Erlaubnis, mich von meinem Hamusch verabschieden zu können."

- „Du wirst flüchten, nicht wahr?"

- „Sehe ich aus, als würde ich flüchten wollen? Diejenigen, die der Hingabe verfallen sind, laufen zum Tod. Würde jemand, der sich vom Tod fürchtet, nicht schon vorher geflüchtet sein?"

- „Na gut. In der Nacht erwarten wir die Hinrichtung der Hingabe."

Nur der ist der Hingabe verfallen, der die von Allah genommene Hingabe Allah überreicht.
In der Rechtsschule der Hingabe sei alles dem erhabenen Allah geopfert.

Der Gebetsruf zum Abendgebet klang an diesem Abend anders als sonst. Nicht wegen der Eiseskälte, die Vögel, die sich vor den Schritten des Todes fürchten, waren heute Abend nicht in der Nähe der Wasserbecken. Die Stadt ruhte im Schweigen, als hätte sie eine Nachricht über den Mord erhalten. Sogar vor der Besetzung der Mongolen herrschte in den Straßen nicht solch starker beängstigender Pessimismus. Der Rauch der Kamine rauchte ganz anders als sonst. Der Himmel war Sternenlos, die Plejaden bereiteten sich auf die Trauerfeier der Sonne vor. Kein Derwisch in der Schule wusste, wieso sie sich so miserabel fühlten… Alle Derwische waren in Schweigen getaucht, als hätten sie alle dieselbe Nachricht erhalten, und wären deswegen erstarrt. In der Luft fliegt der Duft des Todes… Das Himmelszelt wütend… Die Erde gaunerisch… Der Wind plump… Eine geheimnisvolle Kraft erwürgt die Kälte, welche die Gelenke zum Einfrieren bewegt. Der Kalender schrieb den fünften Dezember.

Am Morgen dieses Tages verspürte Mevlana bis zum Abend ein beengendes Gefühl und wartete zur Verrichtung des Abendgebetes auf Schams. Er hatte sein Gebet nicht mit der Gemeinschaft der Moschee verrichtet. Er wartete auf seinen Geliebten, auf Hamusch. Er wusste nicht, dass sein Freund diese Nacht durchstochen werden würde. Die Derwische berichteten Mevlana vom Kommen des Milchjungen am gestrigen Morgen und dass ein Derwisch von

Schams in die Stadt geschickt wurde. All diese Ereignisse waren keine Gewöhnlichen für Schams. Mevlanas Besorgnis nahm zu. Was war im Anmarsch? Nicht doch... Nicht dass Schams Konya wieder verlassen hatte und nun nie wieder zurückkehrt? Er machte sich große Sorgen und trat aus dem Außentor der Schule aus. Mit einem leichten Hemd bekleidet... Er fror. Seine Lippen zitterten... Die Derwische erstatteten Sultan Veled Bericht. In Windeseile gesellte er sich zu seinem Vater. Er legte eine mitgebrachte Decke auf die Schultern seines Vaters. Auch er befürchtete, dass Schams Konya verlassen haben könnte. Er konnte die Befürchtung jedoch nicht zur Sprache bringen, weil sein Vater sonst eventuell in Panik geraten würde. Vor Tagen sagte Schams:

- „Ich bin zermürbt... Eines Tages werde ich derartig fortgehen, dass mich nicht mal die Boten des Jüngsten Tages finden würden, wenn sie mich suchten."

Inmitten des Nebels war die Silluette Schamses in weiter Entfernung wie ein Schatten zu sehen. Er kam zwar, sah aber sehr erschöpft aus. Als wäre er von einer tagelangen Reise, ohne Rast gekommen. Er umarmte Mevlana. Wegen der Stärke der Umarmung zitterte Mevlana. Mevlana wollte etwas sagen, jedoch fuhr Schams mit seinem Finger über seinen Mund und ließ es nicht zu. Um das Gebet zu verrichten begaben sie sich Arm in Arm ins Zimmer. Wie immer schob Mevlana Schams nach vorne, damit Schams die Position des Vorbeters übernehmen solle, Schams nahm ihn bei seiner Hand und sprach:

- „Der Imam der Hingabe soll auch der Imam unseres Gebetes sein. Sie verrichteten das Gebet, Mevlana als Vorbeter, Schams und Sultan Veled als Gebetsgemeinde. Dieses Gebet war für Schams sehr bedeutsam. Es war das letzte gemeinsam verrichtete Gebet. Das Gebet war für Mohammed sein ‚Augenlicht'. Schams sagte sich in Gedanken: ‚Wie schön das Gebet, welches das Augenlicht ist, mit Mevlana, meinem Licht des Herzens zu verrichten'. Nach dem Gebet nahm Mevlana das Wort:

- „Du bist bestimmt hungrig. Der Feuerspucker ist nun auch nicht da. Wenn ich dir eigenhändig ein Mahl zubereiten würde? Ich bereite dann auch Grieß Halwa zu und du kannst es dir schmecken lassen! Du siehst sehr erschöpft aus, damit kannst du zu Kräften kommen. Wieso bist du so blass mein Freund?"

- „Mir war wahrscheinlich etwas kalt. Mache dir keine Sorgen, das Blut findet schon wieder seinen Weg in die Adern. Vielleicht wirst du zu einem nächtlichen Zeitpunkt unser Halwa[23] zu dir nehmen, wer weiß. Mein Hamusch, ich möchte mit dir alleine sein, ob unser Sohn uns entschuldigt?"

Sultan Veled bat um Erlaubnis und trat aus dem Zimmer. Schams legte seinen Kopf auf die Knie seines Hamusches. Fast eine halbe Stunde verblieben sie in diesem Zustand. Danach erzählte Schams Mevlana, was sich zugetragen hatte. Der Freund begann zu weinen. Der Freund versuchte, ihn zu beruhigen.

- „In Damaskus flehte ich meinen Schöpfer an, mir einen Spiegel zukommen zu lassen, indem ich die Hingabe betrachten könnte. Mein Allah ließ dich zu mir kommen und ich betrachtete in dir die Hingabe."

- „Geh nicht..."

- „Verfalle nicht in Panik, die Zeit unser Versprechen zu halten, ist nun gekommen."

- „Welches Versprechen?"

- „Ich flehte zu Allah, damit ich dich finde und Allah fragte mich, was ich als Gegenleistung opfern würde, wenn er mir den Spiegel gäbe. Ohne zu zögern antwortete ich: ‚meinen Kopf'. Für die Hingabe habe ich meinen Kopf versprochen. Das ist das Versprechen, von welchem ich rede."

Mevlana weinte, er stand kurz vor der Ohnmacht, seine Hände, seine Lippen, überhaupt sein gesamter Körper zitterte.

- „Weine nicht, Freund! Sei leise, deine Stimme soll nicht nach Draußen ertönen. Versetze die Menschen in der Schule nicht in Pa-

23 Jemands Halwa essen ist ein alter Brauch, der nach dem Tod dieses Jemands durchgeführt wird.

nik. Verstehe, gibt es einen anderen Weg, als zu gehen? Kannst du dich an den Märtyrertod des Kalifen Osman entsinnen? Höre ihn dir aus meinem Munde noch mal an, mein Mevlana...

Du weißt ja, die Rebellen sind zum Überfall nach Medine gekommen. Sie wollten in der heiligen Stadt Blut vergießen. Angeblich befanden sich diese Ganoven im heiligen Krieg. In drei Gruppen kamen sie aus drei islamischen Städten. Ihr eigentlicher Wunsch war offensichtlich: Osman zu töten. Das Volk Medines schaute dem Geschehen regungslos zu. Nur Ali und seine Kinder setzten sich für Osman ein und versuchten ihn zu schützen. Eines Abends gesellte sich Ali zu Osman:

- Oh Osman... erlaube es mir und ich werde diese Verbrecher fortscheuchen.

- Nein Ali, ich möchte nicht, dass mir später nachgesagt wird, ich hätte es zugelassen, die Stadt des Propheten zu einem Blutbad werden zu lassen.

- Aber sie werden dein Blut vergießen. Wieso erlaubst du mir nicht dagegen anzutreten, obwohl du dir dessen bewusst bist?

- Ali, setze dich und höre mir zu. Nachdem ich mein Abendgebet verrichtet hatte, setzte ich mich und lehnte mich an die Wand. Ich war eingeschlafen und hatte einen Traum. Ich träumte davon, dass in einem Zimmer ein Tisch gedeckt war. Am Tisch saß unser Prophet. An seiner Rechten Ebu Bekir und an seiner Linken Ömer. Nur ein Teller Suppe stand auf dem Tisch. Sie warteten. Als würden sie auf jemandem warten, um mit dem Essen der Suppe zu beginnen. Dann trete ich in das Zimmer ein. Unser Prophet lächelt und spricht: ‚Oh Osman, wo bist du geblieben? Wir warten schon auf dich'. Ich erwachte und verstand, dass ich zum Märtyrer werden würde. Sag mir jetzt Ali, ist es richtig, Menschen, die man liebt, warten zu lassen?

So... Osman ist mit offenen Augen in den Tod gegangen, als Bezahlung der Hingabe. Nun bin ich an der Reihe mein Mevlana. Jetzt, oh mein Hamusch...Jede Hingabe fordert ein Opfer. Wenn Osman es gewollt hätte, hätte er seinen Kopf retten können; aber was wäre dann mit seiner Seele? Erteile deine Zustimmung. Erkenne es an. Mein geliebter Muhammed. Dies ist unser letztes Festessen. Dies ist mein letztes Glas Wasser. Du wirst nun sagen, es fehlt das Dessert auf dem Tisch. Du wirst mein Halwa essen, jetzt wird Halwa wegen des Trennungsschmerzes, dem Mund keine Süße verleihen."

Mevlana wollte, dass sein Freund nach Draußen geht, denn das Ende war nun abzusehen. Was erlebt werden würde, wurde schon gewusst und niedergeschrieben. Mevlana sagte seiner Sonne mit leiser Stimme: „geh nicht". Sein Atem steckte ihm im Halse fest. Mevlana erhöhte seine Stimme ein wenig mehr:

- „Komm, geh nicht. Komm, tu es nicht Schams."

- „Lass mich, ich kann nicht schlafen; denn meine Seele ist von der Hingabe trunken und meinen Körper bewerfe mit Jasmin und Rosenblättern und lies mir vor, was der Tod in Handschrift auf meine Stirn schreibt.

Bedecke die Umgebung meines Herzens, welches die Töne der Rohrflöte und Trommel einatmet mit einer Decke."

Mevlana bricht in Tränen aus. Schams:

- „Wische dir deine Tränen aus deinem Gesicht. Setzt mich nicht einen überfüllten Friedhof bei, damit mein Schlaf nicht vom Klappern der Skelette gestört wird. Trage meinen Leichnam zur Schule, während der Morgendämmerung sollen sich die Schatten neben mich setzen. Begrabt mich sehr tief in die Erde und deckt mich mit weicher Erde zu, verstreut Rosen und Flieder... Sie werden den schönen Duft meines Herzens in die Luft freisetzen; sie werden das Geheimnis meiner inneren Behaglichkeit lüften, das Geheimnis wird sogar die Sonne erreichen. Überlasst mich Allah und entfernt euch langsam aber sicher von meinem Grab und übergebt mich den Hände der Behaglichkeit."

Mevlana erstarrte... Die Zeit erstarrte... Die Umgebung erstarrte. Schams fügt mit lächelnden Augen noch hinzu: „Es existiert auf der Stufe der Hingabe keine Verabschiedung, wir waren doch nie getrennt..." mit diesen Worten verschwand er in der Dunkelheit.

Alles ist zu seiner Zeit schön und bedeutsam.
Wenn diese Zeit verpasst wurde, tut es nichts zur Sache, später zu versuchen, die Zeit wieder zu leben.
Geh nun...
Zerstöre nicht die Bräuche der Hingabe und zerstöre auch nicht das Fortgehen des Geliebten.

Schams verließ die Schule, ohne den Gebetsruf des Nachtgebetes abzuwarten. Ein leichter Regen kam herab. Er zog durch enge Steinstraßen zur Herberge. Zwischen der Schule und der Herberge gab es einen Garten, umgeben von verwahrlosten Häusern. Als er dort ankam, blieb er stehen. Er hörte ein Geräusch. Es war das Geräusch eines Hundewelpen. Er ging in die Richtung, aus welcher das Geräusch kam. Er sah die Hundemutter unter einer eingestürzten Mauer. Er räumte die Ziegel beiseite und reinigte das Hundefell vom Staub und Schutt. Er streichelte den Hund. Er roch den Welpen. Der Welpe war hungrig. Schams begab sich sofort auf die Straße und klopfte an der ersten Tür. Eine alte Frau öffnete die Tür. Er bat um Brot und wenn vorhanden auch um etwas Milch. Die alte Frau hielt ihn für einen Bettler und brachte in Windeseile Brot und Milch an die Tür. Nachdem Schams den Hund und sein Junges an eine sichere Stelle im Garten platziert und ihren Hunger gestillt hatte, machte er sich mit schnellen Schritten wieder auf den Weg zur Herberge. Als er sich dachte, dass er nun sehr spät dran sei, sprang ihm ein Brunnen mit nicht abgedeckter Öffnung ins Auge. Er dachte an Joseph. „Aach, mein Herr Joseph passte in einen Brunnen während die Menschen des heutigen Zeitalters nicht mal mehr auf die Welt passen."

Er hatte sich der Herberge genähert. Als er dort ankam, regnete es mittlerweile in Strömen. Er klopfte an und während er darauf wartete, dass sich die Tür öffnete, sprach er folgendes Gebet aus:

- „Oh Tod, wickle mich in deine weißen Flügel, denn meine Freunde brauchen mich nicht, sie haben nicht das Bedürfnis nach mir. Oh Tod, nehme mich in deine Arme, in Liebe und Mitgefühl; ich habe niemals einen mütterlichen Kuss erfahren, meine Lippen haben niemals die Wangen einer Schwester berührt, niemals die Fingerspitzen einer Geliebten, nun sollen diese Lippen, von Deinen berührt werden, lass ... Komm und hol mich, du geliebter Tod."

Die Tür der Herberge öffnete sich einen Spalt. Schams war von Kopf bis Fuß vom Regen durchnässt. Schams grüßte und trat in den Hof ein. Er näherte sich dem kleinen Wasserbecken inmitten des Hofes.

Nur in einem Zimmer der Herberge brannte eine Öllampe. Das Licht wurde gelöscht. Es war nichts anderes zu sehen, als sieben Messer, die in der Dunkelheit glänzten. Es war so dunkel, dass der Glanz der Messer, wie in die Leere eingeschlagene Blitze aussah.

Sechs Derwische standen mit leichtem Abstand zueinander im Kreis. Der siebte Derwisch:

- „Unser Scheich möchte etwas von dir wissen. Würdest du die Frage beantworten?"

- „Fragt."

- „Wieso hast du den Befehlshaber der Mongolen nicht vergiftet als du die Möglichkeit dazu hattest? Bist du dir nicht dessen bewusst, dass du somit deine Vorfahren verraten hast?"

- „Seitdem ich mich kenne, widert mich ekelhafte Politik an. Weder damals noch heute, niemals wusch ich mich und würde mich niemals mit dem Wasser des Teufels waschen."

- „Waren es nicht auch die Kinder des Teufels, die Osman das Leben nahmen? Und war es nicht auch der Atem Satans, der Hüseyin in Kerbela durchlöcherte?"

- „Was gehen mich die Mongolen etwas an. Die Mongolen gehen mich nichts an. Allah wird schon das Unheil denjenigen geben, die es verdient haben, genauso wie Er die Führung demjenigen in die Hände geben wird, den Er dazu auserkoren hat. Ihr seid angeblich Glaubenskämpfer. Welch Schande für euch. Mein Blut ist der Hingabe erlaubt, euch verboten. Kinder von Hasan Sabbah, wie unterscheidet ihr euch von den Hyänen der Teufelsanbeter? Schämt euch vor eurer Kleidung, schämt euch vor euren Gehstock. Schämt euch vor der Hingabe, schämt euch!"

- „Hast du einen letzten Wunsch?"

- „Lasst mich etwas niederschreiben. Würdet ihr mein Niedergeschriebenes morgen, bevor ihr Konya verlasst, der Schule zukommen lassen? Und ich habe mein Nachtgebet noch nicht verrichtet. Ich würde gerne, wie Ali, während des Gebetes mein Leben lassen..."

Schams erfrischt seine rituelle Waschung am Wasserbecken im Hof. Sein schwarzer Umhang, den er als Gebetsteppich auf die nassen Steine legt, ist auch nass. Den ersten Teil des Gebets hat er verrichtet und geht jetzt zum Zweiten über. Er rezitiert die Koranverse während des Gebets mit lauter Stimme. Nach den Eröffnungsversen rezitiert er ‚die Sonne'. Einer der Derwische fängt an zu weinen. Es scheint als würde sich die Angelegenheit in die Länge ziehen und somit würden die Derwische weich werden. Der Hauptderwisch rammt das Messer in Schams Rücken und zieht ihn wieder heraus. Schams steht noch. Der zweite Messerhieb..., der Dritte..., der Vierte..., Schams steht immer noch und rezitiert weiterhin ‚die Sonne'. Das fünfte Messer... Das sechste Messer... Schams fällt zu Boden. Er versucht aufzustehen. Richtet sich auf. Fällt wieder auf die Seite. Während der Versuche sich aufzurappeln, rezitiert er wieder und wieder ‚die Sonne'. Er lässt sich auf seine Knie herab.

Der siebte und effektivste Messerhieb kommt an seinen Nacken und sein Kopf ist nun nach rechts herabgebeugt. Sollen die Derwische warten, bis er zu Boden geht. Schams murmelt diese Hadise mit rauer Stimme: „Allah liebt denjenigen, der mit Allah wiedervereinigt sein möchte."

Einer der Derwische versetzt ihm einen Tritt auf den Rücken. Er schlägt mit dem Gesicht auf den Steinboden, seine Lippe ist aufgeplatzt und seine Zähne auf dem Grund verteilt. Sein schwarzer Umhang ist blutgebadet und mittlerweile bordeaux. Der Derwisch, der ihn an den Haaren packt und seinen Kopf hochzieht, trägt die Absicht, seinen Kopf vom Rumpf abzutrennen.

Der Oberderwisch verhindert dies. „Lasst ihn seinen letzten Atemzug ausführen. Danach wirft ihn in den nächsten Brunnen. Wickelt ihn vorerst in seine Kleidung. Wascht den Hof. Am Morgen machen wir uns auf den Weg."

Schams tat immer noch nicht seinen letzten Atemzug. Er hebt seinen Kopf leicht zum Himmel und:

- „Welch schöner Geliebter Allah ist. Mein Schöpfer, ich bin Deiner Hingabe verfallen und schenke Dir dieses Leben."

Oh Hingabe!

Nach deinem Wiedertreffen sind die von allem Weltlichen Gesättigten hungrig.

Mevlana flüsterte Sultan Veled mit leiser weinender Stimme etwas ins Ohr. Sultan Veleds Wangen liefen rot an und seine Augen öffneten sich weit. Er legte seine Hand auf die Schulter seines Vaters. Mevlana war am Zittern. Er zitterte so stark, dass man meinen könnte, er erlebe gerade eine Zitterkrise. Eine Zeitlang umarmten sich Vater und Sohn weinend...

Es klopfte an der Tür...

Ein weiteres Mal...

Beim dritten Klopfen sagte Mevlana: „Herein."

Der Derwisch namens Bilal trat herein, während er wiederum um Erlaubnis bat. Mevlana, der sich mit seinen Händen die Augen zuhielt bat Bilal mit zitternder Stimme nochmals herein.

Sultan Veled stand auf und gab sich mit zwei weiteren Derwischen zu dem Brunnen, den sein Vater beschrieben hatte. Während des Weges dorthin hatten sie Verse aus dem Koran rezitiert. Sie blieben stehen. Sie rezitierten die Eröffnungsverse und strichen ihre Handinnenflächen an ihr Gesicht. Sultan Veled streckte seine rechte Hand aus:

- „Bilal, Hamza, legt den Treueid ab."

Die beiden Derwische waren verwirrt. „Was für einen Treueeid? Wofür Treue schwören mitten in der Nacht? Was für ein Eid?"

- „Legt eure Hände auf meine Hand und schwört darauf, dass ihr unser Geheimnis hütet, und wenn es euch euer Leben kosten würde."

Die Derwische sind immer noch verwirrt… „Was ist los? Was müssten wir mit unserem Leben schützen? Auf was und für was sollen wir schwören? Und überhaupt; welches Geheimnis?" Sie legten ihre Hände auf die von Sultan Veleds. „Wir legen den Eid ab, auf die Schönen Namen Allahs. Wir schwören auf jeden einzelnen Buchstaben des Korans. Was auch immer du uns sagen wirst, du hast unser Wort. Unsere Treue ist unendlich."

Sultan Veled lässt ein Seil den Brunnen hinunter. Zu Bilal:

- „Seile dich hinab, hebe unseren Meister auf deinen Rücken und bringe ihn hoch."

Die Nacht ist nebelig. Konya ist kalt. Überall herrscht unheimliche Stille. Das Bellen der Hunde übertönte das Rascheln der Blätter. Die Hunde hatten den Geruch der Leiche schon erfasst; jedoch sagten sie sich, wir sind nicht so gewissenlos wie die Menschen, die Mevlanas Schams umgebracht haben, und hielten Wache, damit dem Leichnam nichts geschah. Sie entfernten sich vorsichtig von ihrem Wach Ort, denn sie hatten am Geruch der dort eintreffenden erkannt, dass es der Sohn und die Derwische Mevlanas waren.

Der Feuerspucker, der seit Jahren in der Schule kochte und die Derwische im Haus der Mühsal schulte, war alt geworden und war erschöpft. Mevlana brachte es nicht übers Herz, dass der von seinem Vater hinterlassene Feuerspucker sich weiterhin so sehr anstrengt und ermüdet. Er sagte ihm, dass er sich im Landhaus in Meram niederlassen solle und:

- „Oh mein mit Feuer spielender Freund… Deine Mühen sind unbezahlbar, darum möchte ich dir das Landhaus, welches mir geschenkt wurde gerne schenken. Von nun an sollst du dich dort ausruhen."

- „Aber mein Herr, ich kann mich nicht von euch trennen. Wie kann ich ohne euren Atem und Duft leben?"

- „Ich weiß. Meinst du, ich werde deine Suppen, speziell deine Brotsuppe nicht vermissen? Ich mag Meram. Im Frühling und im Sommer werde ich bei dir bleiben. Dann werden wir Festmahle für unsere Herzen und Mägen zu uns nehmen."

Der Feuerspucker war nun einverstanden und zog nach Meram ins Landhaus. Nun besaß er sein Zimmer und erholte sich in der ruhigen Umgebung indem er dem Singen der Nachtigall zuhörte und Rosen, die Mevlana so liebte, züchtete.

Ein Reiter durchtrennt die Dunkelheit als er von der Schule ins Landgebiet Merams reitet. Das Pferd schweißgebadet, der Reiter außer Atem erreichten sie das Pappeln umgebene, ruhig gelegene Landhaus. Ein Zimmer. Im Zimmer brennt ein kleines Feuer, welches als Licht dient. Es klopfte an der Tür. Mit Knarren öffnete sich die Holztür. Der die Tür öffnete erkannte den der kam. Der Gekommene grüßte den, der die Tür öffnete mit „Hu… Hu" Erst neigten sich die Köpfe nach rechts, dann fielen sie nach vorn… Der, der gekommen war überreichte das Tuch in seiner Hand. Der Hausbesitzer nahm es an und roch daran.

- „Unser Herr möchte, dass du Halwa zubereitest. Jedoch nicht wie immer aus Mehl, sondern aus Erde und solange der Halwa auf dem Ofen zieht, sollst du den Vers: ‚die Reinheit des Vertrauens' rezitieren und hineinpusten."

- „Sein Wusch ist mir Befehl… Bis er kommt werde ich fertig. Und du? Reitest du jetzt zurück?"

- „Nein, ich werde ein Grab vorbereiten."

- „In Ordnung… In Ordnung…"

Soll der Halwa fertigkochen, Mevlana kommen und die späte Nacht sich wie ein freches Kind drehen. Sultan Veled und zwei Derwische wechseln sich beim Tragen des Leichnams auf ihrem Rücken ab, welchen sie in den Garten brachten. Sie waren schon fast am Landhaus angekommen, als sie eine Rohrflöte hörten blieben sie stehen um nach Luft zu schnappen.

Mevlana war alleine gekommen. Dass Schams auch immer herkommen wollte ging ihn durch den Sinn und er setzte sich vor das Weidenland und blies die Rohrflöte.

Das erste Mal in seinem Leben sah Sultan Veled seinen Vater die Rohrflöte blasen. Und das erste Mal hörte er diese Zeilen:

„Oh du Herr der Hingabe, denke nicht, dass du fortgegangen bist
Denke nicht, dass du das Feuer in mir zum Löschen gebracht hast."

Sultan Veled und die Derwische legen den Leichnam, der in seiner blutigen Kleidung eingewickelt war, vorsichtig auf eine große Steinplatte.

- „Welches Herz kann es aushalten, Schams so zu sehen, welches Auge kann ihn sich so anschauen, oh weh, oh weh." Sprach Mevlana während er sich auf die Knie klopfte und direkt neben den Leichnam stolpert. Die Derwische und sein Sohn halten ihn fest um zu vermeiden, dass er stützt. Er weint… und weint… Er weint so stark, dass ihn der Himmel mit seinem Donner auf seiner Trauer begleitet. Sultan Veled, dem der Zustand seines Vaters nicht gefällt und selber innerlich geknickt ist, sagt mit verweinter Stimme:

- „Lieber Vater, soll das Wasser kochen?"

- „Märtyrer werden ohne Totenwaschung und Totenhemd begraben, gestattet es mir, den Freund zum letzten Mal zu riechen." Er streichelt sein blutumflutetes Haar, riecht an seinem Bart, wischt ihm das Blut mit seinen Fingern aus dem Gesicht, er riecht und küsst ihn. Die Intensität seines Weinens hatte sich gestärkt.

- „Welche Hand hat dir diese Dolche eingerammt mein Schams. Mögen die Hände Brüche erleiden. Welch Gewissenloser hat deinen zarten Körper mit Blut überflutet. Sogar die Engel im Himmel schämen sich für diese Tat auf Erden. Oh mein Parende, war in deinem Schicksal auch die Rede von einem blutigen Flug? Mein Schams… Mein Schams, wo bist du hin, mich hier lassend. Aaach, würde ich doch die Ader der Nacht zum Platzen bringen können und dich wieder in die Arme nehmen können. Könnte ich doch meinen Kopf wieder an deine Knie lehnen." Während Sultan Veled den Kopf seines Vaters auf seine Schulter drückt und ihn tröstet, gibt er einem Derwisch ein Zeichen, dass er den Gebetsruf für das Totengebet ausrufen solle.

Der Derwisch beginnt mit dem Gebetsruf. Der Freund steht auf. Beginnt das Totengebet zu verrichten. In der gesamten Geschichte des Islam, wurde nur das Totengebet Osmans in der Nacht verrichtet. Und nun auch Schams' Totengebet. Nach dem Gebet umschlingt Mevlana den Leichnam seines Freundes und legt ihn ins Grab hinab.

Mit größter Mühe schaufelte er die erste Erde in das Grab. Am Grab geht er in die Knie und beginnt aus dem Koran zu rezitieren. Sultan Veled, der Feuerspucker und die anderen Derwische werfen Erde in das Grab.

„Wenn der Himmel diese Trennung hörte und verstünde.
Würden seine Sterne weinen, seine Sonne und sein Mond auch.
Hätte der Padischah gewusst, wie er von seinem Thron geholt würde,
Hätte er geweint, sein Thron und seine Krone auch
Wüsste der fliegende Vogel wieso er gejagt würde,
Wären seine Flügel gebrochen, er hätte begonnen zu weinen
Das Ohr des Todes ist taub, er hört nicht das Geweine
Hätte er sonst ertragen können, den Regenguss des blutigen Herzens
Eine Riesin, die ihr leibliches Kind frisst auf, ist trotzdem Mutter, Welt"

- „Freunde, bis sich das Volk beruhigt hat, wird er hier nur Gast sein, später werden wir ihn nach unserem zuhause bringen. Schams' Platz ist unsere Schule. Mein Sultan Veled! Niemand soll unser Geheimnis verraten und, das nun gehört zu meinem Testament... Setzt mich in unserer Schule, neben meinem Freund bei."

‚Ich schwieg, ich schwieg solange es möglich war, mit gestreutem Salz auf meinen Wunden. Ein Wehgeschrei blutet tief in meinem Herzen. Ich öffnete niemandem mein Herz... ! Ich habe den Dolch nur mir selbst eingerammt... und schwieg'

Am nächsten Morgen begann der Tag mit einer trockenen Kälte, die Gelenke einfrierend war. Konya scheint wie eine stille Nacht. Die Stadt, die nachts nach Tod riecht ist am Tag die Stille des Jüngsten Tages. Die Tür der Schule wird angeklopft. Ein alter Mann bittet um Erlaubnis um eintreten zu dürfen. Sein Wunsch ist es, Mevlana gegenüber zu stehen. Mevlana sitzt in einem kleinen Zimmer ganz am Rande der Schule auf seinen Knien und ist vergraben in Totenstille. Vor der Tür wachen förmlich Sultan Veled und die Dame Kerra, die sich große Sorgen um ihn machen. Ein Derwisch kommt zu Sultan Veled und informiert ihn darüber, dass ein alter Mann gekommen sei um Mevlana einen wertvollen Gegenstand zu überreichen. Sultan Veled leitet an, dass der Mann vorerst durchsucht wird. Wird er auch. Nichts kommt dabei heraus, außer einem smaragdgrünen Taschentuch, welches er ganz fest in seiner Hand hält. Sultan Veled kannte das Taschentuch, konnte sich aber nicht erinnern woher. Und während er sich darüber Gedanken macht und sich versucht zu erinnern, hört man die Stimme Mevlanas vor die Tür dringen, wie er laut schreit: „Ich nehme seinen Duft wahr, er ist gekommen. Schaut, Schams ist nicht tot… Unsere Schule ist überflutet von seinem Duft." In Windeseile schnappte er sich das Taschentuch aus der Hand des alten Mannes und riecht daran.

- „Das ist Schams' Taschentuch. Sag, wo ist er? Verrate mir den Ort an dem er sich befindet und ich schenke dir mein Leben, ich schenke dir alles was ich besitze für diese freudige Nachricht."

- „Vater, um Gottes Willen, komm zu dir. Es ist nur ein Stofffetzen in seiner Hand." Er flüstert ihm ins Ohr: „Wir haben Schams gestern Nacht doch begraben."

Mevlana tritt ein, riecht an das Taschentuch und öffnet es mit zitternden Händen. In ihm war ein gelbes Stück Papier mit einer Notiz beschrieben, eingewickelt:

„Trennten sie mein Haupt ab und schmissen es in den Brunnen…
Brächten sie mein Blut zum Fließen aus meiner Hauptschlagader…
Verteilten sie meinen Körper in Scheiben geschnitten, in neun

Ländern...
Würden sieben Schakals Herden meinen Körper befallen...
Wäre mein Herz durch die Schmerzen nicht gebrochen, nur den Körper würde es erschöpfen. Du bist mein Kern, mit meinem Kern suche ich dich, mein Mevlana. Ich schwöre dir, ich hätte es mir so sehr gewünscht, dass ich vor deinen Augen sterbe, damit du siehst, was es bedeutet, für die Hingabe zu sterben."

Mevlana fällt an Ort und Stelle in Ohnmacht.

LITERATURVERZEICHNIS

1. Anbarcıoğlu, M. Ülker; Sultan Veled, Maarif.
2. Aşkın Halleri, Sufi Kitap.
3. Banks Coleman, Mevlâna. Doğan Kitap.
4. Baytur, M. Bahari; Divan-ı Kebir.
5. Bekiroğlu, Nazan; Cümle Kapısı, Timaş Yayınları.
6. Can, Şefik; Mesnevi, Kültür Bakanlığı Yayınları.
7. Çetinkaya, Bayram Ali; Şems-Mevlâna Dostluğu, İnsan Yayınları.
8. Eflaki, Ahmed; Ariflerin Menkibeleri, Kabalcı Yayınları.
9. Genç Osman, M. Nuri; Şems-i Tebrizi, Makalat, Ataç Yayınları.
10. Gölpınarlı, Abdulbaki; Mevlâna Celaleddin.
11. Kabaklı, Ahmet; Mevlâna, T.E.V. Yayınları.
12. Rıfai, Kenan; Mesnevi Şerif, Kubbealtı Yayınları.
13. Schimmel, Annemarie; İslam'ın Mistik Boyutları, Kabalcı Yayınları.
14. Schimmel, Annemarie; Tanrının Yeryüzündeki İşaretleri; Kabalcı Yayınları.
15. Şah, İdris; Sufinin Yolu, Doğan Kitap.
16. Türkmen, Erhan; Şems-i Tebrizi'nin Öğretileri.
17. Ürkmez, Melahat; Şems Tebrizi.
18. Yağmur, Sinan; Tennure ve Ateş, Esra Yayınları.
19. Yeniterzi, Emine; Tasavvufun Kitabı.
20. Watts, Nigel, Sevginin Yolu, Samsara Yayınları.